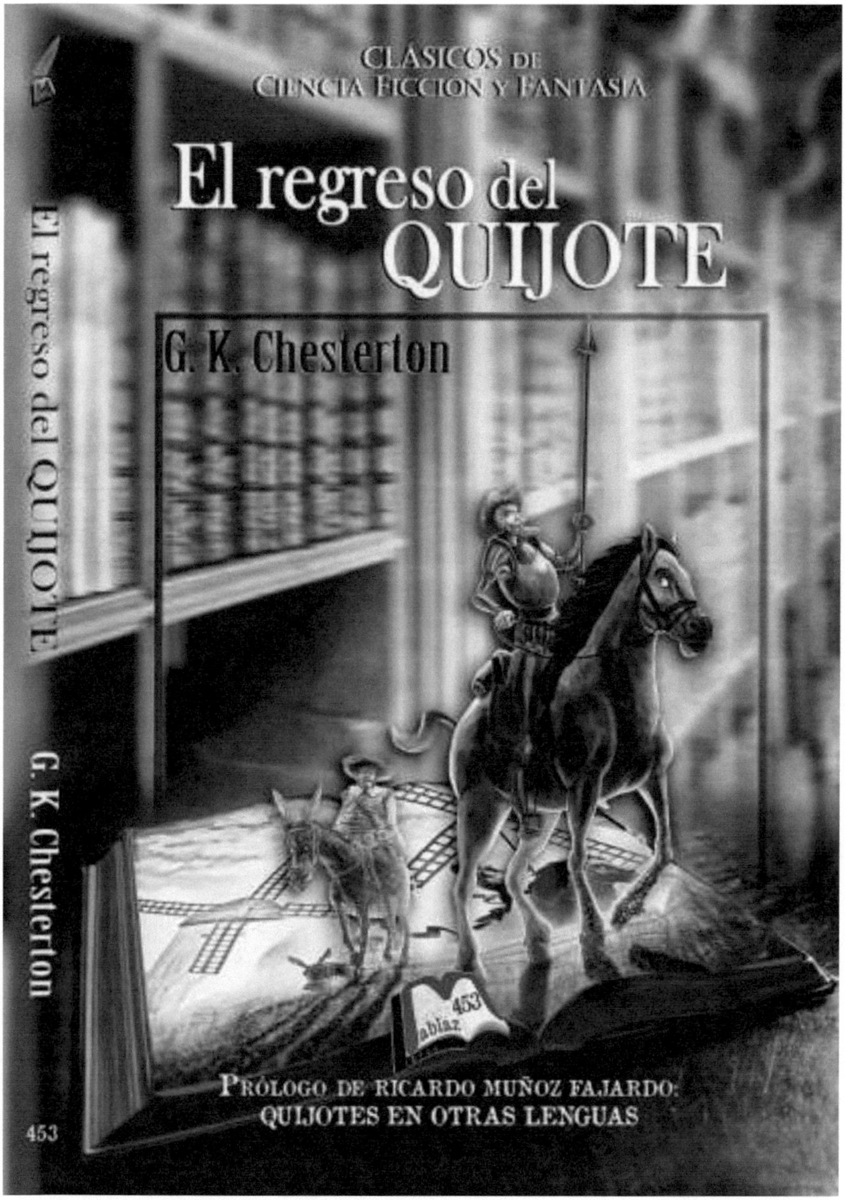

El regreso del QUIJOTE

G. K. Chesterton

PRÓLOGO DE RICARDO MUÑOZ FAJARDO:
QUIJOTES EN OTRAS LENGUAS

453

Ciencia Ficción y Fantasía - 174

El regreso de Don Quijote
Primera Edición, marzo de 2026

© Libros Mablaz, Madrid

© De esta edición, Libros Mablaz, Madrid

blogs:
Editorial Libros Mablaz
http://editoriallibrosmablazycienciaficcion.blogspot.com.es/
Ciencia ficción y fantasía en Libros Mablaz:
http://mablazlibros.blogspot.com.es/
Librería en Todocolección:
https://www.todocoleccion.net/s/catalogo?identificadorvendedor =LibrosMablaz

Diseño de cubiertas: Mari Carmen López

ISBN: 979-13-991637-8-0
Depósito Legal: M-6891-2026

LIBROS MABLAZ - 453

EL REGRESO DE DON QUIJOTE

GILBERT K. CHESTERTON

AWR. Titterton

Mi querido Titterton, esta parábola dirigida a los reformadores sociales fue pensada y escrita, en parte, mucho antes de la guerra, por lo que con respecto a ciertas cosas, desde el fascismo a las danzas negras, carecía por completo de una intención profética. Fue su generosa confianza, sin embargo, lo que la sacó del polvoriento cajón en el que estaba guardada, y aunque dudo sinceramente que el mundo encuentre motivos para agradecérselo, son tantos los míos para mostrarle mi gratitud y reconocer cuanto ha hecho usted por nuestra causa, que le dedico este libro.

Con todo mi afecto, G. K. Chesterton

Prólogo: Quijotes en otras lenguas

Una primera lectura del título de esta introducción puede llevar a errores, puesto que *Quijote*, aunque escrito en dos partes, solo hubo uno, el redactado por Miguel de Cervantes que, para más inri, el autor acaba matándolo al final del libro muy posiblemente porque él ya veía cercana la muerte y no habría tiempo para una tercera parte y, además, para evitar que se volviera a tomar a su personaje como protagonista de una novela no escrita por él, como sucedió con el anónimo *Quijote de Avellaneda*.

Lo que no supuso Cervantes que la imaginación no tiene fin y que algunos de los escritores que leyeran su obra, considerada por casi todo el mundo una de las mejores creaciones de la historia, iban a ingeniárselas haciendo uso de ella para revivir a su personaje, o continuar narrando en el mundo quijotesco a través de algunos de los personajes de la obra. De esto hay mucho y la editorial Libros Mablaz está reeditando algunas de estas nuevas aventuras vislumbradas por esos otros oficiantes de la pluma, después el bolígrafo y la máquina de escribir y ahora a través de un ordenador.

En este caso, aprovechando el importante cariz que tuvo en su tiempo G. K. Chesterton (1874-1936), autor de obras tan afamadas como *El Napoleón de Notting Hill* (1904), *El hombre que fue Jueves* y el ensayo filosófico *Ortodoxia* (ambos de 1908) y la saga del Padre Brown, en el que nos descubre al sacerdote-detective del mismo nombre, muy popular por las versiones televisivas del personaje, una datada en 1974 y la segunda desde el años 2013 hasta ahora, y como don Quijote puede ser revivido, pues al fin y al cabo es un personaje de ficción y ha sido resucitado varias veces, en esta ocasión prologaremos sobre la utilización de uno de los protagonistas novelescos más famosos del mundo por autores no escribientes en el idioma castellano.

Una de las primeras utilizaciones de don Quijote, tan temprana que aún no se había publicado la segunda parte por Miguel de Cervantes, es *Don Quijote como invitado a la boda* —*Don Quichotte im Hochzeitsfest* en alemán, la lengua original en que fue escrita—, una obra teatral de tono gozoso. El motivo de esta reescritura del caballero de la triste figura se debió a las celebraciones de la boda de Federico V del Palatinado, príncipe-elector del Palatinado del Rin y, muy brevemente, rey de Bohemia, lo que motivó que se iniciara una tradición que duró muchos años de representaciones que continuaron la historia de don Quijote con argumentos propios.

Sin movernos de Alemania, sacamos a colación una segunda obra que recrea el universo quijotesco. El título de la novela es *El aventurero Simplicíssimus* (1668), de Hans Jakob Christoffel von Grimmelshausen, que aunque en realidad se trata de una ficción picaresca, el protagonista está basado, de forma clara, en la figura de Alonso Quijano orate.

La traducción del Quijote al francés había sido realizada de forma deficiente pocos años después de su publicación en España, por lo que hasta el año 1677, cuando François Filleau de Saint-Martin procede a hacerlo de nuevo en *Historia del admirable don Quijote de la Mancha* (1677), que tan dedicado a su empeño estuvo que no fue capaz de terminar cuando llegó al final del libro y añadió nuevas aventuras del caballero que no estaban en el original.

En 1713, aunque se especula que puede haber versiones anteriores de la novela, el escritor Robert Challe hace una especie de secuela de la obra de Filleau y publica *Continuación de la Historia del admirable Don Quijote de la Mancha*, en donde dignifica y hace sabio a don Alonso, mientras que a Sancho le describe más abellotado que en el original.

El Quijote tuvo muchas reencarnaciones, ¿pero hubo *quijojas*? Sí, por supuesto. La primera obra conocida de este tipo puede corresponder, no podemos afirmarlo con una seguridad absoluta, en *La mujer Quijote* (1752), de la escritora Charlotte Lennox, que crea una protagonista que ve la vida tal como se describen en los romances franceses, en lugar de a través de los libros de caballerías como ocurría con don Quijote.

De *Las aventuras de sir Lancelot Greaves* (1762), publicada por entregas, debida a la pluma de Tobias Smollett, en donde presenta a un caballero andante moderno en la Inglaterra del siglo XVIII, parodiando a don Quijote

Don Sylvio von Rosalva (1764), un libro con un título más extenso en el redactado de la obra original en alemán, es Considerada la quijotada alemana por excelencia. En esta ocasión, esta nueva continuación del universo creado por Cervantes no pierde el juicio por la lectura de libros de caballerías, ni tampoco por el consumo exagerado de las novelas románticas francesas, en esta ocasión lo que turba la razón de Don Sylvio son cuentos de hadas galos.

Don Chisciotte (1769), de Giovanni Paisiello y Giovanni Battista Lorenzi, es una continuación de las andanzas del cabellero en forma de ópera bufa. Un año después, con el mismo título y parecido contenido musical, aunque esta vez escrita por Niccolò Piccinni, se publica y representa esta nueva secuela quijotesca.

Sin movernos de Italia, aunque no redactada enteramente en el idioma principal del país, entre 1785 y 1787 Giovanni Meli, en dialecto siciliano, redacta una parodia del personaje y del mundo que le rodea en *El ingenioso ciudadano Don Quijote de La Mancha*.

Y continuamos en el país trasalpino. *Capítulos añadidos a Don Quijote*, de lo único que se sabe con seguridad es que fue publicada en el siglo XIX, tras la reunificación de Italia (1871), puesto que es una apología que redunda en este libro, situando a caballero y escudero en los campos de batalla de las guerras que se libraron para llegar hasta este hecho.

Llegamos ya a la centuria pasada para tratar de las intervenciones del muy célebre escritor Pierre Menard, que en 1934 aportó unos fragmentos de la obra que él vendió como inéditos, cuando en verdad eran aportaciones propias de su puño y letra, en las que convertía al mismo Cervantes como personaje de la trama y que consisten, básicamente, que en realidad partían de una nueva escritura del Quijote hecha por él, en el que el propio Cervantes se convertía en un personaje de sí mismo, que escribía su propia obra magna. Menard escribió los capítulos noveno y trigésimo octavo de la primera parte del Quijote y un fragmento del capítulo veintidós. Para desdicha de todos los doctores, esos añadidos se han perdido.

La trasantepenúltima referencia que vamos a citar sobre resurrecciones del Quijote es la novela *Monseñor Quijote* (1982), escrita por Graham Greene. En ella el caballero ya no es tal, sino un cura del pueblo de El Toboso, pueblo que tuvo como alcalde a un excomunista, que el protagonista de la trama le llama Sancho.

Ciudad de Cristal, o *City of Glass* como también es conocida (1985), es una obra enorme de Paul Auster, perteneciente a la denominada trilogía de Nueva York, que aunque desarrolla una trama detectivesca el autor trata el tema como si se tratara de una lectura moderna del Quijote. De hecho, el argumento central de la obra discurre sobre la autoría del Quijote.

Don Quijote, que fue un sueño (1986), de la estadounidense Kathy Acker es un retrato punk y vanguardista adecuado al momento que fue escrita, que trata de una mujer que se convierte en caballero —¿o caballera?— andante tras un aborto, excusa que sirve a la autora para criticar los quehaceres machistas.

Por último, sacamos a colación *Quijote* (2019), del tan atacado por radicales islámicos Salman Rushdie, autor británico, una continuación muy contemporánea del libro de

Cervantes cuenta el viaje de un comercial anciano y obsesionado con la televisión que recorre Estados Unidos junto a su hijo imaginario, Sancho, en una búsqueda caballeresca adaptada al momento en que fue escrita.

El epílogo a esta introducción es hablar de *El regreso de Don Quijote* (1926). G.K. Chesterton crea en esta ocasión un relato satírico en el que el protagonista, un bibliotecario experto en cultura medieval que compagina su trabajo con escarceos como actor aficionado. Una noche, resuelve no quitarse las vestiduras con las que había hecho una representación y proclamar un movimiento quijotesco, que en esta ocasión significa la exigencia de volver a la tradición y los valores caballerescos al modo del ingenioso hidalgo para así desterrar de la Tierra la modernidad mal entendida en general, y más concretamente, la sociedad industrial.

Así, la obra contrasta el idealismo, convertido en locura, y las tiranteces entre la tradición y la modernidad. Los estudiosos de la novela la han definido como perteneciente a un subgénero que es llamado sociología ficción, en realidad un homenaje a don Quijote, con una narrativa en la que se entrelaza el humor, la crítica social y la defensa de lo cierto y la historia pasada.

Ricardo Muñoz Fajardo

I

UN DESCONCHÓN EN LA CASTA

Había mucha luz en el extremo de la habitación más larga y amplia de la abadía de Seawood porque en vez de paredes casi todo eran ventanas. Esa parte de la habitación daba al jardín, haciendo terraza y asomándose al parque. Era una mañana de cielo despejado. Murrel, a quien todos llamaban el Mono por algún motivo que ya nadie recordaba, y Olive Ashley, aprovechaban la buena luz para pintar. Ella lo hacía en un lienzo pequeño y él en otro muy grande.

Meticulosa, se aplicaba la joven dama en la elaboración de pigmentaciones extrañas, como remedando esas joyas lisas e impresas de brillo medieval que tanto la entusiasmaban y a las que tenía por una especie de expresión vaga, aunque ella la pretendía explícita, de un pasado histórico rutilante. El Mono, por el contrario, era decididamente moderno; usaba de latas llenas de colores muy crudos y de pinceles que de tan grandes parecían escobas. Con eso manchaba grandes lienzos y también no menos grandes láminas de latón, destinado todo ello a decorar una obra de teatro de aficionados de la que aún sólo estaban en los ensayos. Hay que decir que ni ella ni él sabían pintar; y que ni se les pasaba por la cabeza saberlo. Ella, sin embargo, al menos lo intentaba con denuedo. Él no.

—Me parece bien que aludas al peligro de desentonar —dijo él intentando en cierto modo defenderse de los escrúpulos que mostraba la dama—. Sin embargo, tu estilo y técnica pictóricos empequeñecen el espíritu, me parece... La pintura de decorados, al fin y al cabo, es mucho más que una iluminación vista bajo la lente de un microscopio.

13

—Odio los microscopios —se limitó a responder ella.

—Pues yo diría que necesitas uno, al menos por la forma en que te inclinas para mirar lo que pintas —dijo él—. A algunos he visto enroscarse en el ojo cierto instrumento, para poder pintar... Confío, sin embargo, en que tú no precises de algo así... No te quedaría nada bien.

Tenía razón. Era una joven alta, morena y de facciones suaves, regulares y equilibradas, como suele decirse; su traje de chaqueta de un verde oscuro, sobrio, nada bohemio, respondía sin embargo a las exigencias de su esfuerzo en el trabajo que desarrollaba. Aun siendo una mujer bastante joven, había en ella un sí es no es de solterona, sobre todo en sus gestos y modales. Y aunque la habitación estaba desordenada, llena de papeles y de trapos que no hacían sino demostrar la brillantez de los reiterados fracasos artísticos de Mr. Murrel, ella tenía a su alrededor, bien dispuestos, en perfecto orden, su caja de pinturas, su estuche, el resto de los instrumentos para pintar; tan en orden y bien dispuesto estaba todo que daba la impresión de que por encima de cualquier otra cosa pretendía cuidar amorosamente de aquellos objetos. No era una de esas personas a las que van destinados los avisos adheridos a las cajas de pinturas, pues no era preciso avisarla de que no debía meterse los pinceles en la boca.

—Me refiero —dijo ella como si deseara resumir y acabar de una vez por todas con el asunto del microscopio— a que toda vuestra ciencia y pesada estupidez moderna no ha hecho otra cosa sino que todo sea más feo... Y la gente también... Yo no me creo capaz de mirar a través de un microscopio de manera diferente a como lo haría a través de un tubo. Un microscopio sólo muestra horribles bichos moviéndose endemoniadamente. Además, no quiero mirar hacia abajo. Por eso me gustan la pintura y la arquitectura góticas, te obligan a levantar los ojos. El gótico eleva las líneas, hace que señalen al cielo.

—Pues a mí me parece que señalar no es de buena educación —dijo Mr. Murrel—; esas líneas a las que aludes ya deberían saber que estamos perfectamente al tanto de la existencia del cielo.

—A pesar de todo, me parece que sabes muy bien a qué me refiero —replicó la dama, que seguía pintando inalterable—. La mayor originalidad de las gentes del medievo radica en su manera de erigir las iglesias... Los arcos en punta, he ahí la importancia máxima de lo que hacían.

—Claro, y sus espadas también en punta —remachó él haciendo un movimiento de afirmación con la cabeza—. Quiero decir que atravesaban de parte a parte, con sus espadas, a quien no hacía lo que ellos querían... Sí, todo era entonces muy puntiagudo... Tan puntiagudo como una sátira hiriente.

—Bueno, en aquel tiempo era costumbre que los caballeros se atravesaran los unos a los otros con sus lanzas —replicó Olive, imperturbable—. Pero no tomaban asiento en cómodos butacones para ver a un irlandés cualquiera pegarse puñetazos con un negro cualquiera... Te aseguro que por nada del mundo asistiría a uno de esos modernos combates, y en cambio no me importaría ser la dama de honor de un torneo antiguo.

—Pues yo no sería un caballero, por mucho que tú fueses la dama de honor de un torneo antiguo, te lo aseguro —dijo el pintor de escenografías, secamente, algo molesto—. No se me concedería esa ventura... Ni aun siendo un rey se me concedería la facultad de sonreír... Quizás fuera un leproso, no sé, alguno de esos personajes medievales que eran como auténticas instituciones de la época. Sí, seguramente sería algo parecido... En el siglo XIII, apenas vieran asomar mi nariz por ahí me nombrarían capitán de los leprosos o cosa por el estilo. Y encima me obligarían a oír misa desde un ventanuco, apartado de los demás.

—Pero si tú no ves una iglesia ni de lejos —apostilló

la joven dama—. Pero si no te asomas ni a la puerta de una iglesia...

—Bueno, ya lo haces tú —dijo Murrel y siguió manchando de pintura en silencio.

Trabajaba entonces en lo que habría de ser un modesto interior de la Sala del Trono de Ricardo Corazón de León, usando abundantemente del escarlata carmesí y del púrpura, cosa que en vano había tratado de impedir Miss Ashley, si bien no hacía dejación de su derecho a protestar ya que ambos habían elegido el tema medieval y hasta habían escrito la obra, al menos hasta donde se lo permitieron sus colaboradores. La obra versaba acerca del trovador Blondel, el que cantaba en honor de Ricardo Corazón de León, y en honor de muchos otros más. Incluso a la hija de la casa, que era muy aficionada al teatro. Mr. Douglas Murrel, el Mono, sin embargo, no hacía sino constatar pugnazmente su fracaso en la pintura de escenografías, después de haber obtenido éxito semejante en muchas otras actividades. Era hombre de cultura tan vasta como sus frustraciones.

Había fracasado, muy señaladamente, en la política, aunque en cierta ocasión estuvo a punto de ser designado jefe de partido, que no sabemos cuál era.

Fracasó justo en ese momento, realmente supremo, en el que hay que comprender la relación lógica que se da entre el principio de talar los bosques en los que viven los corzos hasta destruirlos y el de mantener un modelo de fusil obsoleto para el ejército de la India. Algo así como el sobrino de un prestamista alsaciano, en cuyo preclaro cerebro se hacía más evidente la necesidad de la relación antes aludida, acabó alzándose con la jefatura del partido. Y el Mono pasó a demostrar, desde aquel preciso momento, que tenía ese gusto por la clase baja del que hacen ostentación muchos aristócratas que se pretenden ajenos a los prejuicios sociales, manifestándolo incongruentemente, cual suele decirse, en lo estrafalario de su atavío, cosa que a menudo le hacía parecer un mozo de cuadra.

Tenía muy rubio el cabello, aunque le comenzaba a blanquear con rapidez. Era, en fin, un hombre joven, aunque no tanto como Olive. Y era además un hombre de rostro afable y sencillo, pero no vulgar, en el que se percibía una expresión de compungimiento casi cómica, que resultaba más notable en contraste con los indescriptibles colorines de sus corbatas y de sus chalecos, casi tan mezclados y vivos, eso sí, como los que salían de sus pinceles como escobas.

—En realidad, mis gustos son los propios de un negro —dijo al cabo de un rato, mientras procedía a extender una gruesa pincelada de color sangre—. Esas mezclas de gris de los místicos me aburren y hastían tanto como aburridos y hastiados son los místicos... Ahora se habla de un Renacimiento etíope... Y el banjo es un instrumento más hermoso que la flauta del viejo Dolmetsch. Para mí no hay danza tan profunda como el Break-Dance, cuyo sólo nombre hace llorar de emoción. Ni personajes históricos como Toussaint Louverture y Booker Washington, ni personajes ficticios como el Tío Remo y el Tío Tom... Te apuesto lo que quieras a que no se necesitaría mucho para el Smartset se pintara la cara de negro tan tranquilamente como se blanquea los cabellos... Algo en mi interior me dice que estaba destinado a ser un negro de Márgate... En el fondo, creo que la vulgaridad es cosa muy simpática. ¿Tú qué opinas?

Nada respondió Olive. Parecía ensimismada. Su delicado perfil, con los labios entreabiertos, sugería la presencia de un niño, además perdido.

—Recuerdo ahora una antigua iluminación —dijo al fin— en la que había un negro. Representaba a uno de los tres reyes de Belén y lucía una corona de oro. Era completamente negro pero su ropón, muy rojo, parecía una llamarada... Observa qué delicadeza, la de aquel tiempo, hasta para representar a un negro y su vestimenta... Hoy somos incapaces de conseguir ese rojo que se usaba en aquel tiempo, y sé de algunos que lo han intentado por todos los medios... Es un arte irremisiblemente perdido, como el del cristal pintado.

—Bueno, este rojo está muy bien, para nuestras modernas intenciones —dijo Murrel alegremente, señalando su brochazo.

Ella contemplaba ahora el bosque lejano bajo el límpido cielo de la mañana, como abstraída.

—A veces me pregunto qué propósitos albergan tus modernas intenciones —dijo lentamente.

—Supongo que pintar de rojo la ciudad —contestó él.

—Tampoco vemos ya aquel color oro viejo que antes tanto se usaba —prosiguió ella como si no le prestara atención—. Ayer mismo estuve viendo un libro religioso antiguo en la biblioteca... ¿Sabes que en otro tiempo siempre se ponía con letras doradas el nombre de Dios? Pero, en nuestros días, me parece que si se decidiera dorar una palabra no sería otra que la palabra oro.

Una voz distante rompió el largo silencio que se hizo entre ambos. Una voz que, desde el corredor, gritaba «¡Mono!» escandalosa e imperativamente.

A Murrel, la verdad, le importaba poco que lo llamasen así, aunque la excepción ocurría precisamente cuando se lo decía... Julián Archer. No era envidia porque Archer gozara del éxito tanto como Murrel acumulaba fracasos. Más bien era por una leve sombra, entre la intimidad y la familiaridad, que hombres como Murrel jamás se permiten confundir, y por lo que están dispuestos incluso a llegar a las manos en un momento dado. Cuando vivió en Oxford, muchas veces se dejó llevar por las gamberradas propias de los estudiantes, gamberradas, algunas, a muy corta distancia de lo criminal. Pero no llegó a tirar a cualquiera por la ventana de un último piso, aunque a veces pensara que quienes eran sus amigos más próximos bien se lo merecían.

Julián Archer era uno de esos tipos que parecen tener el don de la ubicuidad y ser muy importantes, aunque sería difícil señalar en qué radicaba su importancia. No era un villano, ni mucho menos un imbécil; siempre, además, salía bien librado de cualquier lance, por comprometido que fuese, en el que se implicara. Pero los más agudos observadores de sus hazañas no acertaban a comprender por qué razón se le obligaba a veces a superar determinadas pruebas, en vez de obligar a ello a cualquier otro. Si una revista hacía una encuesta, por ejemplo, a propósito de algo así como ¿debemos comer carne?, se acudía en solicitud de respuesta a Bernard Shaw, al doctor Saleebeg, a lord Dawson of Penn y a Mr. Julián Archer, y si se conformaba un comité para la programación de un teatro nacional, u otro para erigir un monumento a Shakespeare, y desde una alta tarima lanzaban sus discursos Miss Viole Tree, sir Arthur Pinero y Mr. Comyns Carr, allí que aparecía igualmente, y para hacer lo mismo que ellos, Mr. Julián Archer. Que se publicaba un libro de composiciones varias, titulado por ejemplo La esperanza en el más allá, libro en el que aportaban su colaboración sir Oliver Lodge, Miss Marie Corelli y Mr. Joseph McCabe, allí estaba también la firma de Mr. Julián Archer. Era miembro, por otra parte, del Parlamento. Y de unos cuantos clubes más... A él se debía una novela histórica, además de todo lo anterior, y como era un actor excelente, si bien sólo aficionado, nadie se veía con la fuerza moral necesaria para evitar que interpretase el papel principal en la obra El trovador Blondel.

Nada había en él, pues, que objetar; y nada de cuanto hacía podía considerarse una excentricidad. Su novela histórica, que trataba de la Batalla de Agincourt, había sido considerada una buena novela histórica... moderna, o lo que es lo mismo, algo así como las divertidas aventuras de un estudiante de nuestros días en un baile de máscaras. Aunque cabe decir, en honor a la verdad, que no era muy partidario del disfrute de la carne ni de la inmortalidad personal... en vida. No obstante, proclamaba sus opiniones, siempre mesuradas, en alto y decididamente, con su voz honda, campanuda. Esa misma voz que ahora parecía llenar toda la casa. Era Archer una de esas personas capaces de soportar un largo silencio que sigue a una plática, pues su voz le precedía por todas partes, como su reputación, como su fotografía en todas las páginas de los periódicos que hablaban de los más brillantes acontecimientos sociales, fotos en las que se le veía siempre impecable, con sus rizos negros y su hermoso rostro. Miss Ashley dijo que parecía un tenor. Mr. Murrel hubo de conformarse con decir que a él no se lo parecía, que su voz no le sonaba precisamente de eso.

Entró Julián Archer en la habitación, vestido como un trovador de antaño, aunque desentonaba con su atavío el telegrama que llevaba en una mano.

Venía de ensayar su papel y se mostraba cansado, incluso sofocado, aunque acaso sólo fuera de triunfo. Parecía haberlo desconcertado aquel telegrama.

—¡Escuchadme! —clamó—. Braintree no quiere actuar.

—Bien, yo nunca me creí del todo que fuese a hacerlo —dijo Murrel sin dejar de dar brochazos.

—Bastante enojoso ha sido tener que pedirle el favor a un tipo como él, pero lo cierto es que no teníamos a nadie más —siguió diciendo Mr. Archer—. Ya le dije a lord Seawood que es mala época, porque todos nuestros mejores amigos están lejos. Braintree es un perfecto desconocido. Y mira que me cuesta creer que haya podido llegar siquiera a ser eso...

—Fue una equivocación llamarlo —dijo Murrel—. Lord Seawood fue a verle porque le dijeron que era unionista, sólo por eso. Cuando se enteró de que en realidad era trade unionista se desconcertó un poco, lógicamente, pero no podía montar un escándalo... Es más, me parece que le pondríamos en un gran aprieto si tuviera que explicar lo que significa cada uno de esos términos.

—¿Cómo no va a saber lo que significa unionista? —preguntó Miss Olive.

—Eso no lo sabe nadie; hasta yo he sido uno de ellos —replicó el pintor.

—Yo no renegaría de un hombre por el solo hecho de que sea socialista —dijo Mr. Archer, demostrando su generosidad de espíritu—. Por lo demás, había...

Y guardó silencio de golpe, sumido en sus recuerdos.

—Ese tipo no es socialista —intervino Murrel—. Es un sindicalista.

—Pues eso es mucho peor, ¿no? —dijo la joven dama con enorme candidez.

—Claro, todos queremos que mejoren los asuntos sociales, todos queremos arreglar lo que está mal —dijo Archer—, pero nadie puede defender a un hombre que incita a una clase contra otra, como hace él, al tiempo que pondera el trabajo manual y propala utopías imposibles. Yo siempre he dicho que el capital tiene ciertas obligaciones, al igual que...

—Bueno —lo interrumpió Murrel—, con eso que dices me ofendes; a nadie encontrarás que se emplee tanto en una actividad manual como lo hago yo.

—Bien, dejémoslo; el caso es que ese sujeto no quiere trabajar en nuestra función... Claro que no hacía más que del segundo trovador, un papel que puede interpretar cualquiera. Pero tiene que ser joven... Por eso acudí a Braintree.

—Sí, es verdad, aún es joven —aceptó Murrel—. Como tantos hombres jóvenes, por lo demás, incluso los que lo siguen.

—Yo lo detesto a él y a todos sus hombres jóvenes —dijo Olive con energía desconocida—. En otro tiempo, la gente se lamentaba porque los jóvenes, de tan románticos, llegaban a perder la cabeza. Estos jóvenes como Braintree, sin embargo, pierden la cabeza porque son vulgares, sórdidos, prosaicos, de bajos instintos... Porque se pasan el día hablando de máquinas y de dinero. Porque son materialistas y quieren un mundo habitado por ateos. Un mundo de monos.

Se hizo un largo silencio que rompió Murrel cruzando la habitación, descolgando el teléfono y gritando un número a la operadora. Entonces siguió una de esas conversaciones a medias que hacen sentirse a quienes las escuchan como si literalmente les faltara la mitad del cerebro. Aunque ahora la cuestión se entendía con enorme claridad.

—¿Eres tú, Jack? Sí, ya lo sé... Precisamente quiero hablarte de eso. Sí, en casa de lord Seawood... No puedo ir a verte, hombre, estoy pintando de rojo, como los indios... ¡Qué estupidez! ¿Qué más da? Vendrás para que hablemos de negocios, sólo eso... Sí, claro, lo comprendo... ¡Pero qué bestia eres! Que no hay aquí ninguna cuestión de principios, tenlo en cuenta... Que no te voy a comer, hombre... Vamos, ni siquiera te voy a pintar a brochazos... De acuerdo, muy bien.

Colgó el auricular y siguió con su creativa tarea, silbando relajadamente.

—¿Conoces a Mr. Braintree? —preguntó entonces Miss Olive con mucha curiosidad.

—Ya sabes que adoro el trato con gente de baja estofa—dijo Murrel.

—¿Extiendes eso también a los comunistas? —preguntó Archer alarmado—. Lo cierto es que se parecen bastante a los ladrones.

—El trato con gente de baja estofa no convierte a nadie en un ladrón —replicó Murrel—. Al contrario, es el trato con gente de alta alcurnia lo que suele hacerlo.

Y se puso decorar un pilar con un color violeta y grandes estrellas anaranjadas, de acuerdo con el famoso estilo ornamental de los salones del palacio de Ricardo I.

II

UN HOMBRE PELIGROSO

Mr. John Braintree era joven, alto, enteco y educado; lucía negra barba y ceño también negro, lo cual parecía una exhibición de sus principios, como la corbata roja que siempre llevaba. Cuando sonreía, lo que hacía ahora contemplando el trabajo de Murrel, parecía incluso simpático.

Cuando fue presentado ante la joven dama se inclinó ceremonioso y galante, con una corrección algo envarada. Abusaba en cierto modo de esa elegancia antigua propia de aristócratas, que ahora, sin embargo, es más común entre el gremio de los artesanos, siempre y cuando sean artesanos bien educados, claro. Mr. Braintree, sin embargo, se había iniciado en la vida profesional como ingeniero.

—Estoy aquí porque tú me lo has pedido, Douglas —dijo—, pero te advierto que esto no me parece nada bien.

—¿Cómo? ¿Acaso estás diciendo que no te gusta mi combinación de colores? —Pareció extrañarse Murrel—. Pues te hago saber que esta combinación de colores despierta gran admiración.

—Bien —dijo Braintree—, admito que no me gusta especialmente tu trabajo, esa combinación púrpura romántica para resaltar tanta tiranía y superstición feudales, pero no se refieren a tal cosa mis objeciones... Escucha, Douglas... He venido bajo la condición inexcusable de decir lo que me plazca. Claro que no es menos cierto que no me gusta hablar contra un hombre en su propia casa. Así que, para plantear como es debido el asunto conflictivo que más me interesa, debo señalar antes que nada que la Unión Minera se ha declarado en huelga, y que yo soy, precisamente, el secretario de dicha Unión Minera.

—¿Y a qué se debe la huelga? —preguntó Archer.

—Queremos más dinero —respondió Braintree con enorme frialdad—. Cuando con un par de peniques no se puede comprar más que un penique de pan, es lógico que aspiremos a ganar al menos esos dos peniques. He ahí la más clara expresión de la complejidad del sistema industrial. Sin embargo, lo que más interesa a la Unión es que se la reconozca.

—¿De qué reconocimiento se trata?

—Bien, la Trade Union no existe. Eso supone una tiranía evidente que amenaza destruir todo el comercio británico. No existe la Trade Union, así de claro y lamentable es el estado de cosas. Lo único en lo que lord Seawood y sus más indignados críticos contra nosotros parecen hallarse de acuerdo es en que no existe la Trade Union. Así pues, y a fin de sugerir que la existencia de la Trade Union debiera darse, pues se trataría de un hecho harto positivo para todos, nos reservamos el derecho a la huelga.

—Y supongo que lo hacen también para dejar sin carbón al muy protervo ciudadano, naturalmente —dijo Archer con mucha acritud—. Si hacen eso, nada me extrañaría que la opinión pública se les echara encima... Verían ustedes entonces cuan fuerte es... Si ustedes no quieren sacar carbón, y el Gobierno no les obliga a que lo hagan, ya encontraremos quién lo extraiga, ya verán... Yo mismo pediré cien muchachos de Cambridge, de Oxford o de la City, a los que seguramente no importará trabajar en una mina. ¡Todo sea por acabar con esa auténtica conspiración social que pretenden ustedes!

—Pues en tanto llega ese momento que anuncia —replicó Braintree con bastante altivez— le sugiero que busque cien mineros para que ayuden a que Miss Ashley termine su iluminación. La minería es un oficio que requiere de gran destreza, caballero... Un minero no es un carbonero... Usted podría ser un magnífico carbonero.

—Quiero suponer que no me insulta usted —dijo Archer.

—¡No, claro que no! —respondió Braintree—. Es sólo un cumplido, por supuesto.

Murrel intervino para poner paz.

—Me parece, caballeros, que no hacen ustedes más que dar vueltas alrededor de mi idea central. Primero, un carbonero; luego, un fumista... Y así hasta obtener los más profundos tonos del negro.

—¿Pero no es usted un sindicalista? —preguntó Olive con gran severidad, y tras una pausa añadió—: ¿Qué es en realidad un sindicalista?

—La mejor manera de responder a su pregunta— comenzó a decir Braintree con mucha consideración hacía la joven dama— sería decir que, para nosotros, las minas deben pasar a ser propiedad de los mineros.

—Claro, lo mío es mío —intervino Murrel—. ¡Un precioso lema del feudalismo medieval!

—A mí me parece un lema excesivamente moderno, sin embargo —dijo Olive con sarcasmo—. ¿Pero cómo se las podrían ingeniar ustedes si las minas perteneciesen a los mineros?

—Parece una idea ridícula, ¿no es cierto? —dijo el sindicalista—. Es como si uno dijera que la caja de pinturas debe pertenecer al pintor...

Olive se puso de pie, se dirigió a las ventanas que permanecían abiertas y se asomó al jardín, frunciendo el ceño. Lo de fruncir el ceño era más propio del sindicalista, pero en este caso respondía a ciertos pensamientos que se le pasaban por la cabeza a la dama. Tras unos minutos de silencio salió al pasillo y desapareció lentamente. Había en su actitud cierto grado de rebelión contenida, pero Braintree estaba demasiado enardecido intelectualmente como para darse cuenta de ello.

—A mí no me parece —dijo— que alguien haya advertido hasta ahora que sea una utopía propia de salvajes que la flauta pertenezca al flautista.

—¡Olvídese usted de las flautas, caramba! —gritó Archer—. Cree usted que una manada de gente de baja estofa...

Murrel terció entonces con otra de sus frivolidades, intentando así desviar la conversación.

—Bueno, muy bien; estos problemas sociales —dijo— no se arreglarán hasta que no logremos caer de nuevo en aquel tiempo en que toda la nobleza y todos los hombres de mayor cultura de Francia se reunieron para ver a Luís XVI ponerse el gorro frigio... ¡Créanme que será verdaderamente mayestático que nuestros artistas e intelectuales se reúnan para verme poniendo betún reverencialmente en la cara de lord Seawood!

Braintree seguía mirando a Julián Archer con gesto torvo.

—Hasta el momento —dijo—, nuestros artistas e intelectuales no han hecho más que ponerle betún en las botas.

Archer pegó un brinco, como si acabaran de mentar su nombre acompañándolo de una ofensa.

—Cuando a un caballero se le acusa de dar betún a las botas de otro —dijo—, se corre el peligro de que ponga el betún en los ojos de quien dice eso...

Braintree sacó una mano huesuda de su bolsillo, cerró el puño y dijo mirándoselo:

—Ya me he referido a que nos reservamos el derecho a la huelga.

—No deberíais hacer el tonto de esa manera —le dijo Murrel alzando su brocha teñida de rojo—. No montes líos, Jack, ni hagas el oso... Te equivocas, créeme; corres el riesgo de darte un batacazo... por pisar los rojos cortinones del rey Ricardo.

Archer tomó asiento lentamente; el sindicalista, tras un instante de duda, se asomó al jardín.

—No te preocupes —casi gruñó al poco, dirigiéndose a Murrel—. No voy a destrozarte a pisotones tu lienzo... Me doy por satisfecho con haber abierto una brecha en los de tu estirpe. ¿Qué quieres de mí? Ya sé que eres todo un caballero. ¿Pero qué sacamos nosotros de eso? Bien sabes que los hombres como yo, cuando reciben una invitación a una casa como esta en la que estamos, acuden sólo para hablar a favor de los de su clase... Tú tratas bien a mi gente, eso es verdad. Pero también los tratan así unas cuantas mujeres guapas. Y muchas otras personas. Y llega un momento en que esos hombres se convierten en... bueno, en hombres que tienen que entregar una dura carta de sus amigos, pero temen hacerlo porque el destinatario les ha tratado bien.

—Fíjate —dijo Murrel— en que no sólo has abierto una brecha, sino en que me has metido a mí por ella. Lo cierto es que no cuento con otro... La función no se representará hasta dentro de un mes, pero para entonces aún dispondremos de menos gente entre la que elegir, y además necesitamos ese tiempo para los ensayos... ¿Por qué te niegas a hacernos el favor que te pedimos? No comprendo que tus opiniones puedan impedírtelo... Y en lo que a mí respecta, no tengo opiniones, las gasté todas cuando era más joven, cuando estuve en la Unión. Pero, por encima de todo, me duele muchísimo disgustar a las damas... Aunque en esto que nos ocupa todos seamos hombres.

—¡Cierto, no hay más que hombres! —dijo Braintree mirándole fijamente.

—Bueno, ahí tenemos también al viejo lord Seawood —dijo Murrel—, que a su manera no es del todo malo como actor... No puedes esperar que mis opiniones sobre él sean tan duras como las tuyas... Aunque confieso que me resulta muy difícil imaginármelo haciendo de trovador...

—Hay un hombre en el cuarto de al lado —dijo Braintree mirándolo fijamente, con algo de dureza—, y hay

28

otro en el jardín, y otro más en la puerta, y hay un hombre en los establos, y hay un hombre en la cocina, y otro en la bodega... ¿Por qué mientes, si ves tantos hombres como hay en esta casa? ¿Es que aún no te has dado cuenta de que son hombres? Y luego me preguntáis el porqué de la huelga... ¡Hacemos huelga porque sois capaces de olvidaros de nuestra propia existencia, salvo si vamos a la huelga! Manda a tus criados que te sirvan. Yo no tengo por qué hacerlo.

Y salió aprisa al jardín.

—Bueno —dijo Archer respirando profundamente—. He de confesar que no soporto a tu amigo.

Murrel se apartó de su lienzo, inclinó la cabeza a un lado, como los entendidos, para mejor contemplar los brochazos, y dijo:

—Pues me parece que su idea de utilizar a los criados es muy buena. ¿No te imaginas al viejo Perkins de trovador? Tú conoces bien a mi ayuda de cámara, ¿no? La verdad es que cualquiera de los lacayos de mi casa haría de trovador maravillosamente...

—¡No digas imbecilidades! —gritó Archer, muy molesto—. El papel de trovador es corto, pero quien lo interprete tiene que hacer cosas... ¡Besar la mano de la princesa, por ejemplo!

—Mi ayuda de cámara lo haría como un Céfiro... —dijo Murrel—. Pero quizás, me parece, debamos apuntar aún más bajo en esa jerarquía de los lacayos... Si no quiere hacerlo, o no le consideramos apto, se lo diré al portero; y si este no quiere, a mi botones; y si el muchacho tampoco quiere, al mozo de cuadra, que es el que menos se niega a lo que sea; y si el mozo de cuadra tampoco se presta, bien, pues habrá que buscar entre los más viles pinches de la cocina... Y si aún estos me fallan, pues acudiré a un tipo aún de más baja estofa, al bibliotecario de esta casa en la que nos encontramos... ¡Vaya! ¿Cómo no se me había ocurrido antes? El bibliotecario es el más idóneo, ¡claro que sí!

Con gran entusiasmo tiró su brocha al aire, que fue a caer al extremo opuesto de la habitación, echando a correr acto seguido en dirección al jardín, seguido por Mr. Archer, que parecía anonadado.

Era temprano, porque los amateurs se habían levantado mucho antes del desayuno, a fin de pintar y de ensayar con tiempo suficiente. Braintree, por su parte, madrugaba siempre; aquel día, encima, lo había hecho aún más que nunca para entregarse a la redacción de un riguroso, por no decir rabioso, artículo destinado a las páginas de un diario vespertino socialista. La blanca luz del día tenía aún esa palidez rosada que sin duda ha inspirado a más de uno de esos poetas fantásticos que comparan los rayos del amanecer con los dedos.

La casa se alzaba en un cerro que caía por dos lados hacia el Severn. El jardín, trazado en forma de terraza, con los árboles plenos de flores primaverales, parecía velar, sin confundirse con ella, sin embargo, la espléndida curvatura del paisaje. Las nubes hacían tirabuzones y ascendían como el humo de un cañón, como si el sol asaltara silenciosamente las partes más elevadas del terreno. El leve viento y el sol bruñían la hierba recientemente segada. En un ángulo elevado, como accidentalmente, yacía un fragmento de pedestal gris, de las ruinas de la abadía que allí hubo antaño. Un poco más allá se veía la esquina de la parte más abandonada de la casa, hacia la que se dirigía Murrel a buen paso. Lo seguía Archer con su belleza teatral y sobreactuada a cuestas.

Tan pintoresca ilusión se completó con una figura muy bien vestida, que apareció bajo el resplandor del sol unos minutos después. Era una dama joven con el cabello rojo, que se tocaba con una corona regia. Muy erguida, incluso altanera, saludable. Parecía saciarse con la brisa de la mañana como el caballo de la guerra en las Escrituras, para gozarse en sí misma en sus ropas batidas por esa brisa. Julián Archer componía un cuadro perfecto con su traje de tres colores. A su lado, los tonos modernos del traje y la corbata de Murrel parecían tan vulgares como las ropas de los mozos de cuadra, con los que tenía por costumbre perder el tiempo.

Miss Rosamund Severne, hija única de lord Seawood, era uno de esos seres que se lanzan a lo que sea pero haciendo mucho ruido. Su extraordinaria belleza era tanta, y tan exuberante, como su magnífico carácter y su buen humor. La verdad es que gozaba de todo corazón su papel de princesa medieval, aunque sólo fuera para una función de teatro amateur. Y no albergaba ninguno de los sueños reaccionarios de su amiga Miss Ashley. Era, por el contrario, una mujer práctica y moderna. Había intentado ser doctora en Medicina, pero el conservadurismo de su padre acabó por frustrar sus planes y hubo de resignarse a no ser más que una dama liberal, algo violenta, a veces, en sus manifestaciones de dicho liberalismo. Sobresalía en actividades políticas y en la organización de distintas plataformas, aunque ni siquiera sus amigos más cercanos podían decir si hablaba para que las mujeres tuvieran derecho al voto o para que les fuera otorgado directamente el voto.

En cuanto vio a Archer a cierta distancia, le gritó tan resuelta como siempre:

—¡Te estaba buscando! ¿No te parece que deberíamos ensayar una vez más esa maldita escena?

—Yo también te buscaba —se entrometió Murrel—. Hagamos mayores desarrollos dramáticos en nuestro ya de por sí dramático mundo, amiga mía... Oye, ¿conoces aunque sólo sea de vista a tu bibliotecario?

—¿Y qué pinta en todo esto mi bibliotecario? —preguntó Miss Rosamund a su vez—. Pero, sí, claro que lo conozco, y no sólo de vista... Aunque no creo que haya nadie que lo conozca bien...

—Será una polilla más de los libros —observó Archer.

—En realidad todos somos polillas, querido amigo —dijo Murrel—. En mi opinión, una polilla de libros demuestra, al fin y al cabo, un gusto refinado y una evidente superioridad de su dieta sobre la que es común en las polillas vulgares... Yo quiero cazar a esa polilla bibliotecaria como si fuese el mismísimo pájaro del alba. Escucha, Rosamund... Haz tú de pájaro del alba y cázame esa polilla, te lo pido por favor.

—Esta mañana, de tan madrugadora, me siento como una alondra —dijo la joven y bella dama.

—Bien, pues sé una alondra dispuesta a cazar —dijo Murrel—. Hablo en serio, querida... ¿Conoces de verdad tu biblioteca y podrás traerme al bibliotecario? Vivo, claro está...

—Seguro que ya está en la biblioteca —dijo Rosamund, algo extrañada pero tan resuelta como siempre—. No sé bien qué pretendes, pero si quieres hablar con él puedes ir tú mismo a verle.

—Siempre das en el blanco, querida—dijo Murrel—. Eres un buen pájaro.

—Un pájaro del paraíso —terció Archer, adulón.

—Y tú un pájaro chistoso —le respondió ella con una carcajada—. Y el Mono, un ganso...

—Yo soy a la vez un Mono, una polilla y un ganso —asintió Murrel—. Mi proceso evolutivo no concluye jamás... Pero antes de que me convierta en quién sabe qué otro ser, permíteme que te explique algo, querida... Archer, con su infernal orgullo aristocrático, no consiente que un pinche de mi cocina haga de trovador, de modo que he decidido caer aún más bajo y poner mi vista en tu bibliotecario... Se trata de que alguien haga de segundo trovador, nada más.

—El bibliotecario se llama Herne —dijo la joven dama, sin salir de su asombro—. Pero no pretendas... Quiero decir que ese hombre es todo un caballero. Es más, diría que es un auténtico sabio.

Murrel ya se había largado, doblando por la esquina de la casa para dirigirse a las puertas acristaladas que llevaban a la biblioteca. No obstante, se detuvo de golpe y quedó contemplando algo en la distancia. En la parte más elevada del jardín, en la vertiente opuesta a esa en la que se encontraba, distinguió dos figuras que se destacaban bajo el límpido cielo de la mañana. Nunca hubiera supuesto que podría ver algo así. Una de las figuras era la del execrable demagogo llamado John Braintree. La otra, la de Miss Olive Ashley... Es cierto que cuando prestó mayor atención a las figuras, la de Olive se revolvía con un ademán que parecía furioso, de rechazo. Pero a Murrel le pareció aún más extraño el hecho de que se encontraran allí que el hecho de que se distanciasen. No pudo evitar que una expresión melancólica cruzara su cara de mono. Rápidamente se dirigió a la biblioteca.

III

LA ESCALERA DE LA BIBLIOTECA

El nombre del bibliotecario de lord Seawood había aparecido una vez en los periódicos, aunque seguramente ni él mismo lo supo. Fue durante el controvertido debate a propósito de la importancia secular del número de los camellos, en 1906, cuando el profesor Otto Elk, aquel temible sabio hebreo, se afanaba en su extraordinaria campaña contra el Deuteronomio y valiéndose de la rara intimidad lograda con el oscuro bibliotecario, que a su vez tenía una intimidad aún mayor con los paleohititas... Ha de advertirse al culto lector de que no eran estos los hititas comunes, los hititas vulgares, podría decirse, sino una raza de hititas mucho más remota. El bibliotecario sabía muchísimo acerca de los hititas, pero sólo, como tenía mucho cuidado en explicar, desde la unificación del reinado de Pan-El-Zaga (vulgar y tontamente llamado Pan-Ul-Zaga), hasta la devastadora batalla de Uli-Zamal, tras la cual puede asegurarse que la verdadera civilización de origen paleohitita desapareció del mapa. De todo esto, es la verdad, nadie sabía tanto como él.

Nunca, no es menos cierto, había escrito un solo libro sobre los hititas, pero sí lo hubiese hecho seguro que tendríamos ahora, en ese único volumen, la más completa biblioteca al respecto. Claro que, probablemente, nadie hubiera sido capaz de leer libro semejante. Salvo su autor, claro.

En aquella pública controversia, su aparición y su desaparición habían sido igualmente aisladas y raras. Pare-

34

ce que hubo un sistema de alfabeto de los jeroglíficos, y que, en efecto, no parecían al indolente ojo del mundo, a pesar de esta indolencia, indiferentes o vanos jeroglíficos de ninguna especie, sino superficies irregulares de piedra medio desgastada. Pero como la Biblia dice en algún lado que alguien viajó con cuarenta y siete camellos, el sabio profesor Elk pudo proclamar la grande y buena nueva de que en la narración hitita sobre el mismo caso de los camellos había conseguido descifrar el sabio bibliotecario Mr. Herne una alusión distinta, una cifra diferente, la de cuarenta camellos, descubrimiento que afectaba de manera muy profunda y grave a los fundamentos de la cosmogonía cristiana, cosa que a muchos les pareció que abría perspectivas alarmantes, y a otros muy prometedoras, para la institución del matrimonio.

El nombre del bibliotecario, muy a su pesar y aunque él no se enterase, se hizo famoso durante un tiempo entre los periodistas, y la insistencia en la persecución o descuido sufrido a manos de los ortodoxos por Galileo, Bruno y Mr. Herne, suponía una bonita variación con respecto al conocido trío formado por Galileo, Bruno y Darwin. Descuido sí lo hubo, la verdad, porque el bibliotecario de la casa de lord Seawood prosiguió laboriosamente en su tarea de descifrar los jeroglíficos sin ayuda de nadie, y así y todo llegó a descubrir que las palabras cuarenta camellos iban seguidas de y siete, pormenor, empero, que no hizo que un mundo moderno y avanzado se interesara en los estudios de aquel sabio solitario.

El bibliotecario era realmente uno de esos hombres que detestan la luz diurna; era en verdad una sombra entre las sombras de la biblioteca. Alto y muy firme, tenía no obstante un hombro más bajo que el otro y el cabello de un rubio polvoriento y sin brillo. Su cara era larga y enjuta, pero sus ojos azules parecían a más distancia el uno del otro de lo que es común en un rostro humano. A primera vista parecía tener sólo un ojo. Como si el otro perteneciese a otra cabeza. Puede que fuese así; puede que ese otro ojo estuviera en la cabeza de un hitita de diez mil años atrás, quién sabe.

Michael Herne tenía algo que quizás sea propio de todos los especialistas, no importa en qué materia lo sean; algo enterrado bajo sus montañas de papel, un algo que le daba la fuerza para sostener las montañas de papel sin ayuda. Un algo, pues, que a veces llamamos poesía.

Mr. Herne elaboraba detallados cuadros sinópticos de las cosas que eran objeto de sus estudios. Pero ni siquiera esos hombres de probada discreción, capaces de apreciar los más extraños estudios, hubieran visto en él otra cosa que un anticuario polvoriento capaz de pasarse horas buscando pucheros antiguos y hachas de guerra que cualquiera de nosotros preferiría dejar enterrados. No es justo juzgarle a la ligera, sin embargo... Para él, esos objetos inanimados no eran ídolos, sino instrumentos eficaces para su estudio. Cuando veía un hacha hitita se la imaginaba matando algo que echar al puchero hitita; cuando contemplaba un puchero hitita, se lo imaginaba con agua hirviendo para cocer algo que el hacha había cazado. Claro que él jamás hubiese llamado algo a eso, sino que le hubiera dado el nombre de cualquier ave o de cualquier cuadrúpedo susceptibles de ser comidos, que no en vano se contaba entre sus saberes el de la descripción de un menú hitita cualquiera... Así, con débiles fragmentos había logrado erigir no ya un cuerpo de doctrina, sino una ciudad y estados visionarios y arcaicos, todo lo cual eclipsaba la Asiría clásica, si no la dejaba reducida a polvo. El corazón de Mr. Herne siempre estaba muy lejos, como si latiera para llevarlo ba-

36

jo extraños cielos de color turquesa y oro a caminar entre gentes con peinados que parecían sepulcros y entre sepulcros más altos que ciudadelas, y cruzándose con hombres que llevaban las barbas trenzadas como tapices. Cuando miraba por la ventana de la biblioteca y veía al jardinero barriendo lentamente los estrechos caminos de piedra del jardín de la casa de lord Seawood, no era eso lo que veía sino aquellos enormes brutos y aquellos pájaros gigantescos que parecían labrados en las montañas. Contemplaba, simplemente, esas formas que parecían haber sido hechas para albergar ciudades en su interior.

Por otra parte, circularía después durante un tiempo una historia de un profesor, un hombre bastante incauto, que había dicho alguna indiscreción acerca de la moralidad de la princesa hitita Pal-Ul-Gazil, profesor al que el bibliotecario había apaleado por ello con una escoba de las que utilizaba para quitar el polvo a los libros hasta obligarlo a subirse en lo más alto de la escalera de la biblioteca. La opinión pública, sin embargo, andaba un tanto dividida. Unos daban por cierto el sucedido y otros decían que no era más que una invención de Mr. Douglas Murrel.

No obstante, cabría tomar aquello, si no por una anécdota, sí por una alegoría. Pocos saben algo de la guerra imparable de controversias y de los sucesivos tumultos que se esconden bajo la ocupación de un amateur, por oscura que esta sea. En efecto, el más cruel espíritu guerrero halla amparo en las ocupaciones de un amateur, como si de toperas se tratasen, logrando así la ocultación de los auténticos debates que deberían producirse en un campo tan llano como limpio, a cielo abierto. Podría suponerse que el Daily Wire es un periódico que llama a la violencia, y que la Review of Asyrian Esxcavations es una publicación pacífica y de prosa elegante. Todo lo contrario... El periódico popular parece en los últimos tiempos frío y distante, hasta convencional; utiliza los clichés más manidos... La revista de los excavadores, de los estudiosos, por el contrario, suelta fuego por todas sus páginas; incita al fanatismo y a la guerra sin cuartel contra quien no suscriba sus tesis.

Mr. Herne no podía moderarse lo más mínimo cuando pensaba en el profesor Pool y en su fantástica y monstruosa insidia a propósito del tipo de sandalia prehitita. Perseguía sañudamente el bibliotecario al profesor hasta blandiendo una pluma de escribir, si no tenía a mano una escoba cualquiera; es más, invertía en cosas así, cosas de las que nadie tenía la menor noticia ni el menor interés por recibirla, cantidades torrenciales de elocuencia, de lógica y de entusiasmo incuestionable, algo, por cierto, de lo que el mundo entero jamás sabrá una palabra. Cuando descubría lo que para él eran hechos novedosos y perfectamente contrastados, o cuando exponía errores aceptados generalmente, o cuando se concentraba en sus propias contradicciones que pasaba a explicar con lucidez enorme, sin embargo, no por todo eso, lograba el menor reconocimiento público. Hay que decir, a pesar de todo, que el bibliotecario era así una cosa que por lo general no pueden ser los hombres públicos: era feliz.

Hijo de un clérigo pobre, fue el único que en su etapa de estudiante en Oxford consiguió ser por completo insociable, y no porque mostrase un odio indecible e insobornable hacia la sociedad, sino por su positivo amor a la soledad. Sus pocos pero repetidos ejercicios físicos eran solitarios, como caminar o nadar, o excéntricos, si no extraños, como la esgrima, que practicaba sin un contrario. Poseía un buen conocimiento general de los libros, y como necesitaba ganarse la vida, ahí estaba, a cambio de un sueldo muy modesto, un sueldo más bajo que el de los criados, cuidando de la biblioteca bien seleccionada por quienes habían sido los anteriores propietarios de la antigua abadía de Seawood. Sólo una vez se permitió tomar vacaciones, que más que placenteras le resultaron muy duras, cuando fue como asistente de grado menor a participar en unas excavaciones hechas en Arabia, donde se suponía que estaban enterradas algunas ciudades hititas. Por las noches, después de aquello, soñaba invariablemente con esas excavaciones. También lo hacía despierto.

Estaba de pie ante la ventana abierta, tapándose los ojos con las manos, cuando a través de los dedos vio que la verde línea del jardín se rompía abruptamente por la oscura aparición de tres figuras, dos de las cuales, en su opinión, podían considerarse extrañas, por no decir chocantes e inapropiadas. Podía haberse tratado de tres espíritus llegados del pasado y revestidos de colorines, aunque su manera de cubrirse no era precisamente la de los ratitas, de eso se hubiera dado cuenta incluso alguien no especializado. Sólo una de aquellas tres figuras, vestida con chaqueta y pantalón de lana clara, ofrecía un aire de modernidad tranquilizadora.

—¡Buenos días, Mr. Herne! —le dijo una dama joven y educada, maravillosamente peinada y vestida con un traje azul ceñido y de mangas en punta—. Venimos a pedirle un gran favor, sólo usted puede ayudarnos.

Los ojos de Mr. Herne parecieron salirse de sus órbitas, como para adaptarlos a una especie de lente invisible que le ayudara a acortar la distancia y fijarse en el primer fondo, lleno de la presencia de la joven dama. Eso pareció producirle un efecto curioso, pues quedó como mudo. Al cabo de un buen rato dijo con más calor de lo podría esperarse por su mirada:

—Todo lo que esté en mi mano...

—Se trata sólo de hacer un corto papel en una función que preparamos —dijo la dama—. Es una pena darle un papel tan breve como modesto, pero la verdad es que nos han fallado todos aquellos en los que confiábamos y no queremos renunciar a nuestra obra.

—¿De qué obra se trata? —preguntó el bibliotecario.

—¡Bah! Una tontería, naturalmente —dijo ella a la ligera—. Se titula El Trovador Blondel y trata de Ricardo Corazón de León, y hay serenatas, y salen princesas en sus castillos y todas esas cosas... Pero necesitamos de alguien que haga el papel de segundo trovador, que tendrá que seguir a Blondel a todas partes y cruzar con él algunos diálogos, cortos, eso sí... Porque Blondel es el que más habla, claro... Blondel lo dice todo. Seguro que no le cuesta nada aprenderse el papel...

—Y no tendrá más que rasguear una guitarra de cualquier manera, eso no es importante —dijo Murrel para animarlo—. Vamos, como si tocara usted una variante medieval del banjo...

—Lo que más nos interesa —intervino Archer algo más tranquilo que los otros— es poner un rico fondo romántico... Para eso está el segundo trovador, como el que aparece en The Forest Lovers, esa obrita infantil que ya conocerá usted... Caballeros andantes, ermitaños, todo eso...

—La verdad es que es un poco atrevido por nuestra parte pedirle de frente a un hombre que sea un fondo —admitió Murrel—, pero hágase usted cargo de nuestra situación, caballero.

La cara larga de Mr. Herne adoptó una expresión de lástima.

—Lo siento de todo corazón —dijo—, crean que me encantaría ayudarles, pero esa obra no trata de mi época...

Lo miraban perplejos y tras una breve pausa siguió diciendo el bibliotecario:

—Cartón Rogers es el hombre que precisan. Floyd tampoco lo haría mal, aunque lo suyo sea la cuarta Cruzada. Pero les aconsejo que se dirijan a Mr. Cartón Rogers de Balliol.

—Yo le conozco un poco —dijo Murrel mirándole y aguantándose la risa—. Fue profesor mío.

—¡Magnífico! —exclamó con júbilo el bibliotecario.

—Sí, claro que le conozco —dijo Murrel ahora más serio—. Está a punto de cumplir setenta y tres años y hace muchos que se quedó completamente calvo... Y es tan gordo que apenas puede moverse.

La joven dama no pudo evitar que se le escapase una fuerte carcajada.

—¡Cielo santo! —exclamó—. ¡Traer a ese hombre desde Oxford para vestirlo así! —y señaló las piernas de Mr. Archer, que tampoco eran especialmente bellas.

—Es el único que podría interpretar bien el papel, por el conocimiento que tiene de esa época —dijo el bibliotecario moviendo la cabeza afirmativamente—. Pero hacerlo venir desde Oxford... El único hombre que podría conseguirlo está en París... Les aseguro que no hay otro como él. Uno o dos franceses y un alemán, quizás... Pero no hay otro historiador inglés de su altura, se lo aseguro.

—¡No diga usted eso, hombre! —exclamó Archer—. Bancock es el historiador más prestigioso desde Macaulay ... Su fama se extiende por el mundo entero.

—¿Bancock? Escribe libros, ¿no? —dijo el bibliotecario con bastante desdén—. No, no... Cartón Rogers es su hombre, créanme...

La dama del peinado que sugería una cornamenta terció de nuevo:

—¡Pero por el amor de Dios, caballero! ¡Si sólo serán dos horas!

—Tiempo más que suficiente para que se noten los fallos, las equivocaciones —dijo con suma seriedad el bibliotecario—. Reconstruir una época pasada durante dos largas horas supone más trabajo del que usted cree... Si la obra tratase de mi época, tenga por seguro...

—Mire, es que necesitamos la ayuda de un sabio.

¿Quién mejor que usted? —dijo la joven dama como si estuviese segura de su triunfo.

Mr. Herne permaneció un rato en silencio, observándola con algo que podría calificarse como triste inquietud. Luego fijó su mirada a lo lejos, muy a lo lejos, y dijo tras exhalar un suspiro:

—Creo que no me entiende... La época de un hombre es una parte fundamental de su vida... Es indispensable que un hombre viva entre cuadros y tallas medievales antes de que pueda caminar por las estancias como lo hizo un hombre del medievo. Yo sé cuanto concierne al período al que he dedicado mis estudios, lo que significa mi época. He oído decir a muchos que las tallas de los antiguos sacerdotes hititas, las que representaban a sus dioses, carecen de gracia, de tan rígidas. Yo, sin embargo, creo que esa rigidez, o tiesura, como dicen algunos, explica cómo eran sus danzas... Y al contemplarlas a veces me parece oír incluso la música de los hititas.

Se hizo un silencio, una pausa en aquel intercambio de opiniones; y en ese silencio los ojos del sabio bibliotecario quedaron fijos, cual si fueran los ojos de un idiota, en algo así como el fin del mundo. Pero una vez rehecho, siguió diciendo su soliloquio:

—Si deseara representar un período que se escapa a mi mente, fracasaría sin remedio. Seguro que confundía unas cosas con otras y las mezclaba. Si me viese obligado a tocar una guitarra, esa de la que ustedes hablan, seguro que sentiría inevitablemente que no pulsaba la guitarra adecuada. La tocaría como si fuese una shenaum, o todo lo más una hinopis, que es un instrumento más helénico... Cualquiera podría darse cuenta de que mis movimientos no eran los propios ni siquiera de finales del XIX, por ejemplo, si a esa época se refiriese la obra. Todo el mundo diría nada más verme que mis movimientos eran los de un hitita.

—Claro, claro —dijo Murrel mirándole con sarcasmo—, eso es lo que dirían cien labios a la vez, nada más verle.

Murrel siguió mirando de la misma manera al bibliotecario, fingiendo gran admiración, pero algo en su interior empezaba a hacerle comprender la seriedad del caso que planteaba el bibliotecario pues veía en la cara de Mr. Herne esa expresión de inteligencia que no es sino la máxima demostración de la simplicidad.

—¡Caramba! —exclamó Archer como si despertara de un sueño hipnótico—. Pero si sólo se trata de una función teatral, caballero, permita que se lo recuerde... Mire que yo me sé mi papel de memoria y le aseguro que es bastante más largo que el que le ofrecemos a usted.

—Usted ha tenido la oportunidad de estudiarlo, señor —replicó Herne—, y así, al hacerlo, ha podido pensar en los trovadores, y al pensar en ellos, ha vivido ese período— La gente, sin embargo, se daría cuenta de que yo no he estudiado lo suficiente mi papel. Por eso cometería la torpeza de descuidar cualquier detalle importante; incluso me olvidaría de los trucos necesarios para la representación... Créalo, me equivocaría gravemente en cualquier momento, haría algo que no fuese medieval.

Tenía el sabio ante sí el bello y ahora completamente blanco rostro de la joven dama. Archer, que estaba tras ella, como a su sombra, parecía tan divertido como desesperanzado. El bibliotecario, de pronto, salió de su abstracción, de su inmovilidad meditabunda, y dio toda la impresión de que por primera vez despertaba a la vida.

—Sin embargo, yo les podría buscar en la biblioteca algo muy útil —dijo volviéndose con brío hacia los volúmenes de una de las estanterías—. Ahí arriba hay una obra francesa, creo recordar, que trata de todos los aspectos que conciernen a la época sobre la que versa su función, es magnífica, ya lo verán.

La biblioteca tenía los techos excepcionalmente altos, los techos de un tejado oblicuo como el de una iglesia y es posible que en tiempos fuera el tejado de una iglesia, o al menos el de una capilla, porque aquello formaba parte del ala más vieja de la abadía de Seawood, cuando lo que ahora era posesión de lord Seawood había sido, en efecto, una abadía. De ahí que el último estante era en cierto modo la sima de un precipicio más que un estante al que se accedía desde la cumbre de una escalera de biblioteca muy alta, apoyada, claro está, contra la estantería. Con una energía inusitada, el bibliotecario, apenas sin que lo advirtieran, se subió a lo más alto de la escalera y husmeó entre una hilera de volúmenes polvorientos, que desde abajo sólo parecían eso, un montón de polvo. Tomó al fin acaso el volumen más grueso de cuantos manoseó, y como era un poco incómodo consultarlo mientras la escalera se balanceaba peligrosamente, se acomodó en el hueco que había dejado libre al extraer la obra, sentándose allí tranquilamente. Desde esa altura alcanzó a encender una lámpara eléctrica que pendía del techo. Los otros le miraban en absoluto silencio desde abajo, mientras él, en su altísimo asiento, con sus largas piernas colgando en el aire, quedaba con la cabeza completamente oculta por el grueso volumen que consultaba.

—Es un completo chiflado —dijo Archer en voz baja—, un loco... Se ha olvidado de nosotros; seguro que si le quitamos de ahí la escalera ni se entera... Bueno, Mono, acabo de sugerirte una de tus muy poco sutiles bromas...

—No, gracias, no me apetece hacerlo —replicó Murrel—. Ni una broma con este hombre, por favor.

—¿Por qué no? —se extrañó Archer—. Tú fuiste quien quitó la escalera al primer ministro cuando estaba en lo alto de aquella columna, descubriendo una estatua... Y le dejaste allí tres horas...

—Eso fue otra cosa —replicó Murrel con aspereza, aunque sin explicar por qué fue aquello otra cosa.

Acaso no supiera Murrel por qué lo había hecho, salvo que el primer ministro era primo suyo y se había expuesto deliberada y francamente a la broma por el simple hecho de dedicarse a la política. No obstante, sí sabía Murrel que ahora las cosas eran distintas, percibía claramente la diferencia entre ambas situaciones, y cuando el siempre zascandil Mr. Archer agarró con fuerza la escalera para quitarla de su punto de apoyo, Murrel le conminó con voz fuerte e inequívoca, incluso ruda, a que la dejara donde estaba.

Ocurrió, empero, que justo en ese instante una voz muy conocida lo llamó por su nombre desde la puerta que daba al jardín. Se volvió y vio la figura de Olive Ashley, que parecía exigirle una respuesta inmediata.

—Te pido que no toques esa escalera —dijo de nuevo a Archer volviendo hacia él la cabeza mientras se dirigía hasta Miss Olive—, o te juro que...

—¿Qué? —preguntó desafiante Archer.

—Te juro que haré contigo lo que este hombre llamaría un gesto hitita —dijo Murrel y corrió hasta Olive.

La otra joven salió también al jardín, deseosa de hablar con Olive, como si alguna preocupación la embargase, y así quedó Archer a solas con el bibliotecario y la atractiva escalera.

Archer se sintió entonces como un escolar al que se le hubiera prohibido hacer algo. Era bastante vanidoso y poco cobarde. Quitó la escalera de su punto de apoyo en la estantería, con mucho cuidado, sin hacer ruido ni levantar una mínima mota de polvo. Igual de silenciosamente se la llevó al jardín y la ocultó contra un cobertizo. Luego se dirigió con absoluta tranquilidad a reunirse con los otros, que parecían mantener una conversación muy interesante. Ni podían imaginar la travesura de su amigo. Hablaban de otra cosa, por supuesto, algo que habría de ser el primer paso hacia extrañas consecuencias; el primer paso de un raro cuento que iba a sorprender a varias personas, aleján- dolas de sus ocupaciones habituales tanto como lo estaba de la biblioteca aquella escalera.

IV

LA TRIBULACIÓN PRIMERA DE JOHN BRAINTREE

Ese caballero al que llamaban el Mono se encaminó por una amplia franja de césped hacia el aislado monumento, si así puede llamarse, o curiosidad, o reliquia, que se alzaba en el centro de un gran espacio abierto.

Era un trozo grande de lo que fueron los portones góticos de la antigua abadía, que habían puesto caprichosamente sobre un pedestal bastante más moderno, algo, sin duda, que se debió a los entusiasmos de algún caballero romántico de unos cien años atrás, o puede que más; un caballero que, con toda probabilidad, creyó que con la acumulación de musgo y luz de luna aquello pasaría a convertirse en lo que pudo haber sido tema propicio para la inspiración del ingenioso Marmion. Examinándolo con atención, cosa que nadie había hecho, y reparando las líneas rotas, podía trazarse la forma de un monstruo repugnante, con los ojos saltones, como un dragón agonizante, sobre el que se levantaban dos piedras verticales, como dos tristes astas que bien podían sugerir las extremidades inferiores de una persona. Mr. Murrel no se dirigió, sin embargo, hacia aquel punto, llevado de alguna especie de ardoroso fervor de anticuario para observar estos pequeños detalles; lo hizo porque la muy impaciente dama que le había obligado a salir de la biblioteca le señaló aquel punto para citarse. En efecto, a través del jardín pudo ver a Miss Olive Ashley de pie, junto a una de las grandes piedras del monumento, y observó que no estaba tan tranquila como la piedra.

Aún a bastante distancia se percibía en ella la inquietud y su gesto de nerviosismo. Miss Olive Ashley era probablemente la única persona que se fijaba de vez en cuando en aquella mole de roca laboriosamente labrada, para decirse invariablemente que era algo muy feo y que a saber qué demonios significaba. Ahora, sin embargo, no se preocupaba por mirarla.

—Hazme un gran favor —fue lo primero que dijo a Murrel antes de que este pudiera hablar, añadiendo temblorosa—: La verdad es que no se trata de un favor personal... A mí no me importa... ¡Te lo pido por el mundo entero, por la sociedad y todo eso!

—¡Vaya! —exclamó Murrel con fingida gravedad.

—Es buen amigo tuyo, lo sé; me refiero a Braintree —y cambió de tono para decir—: ¡Tú tienes la culpa de todo! ¡Tú me lo presentaste!

—¿Pero qué ocurre? —preguntó él con enorme paciencia.

—Ocurre que... lo detesto, se ha mostrado como un perfecto grosero, y además...

—¡Ah, era eso! —dijo Murrel cambiando de actitud, con un tono de voz dolorido.

—¡No, no! —casi gritó Olive enfadada—. ¡No me refiero a lo que estás pensando! En realidad no quiero que nadie le pegue una paliza... Se ha portado groseramente... pero sin perder las formas... Se ha mostrado obstinado y aferrado a sus ideas, que me expuso largamente, con palabras sacadas de esos abominables folletos extranjeros, gritando cuantas estupideces se le venían a la cabeza sobre el sindicalismo organizado y no sé qué de la historia proletaria...

—Claro, no son palabras que deba oír una dama, ni mucho menos decirlas ella—dijo Murrel de nuevo sarcástico, moviendo la cabeza—. Ahora bien, querida, me parece que no acabo de entender de qué se trata... ¿Cómo es que no quieres que le sacuda por hablarte del sindicalismo? La verdad es que me parece razón suficiente para apalear a un hombre... ¿Qué quieres que haga?

—Quiero devolverle a la realidad —dijo la joven dama dando un respingo—. Quiero que alguien le haga comprender de una vez por todas que no es más que un absoluto ignorante. ¡Jamás ha tenido trato con gente educada! Se le nota en la manera de vestir, en su forma de andar... Pero aún es peor lo de su negra barba; creo que incluso podría soportarle todo lo demás, si se la quitara... Al menos estaría un poco presentable.

—¿Me pides que vaya a afeitar a ese hombre por la fuerza? —preguntó Murrel.

—¡No digas tonterías! —replicó molesta—. Quiero decir que me gustaría, aunque sólo fuera por un momento, que deseara ir afeitado... Quiero enseñarle cómo se comportan las personas educadas... Por su bien, claro. Se le podría... se le podría mejorar tanto...

—¿Quieres entonces que lo matricule en una escuela nocturna? —dijo Murrel simulando inocencia—, ¿Quizás en una escuela dominical?

—Nadie aprende eso en una escuela. Quiero que vaya al único lugar donde la gente puede aprender bien: el gran mundo —dijo ella—. Quiero que vea que en el mundo hay algo más importante que su protesta de maníaco, que oiga a la gente hablar de música, de arquitectura, de historia y todo eso que los intelectuales de verdad conocen. Él se ha quedado a medias, por gritar en las calles y hablar de las leyes en las tabernas más inmundas... Pero estoy segura de que si llegara a tratar con personas cultas se daría cuenta de su estupidez, sé que es inteligente.

—De manera que, como quieres tener a tu lado a un intelectual, a un hombre cultísimo hasta la punta de los dedos, te acordaste de mí —observó el Mono—. Quieres que te lo ate a una silla del salón y le dé té, Tolstoi y Tupper, o algún favorito de la culta modernidad... Mi querida Olive, te aseguro que no conseguiríamos nada.

—También lo he pensado, no creas —se apresuró a decir la dama—. Por eso te pido que me ayudes; por eso te pido que le hagas el favor, y con ello a la humanidad entera... Quiero que convenzas a lord Seawood para que se entreviste con él y hablen de la huelga. Es a lo único que se prestará; luego le presentaremos a una serie de gente reputada, de conocimientos superiores, para que le hablen. Así, poco a poco, estoy segura, se irá desarrollando su sensibilidad... Te hablo completamente en serio, Douglas, no sonrías... Este hombre tiene un gran influjo sobre los obreros; si no le hacemos comprender la verdad, capaces serán de... Porque es un magnífico orador, eso sí, aunque a su manera.

—Siempre he sabido que eres una gran aristócrata —dijo mirando con candor a la joven y frágil dama—. Aunque nunca supuse que fueses tan hábil diplomática, querida— Bueno, te prestaré toda la ayuda que me sea posible en tan horrendo complot... Pero sólo si me aseguras que, en el fondo, será por su bien.

—Pues claro que sí, naturalmente —dijo ella—. De lo contrario no se me habría ocurrido pedírtelo.

—Pues claro que sí, naturalmente —asintió Murrel a su vez y se encaminó hacia la gran casa, andando mucho más despacio que cuando salió para encontrarse con la joven.

Sin embargo, y aunque pasó por el cobertizo, iba tan abstraído que no reparó en la escalera de la biblioteca, allí apoyada. De haberlo hecho entonces, esta historia hubiese tenido un desarrollo distinto, acaso se habría alterado calamitosamente.

Las tesis de Miss Olive Ashley sobre la educación del ignorante, merced a la asociación de este con personas de educación elevada, proporcionó material considerable al pensamiento de Murrel, mientras caminaba sobre el césped con las manos en los bolsillos. Concedía que aquellas tesis tenían algo de eficaz intención; algunos, por ejemplo, acceden a cierta cultura acudiendo a Oxford, y descubren de qué modo han descuidado hasta entonces su educación, aunque después sigan descuidándola... Nunca había conocido Murrel, sin embargo, un experimento semejante con alguien que perteneciera a ese estrato social tan oscuro como la negra mina de carbón a cuyos trabajadores representaba el sindicalista. No podía imaginarse a un tipo tan obstinadamente demagogo como su amigo Jack Braintree aprendiendo lentamente cómo sostener con elegancia un cigarrillo entre los dedos, o como mantener en alto, no menos elegantemente, una taza de té mientras hablaba del Shakespeare rumano de turno.

Aquella misma tarde iba a producirse un besamanos de esa especie allí mismo, en la residencia de lord Seawood, pero no se le pasaba por la cabeza cómo encajar a Braintree. Por supuesto que había un sinfín de cosas interesantes, de las cuales no tenía la menor noticia aquel endemoniado hombre de los barrios bajos. Aunque no estaba muy seguro Murrel de que esas cosas pudieran interesar mínimamente a su amigo.

Así y todo, decidió prestar a la joven dama Miss Olive Ashley el auxilio que le pedía, arriesgándose a mostrar por ahí a su iletrado amigo representante de los mineros como si fuese un esclavo tan gracioso como borracho. Pensó muy seriamente en cómo hacerlo. Una de las características más destacables del Mono era la de cubrir su seriedad con una sonrisa; quizás por eso era un bromista muy grave, extraordinariamente severo. Pero el tipo con quien ahora se las tenía que ingeniar para someterlo a su broma ofrecía unas cuantas dificultades. Pensando en todo eso se dirigió al ala de la mansión donde estaba el despacho de lord Seawood, un lugar vedado para la mayor parte de las visitas. Permaneció allí una hora y salió al fin sonriente.

Y ocurrió al cabo que, como consecuencia de unas maniobras de las que no tenía la menor idea, el anonadado Braintree se vio aquella misma tarde con sus rizos y su barba negros, rizos y pelos de la barba erizados en todas las direcciones posibles (tras una entrevista misteriosa con el gran capitalista), lanzado a través de una puerta hasta el gran salón de la más deslumbrante aristocracia, aristocracia del intelecto igualmente, destinada a la ardua tarea de su educación más conveniente.

A primera vista, aquel hombre parecía en verdad falto de unas cuantas cosas, por no decir incompleto. De pie, en mitad del gran salón, cargado de hombros y no menos cargado de entrecejo, resultaba tan desagradable de contemplar como lo era su propio interior. No es que fuese un tipo feo, pero resultaba inexplicablemente antipático. Eran los otros los que, dicho sea en su honor, le demostraban amabilidad e interés en su persona, incluso de manera sincera. Un señor muy alto y calvo, por ejemplo, un hombre especialmente franco y comunicativo, y nunca más ruidoso que cuando pretendía adoptar un aire confidencial con alguien, un hombre, en definitiva, que tenía en la voz cierto aire de canción obscena por cuanto su susurro era un grito indefectiblemente horrible, le dijo:

—Lo que nosotros necesitamos —hablaba mientras

cerraba la mano como si pulverizase algo en ella—, lo que precisamos para que se haga eso que podríamos llamar la paz industrial, es sólo lo que también podríamos llamar instrucción industrial... No haga usted caso de esos reaccionarios que pululan por todas partes; no crea usted a esos hombres que dicen que la educación del pueblo es una falacia, o una grave equivocación... Las masas necesitan la educación, y sobre todo, la educación que podríamos llamar económica... Si logramos meter en la cabeza de la gente unas cuantas nociones de las leyes que rigen las relaciones económicas, y muy especialmente las leyes de la economía política, cesarán las disputas, esas querellas constantes que arruinan el comercio de nuestro país y amenazan con poner una pistola en el pecho de los ciudadanos... Sean cuales sean las opiniones que ambos podamos defender, seguro que deseamos acabar con todo eso. No importa cuál sea nuestro partido, seguro que deseamos lo mejor para todos... Y le aseguro que no hablo por el interés de ningún partido político, sino de un interés mayor, un interés que está por encima de todos los partidos.

—Pero si yo digo —replicó Braintree— que nosotros también queremos la extensión de las reivindicaciones efectivas, ¿no hablo de algo que está igualmente por encima de todos los partidos?

El hombre alto y calvo lo miró rápida y disimuladamente, y dijo después con la vista en otro lado:

—Por supuesto... Claro, claro que sí.

Se hizo un silencio y ambos pasaron a hablar después, alegremente, a propósito de la temperatura y el tiempo en general. Braintree pudo ver así que aquel hombre, a no mucho tardar, se deslizaría suave y silenciosamente hacia otros mares, como un pez gigantesco, abandonándole. La gran cabeza calva de aquel hombre, y sus lentes ostentosos, le habían dado la impresión, por cierto, de que no era un hombre sino un pez gigantesco. La primera lección del curso de cultura de Mr. Braintree fue, quizás, desgraciada. No por nada, sino porque dejó en su carácter ya de por sí muy sombrío la impresión de que el partidario de la educación económica de las masas no tenía la menor noción de lo que significaba una reivindicación efectiva.

No hay que tener en cuenta este fracaso inicial, en cualquier caso, porque aquel señor alto y calvo (que era un tal sir Howard Pryce, jefe de negociado de una empresa fabricante de jabones) había errado gravemente el tiro, quizás de manera accidental, al pretender apuntar a los estrechos dominios del sindicalista. En el gran salón había una buena cantidad de personas que no podían discutir sobre la instrucción industrial o sobre demandas económicas. Entre ellos se contaba, y no haría falta decirlo, Mr. Almeric Wister. No haría falta decirlo porque Mr. Almeric Wister estaba siempre donde se reunían veinte o treinta personas de esa clase que gusta de los fastos sociales al atardecer.

Mr. Almeric Wister era y es el punto fijo alrededor del cual se han asociado innumerables maneras, levemente diferenciadas entre sí, de la frivolidad social. Sabía arreglárselas para ser tan omnipresente en Mayfair a la hora del té, que no han sido pocos los que llevan años sosteniendo que no se trataba de un hombre sino de un sindicato de plutócratas; claro que eso lo decían quienes aseguraban que un gran número de Wisters se esparcía y diseminaba por los diferentes salones de sociedad, todos ellos altos y de ojos hundidos, todos cuidadosa y respetablemente vestidos, y todos con voces profundas y el cabello y la barba finos, bien arreglados y largos. Pero también en las reuniones campestres había siempre una buena cantidad de Wisters, por lo que parecía que el sindicato de plutócratas mandaba compañías de turistas idénticos a la campiña.

Tenía Mr. Almeric Wister una reputación, más bien oscura, de experto en obras de arte. Era de esa clase de hombres capaces de hablar de sus recuerdos de Rossetti y capaz de contar anécdotas inéditas de Whistler. Cuando le presentaron a Braintree no pudo evitar que sus ojos se clavaran en la corbata roja del demagogo, de lo que dedujo al instante que estaba ante un tipo que no era precisamente un experto en arte. Eso, sin embargo, hizo que el experto se sintiera mucho más experto. Sus ojos hundidos pasaban, como para liberarse de la alarma, de la corbata del sindicalista a un cuadro de Lippi o de cualquier otro italiano antiguo que hubiera en la pared, porque lo que fue en tiempos abadía de Seawood albergaba una buena pinacoteca, además de una buena biblioteca. Una simple asociación de ideas hizo a Wister repetir inconscientemente el lamento de Miss Olive Ashley de que el color rojo que lucían las alas de uno de los ángeles del cuadro de Lippi La última cena era algo así como la pérdida de un secreto técnico.

Braintree asintió cortésmente, sin embargo, pues no poseía conocimientos especiales de pintura, y mucho menos de pigmentación. Esa ignorancia o indiferencia demostraban el porqué de su corbata, tan cruda. Y el experto en arte, dándose cuenta de que hablaba con un ignorante, se dio rienda suelta con alegre condescendencia. Eso quiere decir que se sintió como en una cátedra.

—Ruskin es muy profundo en ese extremo —comenzó a decir—. Lea usted a Ruskin sin temor, aunque sólo sea para introducirse en el arte. La democracia, por supuesto, no es muy favorable a la autoridad. Por eso, mucho me temo, Mr. Braintree, que la democracia no tienda en exceso al arte.

—Si alguna vez tenemos democracia, es posible que podamos comprobarlo —se limitó a decir Braintree.

—Me temo —siguió Wister, negando con la cabeza— que ya tenemos suficiente democracia como para que haya perdido su importancia la autoridad artística.

En ese momento se acercó a ellos Rosamund, la joven dama del cabello rojo y el rostro hermoso y sensible, llevando de la mano a un joven que también tenía una expresión sensible. Ahí, sin embargo, cesaba todo parecido entre ambos; el joven era bajo y rechoncho hasta la vulgaridad y lucía un bigote que parecía un cepillo de dientes. No obstante, poseía los ojos claros de los hombres valientes y sus modales eran gratos y sencillos. Era un terrateniente vecino, apellidado Hanbury, con fama de buen conocedor y explorador de los trópicos. Después de presentarlo y de cambiar unas palabras con los tres hombres, Rosamund dijo a Wister:

—Perdone, me parece que le he interrumpido...

Y no se equivocaba.

—Iba diciendo —prosiguió Wister altaneramente— que temo que hayamos descendido a la democracia y a la edad de los infrahombres... Los grandes Victorianos han desaparecido.

—Sí, por supuesto —dijo la muchacha mecánicamente.

—Ya no quedan gigantes entre nosotros —resumió Wister.

—Supongo que sería una queja común en Cornwall —pareció reflexionar Braintree en voz alta—, mientras Jack, el gigante más asesino entre los gigantes, hacía su profesionales rondas nocturnas.

—Cuando haya leído usted la obra de los gigantes Victorianos —dijo Wister con bastante insolencia— acaso comprenda a qué me refiero.

—Pero no pretenderá usted que maten a los grandes hombres, Mr. Braintree —dijo inocentemente la joven dama del cabello rojo.

—Debo admitir que algo así pienso —replicó Braintree—. Tennyson mereció la muerte por escribir May Queen. Y Browning mereció que lo mataran por rimar promise con from mice. Y Carlyle mereció la muerte por ser Carlyle. Y Herbert Spencer mereció que lo mataran por escribir El Hombre contra el Estado. Y Dickens mereció que lo mataran por no matar al pequeño Nell rápidamente. Y Ruskin mereció la muerte por decir que el hombre debía ser más libre que el sol. Y Gladstone mereció que lo mataran por dejar a Parnell en la estacada. Y Disraelí mereció que lo mataran por aquella su alusión a un tímido garañón... Y Thackeray...

—¡Por Dios! —exclamó la dama—. ¿Es que no va a parar nunca? ¡Hay que ver cuánto ha leído!

Wister, por alguna razón, parecía molesto, incluso agresivo.

—Lo que quiero decir —comenzó a explicarse— es que eso es lo que asegura el populacho por su odio a quienes son superiores. El populacho siempre quiere echar por tierra los méritos de los hombres superiores. Por eso sus infernales Trade Unions no quieren que se pague mejor a un buen obrero que a uno malo.

—Hay quien lo ve de otra manera y dice que los malos obreros ganan lo mismo que los buenos —atajó Braintree.

—Supongo que eso lo habrá dicho Karl Marx—soltó abruptamente el experto en arte.

—No, eso lo dijo John Ruskin —replicó el de la corbata roja—. Uno de sus gigantes Victorianos —y tras una pausa añadió—: Pero el texto y el título donde lo dice no son de John Ruskin sino de Jesucristo, que no tuvo, para su desgracia, la suerte de ser Victoriano.

El joven bajo y rechoncho apellidado Hanbury sintió probablemente que la conversación comenzaba a ser en exceso religiosa como para ser pacífica, por lo que intervino con mucho sosiego para decir:

—¿Tiene usted relación con las áreas de explotación minera, Mr. Braintree?

El otro asintió tenebrosamente.

—Supongo —siguió diciendo Mr. Hanbury— que habrá mucha agitación, ahora mismo, entre los mineros.

—No, nada de eso —respondió Braintree—. Los mineros están muy tranquilos.

El joven arqueó las cejas, sorprendido, y dijo apresuradamente:

—¿Quiere decir que se ha desconvocado la huelga?

—No, no, la huelga va viento en popa —señaló Braintree con terrible orgullo—. Por eso no hay agitación. Y esperamos que no la haya en lo sucesivo.

—¿A qué se refiere? —inquirió la joven dama, la que estaba destinada a ser en el escenario princesa de los trovadores.

—Quiero decir lo que digo —respondió el sindicalista—. Digo que hay y habrá tranquilidad entre los mineros... Ustedes hablan de la huelga como si fuera unas vacaciones.

—¡Bueno, es que es una paradoja! —exclamó la joven alegremente, como si participase en un nuevo juego de salón en el que tenía la oportunidad de resultar triunfante.

—Hay que admitir que durante la huelga los obreros descansan, lo cual supone para muchos de ellos una experiencia absolutamente novedosa, créalo —dijo Braintree.

—¿Me permite decirle que no hay mayor descanso que el que ofrece el trabajo? —intervino Wister conteniendo apenas su rabia.

—Diga usted lo que quiera —respondió Braintree secamente—. Estamos en un país libre, ¿no? Por lo menos para usted... Pero ya que se refiere a eso, también podría decir que el verdadero trabajo radica en el descanso. Por lo que estaría usted encantado con la huelga.

La dama lo miraba con una expresión diferente. Era la expresión con que la gente de proceso mental lento, pero sincero, reconoce algo con lo que hay que estar de acuerdo, al menos parcialmente, y hasta respetarlo. Porque aunque —o quizás como— se había criado con todo lujo y riqueza, era una joven inocente y podía mirar sin ruborizarse a la cara de sus semejantes.

—¿No le parece que discutimos por una palabra, sólo eso? —preguntó.

—No, sinceramente, no lo creo; pero ya que me lo pregunta —respondió Braintree tajante—, creo que argumentamos desde lados opuestos, con un abismo en el medio... Y creo que esa palabreja es el abismo que separa a la humanidad en dos grupos. Si de veras tiene usted interés sincero, le daré un consejo: cuando quiera hacernos creer que comprende la situación, y que aun así desaprueba la huelga, diga usted cualquier cosa menos eso. Diga, por ejemplo, que el Demonio acompaña a los mineros; diga que los mineros son todos unos locos blasfemos... Pero no diga que hay agitación entre los mineros. Esa maldita palabra revela lo que hay en lo más profundo de su mente. Tiene un nombre muy antiguo: esclavitud.

—Eso es realmente extraordinario —dijo Mr. Wister.

—¿Verdad que sí? —intervino inocentemente la joven dama—. ¡Es tan interesante!

—No, qué va, es muy simple —siguió diciendo el sindicalista—. Suponga usted que hay un hombre en su carbonera, en vez de en su mina... Suponga que su oficio consiste en partir el carbón todo el día, y que usted le oye martillar incesantemente. Supongamos que usted cree que le paga lo que merece, y que lo cree honestamente. Pero usted le oye martillear incesantemente todo el día, mientras usted fuma o toca el piano, hasta que el ruido en la carbonera cesa de pronto... Quizás haya razón para que cese, o quizás no; puede obedecer a una causa cualquiera... Pero no sabe usted cómo hacerle ver qué piensa realmente, cuando dice, como Hamlet a su incansable roedor: Descansa, espíritu perturbador.

—¡Ah! —exclamó Mr. Wister algo más tranquilo—. ¡Cuánto me alegra que haya leído usted a Shakespeare!

Braintree siguió hablando sin prestarle la menor atención:

—El martilleo constante se para... ¿Y qué le dice usted al hombre que está ahí metido, sumido en la oscuridad? No le dice: «Muchas gracias por lo bien que hace su trabajo», pero tampoco le dice: «Yo te maldigo por hacer mal tu trabajo». Usted va y le dice: «Descansa, sigue durmiendo, continúa en esa quietud, natural en ti, una quietud que nada debería turbar; sigue ese movimiento rítmico y arrullador, que para ti debe ser lo mismo que el descanso, que para ti es una segunda naturaleza y parte de la naturaleza de las cosas».

Notó que, al hablar así, con vehemencia pero sin violentarse, muchas eran las caras que le miraban, y no de manera impertinente. Vio a Murrel que le observaba con una sonrisa melancólica dibujada por encima del cigarrillo que pendía blandamente de sus labios, y a Archer que lo miraba también, aunque un poco por encima del hombro, como temiendo que fuera a prender fuego a la mansión de lord Seawood. Observó igualmente las expresiones adustas pero respetuosas de algunas damas de esas que siempre parecen hambrientas de que suceda algo. Pero en quien más se fijó fue en la frágil Miss Olive Ashley, que observaba la escena desde el otro extremo del gran salón.

—El hombre de la carbonera —siguió diciendo— es sólo un extraño, un hombre de la calle, que se ha metido en un hueco negro para golpear una dura piedra, como si atacase una bestia salvaje o cualquier otra fuerza de la naturaleza. Partir carbón es peligroso. Las bestias salvajes matan en sus cavernas. Luchar contra las bestias salvajes es una inquietud eterna del hombre. Una epopeya como la del que se abre camino en la procelosa selva africana.

—Mr. Hanbury acaba de volver de una expedición a la selva —dijo Miss Rosamund sonriendo.

—Claro —dijo Mr. Braintree—. Pero cuando este caballero no anda de expediciones, ustedes no dicen que hay agitación en el Club de los Viajeros...

—¡Eso ha estado muy bien! —aplaudió Hanbury, superficial como siempre.

—No ve —siguió diciendo Braintree— que cuando usted asegura eso de nosotros quiere decir, en realidad, que somos algo así como relojes, y que usted no se da cuenta del tictac hasta que el reloj se para.

—Claro, claro —admitió Rosamund—; me parece que ya entiendo lo que quiere decir... Y tenga por seguro que no lo olvidaré.

Aunque no era la joven dama una mujer de especial inteligencia, sí era una persona realmente valiosa por cuanto jamás olvidaba lo que aprendía.

V

LA TRIBULACIÓN SEGUNDA DE JOHN BRAINTREE

Douglas Murrel era un hombre de mundo. Y conocía su mundo, aunque el decidido amor que tenía por las gentes de baja estofa le salvó de suponer, eso es cierto, que su mundo era el único mundo. Sabía muy bien qué estaba ocurriendo. A Braintree, al que había llevado al gran salón para avergonzarlo y callarle la boca, aquellas gentes no paraban de animarlo para que siguiera en el uso de la palabra. Puede que hubiera en eso un interés evidente por algo que en el fondo y también en la forma les parecía una monstruosidad, o porque le considerasen una especie de animal con dotes histriónicas. En cualquier caso, el monstruo digno de observación desarrollaba una actuación formidable. Hablaba sin parar, pero no lo hacía con engreimiento, sino con absoluta convicción. Murrel, como se ha dicho, conocía bien el mundo; sabía por eso que los hombres que hablan mucho son incapaces de ser engreídos, precisamente por su inconsecuencia.

Por todo ello podía adelantarse a los acontecimientos.

Los más tontos ya habían acabado su turno de preguntas; eran los que no pueden por menos que preguntar a un explorador ártico si se ha divertido en el Polo Norte; eran los que preguntarían a un negro qué se siente siendo negro. Resultaba inevitable, pues, que el viejo mercader discurseara acerca de la economía política a cualquiera que supusiera político. No importaba que el viejo asno Wister pretendiese darle lecciones acerca de los gigantes victorianos. El hombre que se había hecho a sí mismo no hallaba dificultad alguna en demostrar que estaba mucho más cultivado que toda aquella gente, pretendidamente culta. Pero estaba a punto de iniciarse el segundo acto y la otra clase de gente distinta de los tontos comenzaba a darse cuenta de cuál era la situación. Eran los inteligentes lectores del Smartset, los que no hablaban estupideces, los que a un negro le hablarían de las condiciones atmosféricas... Y estos inteligentes comenzaron a hablar de sindicalismo al sindicalista. Ahora, hombres de actitud más serena y voz amable empezaban a hacerle preguntas, digamos más sensatas y sensibles... Unas veces concediéndole implícitamente la razón, pero otras oponiéndole objeciones fundamentadas. Murrel casi se estremeció de la cabeza a los pies cuando oyó tartamudear en tono bajo y muy guturalmente al viejo Edén, en quien se habían depositado tantos secretos parlamentarios y políticos en general; un hombre, el viejo Edén, que apenas hablaba con nadie, y que sin embargo ahora preguntaba a Braintree:

—¿No le parece que quizás hubiera que romper una lanza a favor de los antiguos aristotélicos? Aseguraban que puede que sea necesario que siempre haya una clase de gente que trabaje en los sótanos para nosotros...

Brillaron los ojos de Braintree, no con furia sino alegría, porque ahora intuía que era mejor comprendido.

—¡Bien! Eso sí que es hablar con sentido común —dijo.

Algunos creyeron que aquello venía a ser algo así como tomarse la libertad de decirle a lord Edén que soltaba insensateces sin parar, pero el anciano era lo bastante sutil como para advertir que el sindicalista lo elogiaba.

—Si seguimos con esa argumentación —continuó Braintree—, no podrá quejarse de que la gente a quien separa de ese modo se considere en verdad apartada. No deberá extrañarle, en consecuencia, que esa gente desarrolle una clara conciencia de clase.

—Pero la otra gente tendrá también el derecho de poseer su conciencia de clase, me parece —dijo lord Edén sonriendo.

—¡Eso es! —exclamó Wister, muy complacido—. La clase del aristócrata, del hombre magnánimo, como dice Aristóteles.

—Escuche —comenzó a decir Braintree sin poder disimular una cierta irritación—. Yo sólo he leído a Aristóteles en ediciones baratas, pero lo he leído... A mí me parece que los señores como ustedes aprenden, laboriosamente, cómo se debe leer en griego, pero después no lo hacen. Aristóteles, según me parece, retrata al hombre magnánimo del que habla como un sujeto bastante pagado de sí mismo. Nunca dice, en cualquier caso, que deba ser lo que usted llama un aristócrata.

—¡Bien dicho! —exclamó lord Edén—; pero hay que advertir que Aristóteles, el más democrático de todos los griegos, creía en la esclavitud. Opino que hay mucho más que decir acerca de la esclavitud que de la aristocracia.

Asintió con ardor el sindicalista. Mr. Almeric Wister pareció turbado.

—Lo que yo digo —tomó la palabra de nuevo Braintree— es que si usted cree que debe darse la esclavitud no podrá evitar que los esclavos se organicen y desarrollen una idea propia acerca de las cosas... Usted no puede apelar a su ciudadanía si no son ciudadanos... Bien, caballeros, yo soy un esclavo. Yo vengo de la mina, y hasta de la carbonera, sí lo prefieren. Yo represento a esa gente ennegrecida e impresentable para tantos de ustedes. Soy uno de ellos. Ni el mismo Aristóteles podría denostarme por defender a esa gente.

—Usted los defiende estupendamente —dijo con gran convicción lord Edén.

Murrel sonrió con amargura. Su amigo comenzaba a ponerse de moda. Percibió todos los signos del cambio en la temperatura social, en la enfervorizada atmósfera que rodeaba al sindicalista. Pensando en todo eso oyó la voz familiar de lady Boole, que decía: «Cualquier otro jueves será un placer...»

Murrel sonrió aún con mayor amargura, giró sobre sus talones y se dirigió al rincón donde estaba Miss Olive Ashley. La había visto muy tensa, con los labios apretados, observando todo aquello desde su asiento; se había percatado de que sus ojos brillaban de ira. Murrel le habló con un tono de voz de exquisita condolencia.

—Mucho me temo que nuestra broma haya resultado bastante tonta y vana —dijo—. Queríamos que hiciese el ridículo, y ya ves, más que un oso parece un león.

Ella lo miró con una sonrisa desconcertante.

—Les ha sacudido bien, como si fueran ratas —dijo la joven dama—. No se ha achantado ni ante lord Edén.

Murrel la miró aún más perplejo, incluso sinceramente abatido.

—Me resulta extraño, pero pareces muy orgullosa de él, como si fuese tu protegido —y agregó tras una pausa en la que siguió observando la rara sonrisa de la dama—: Bueno, quizás me resulte muy difícil comprender a las mujeres. Es más, creo que nadie será capaz de comprenderlas nunca... Yes peligroso intentarlo, seguramente... Pero sí puedo permitirme una suposición, querida Olive. Sospecho que eres una embaucadora, en cierto modo.

Y se apartó de ella con su habitual y triste buen humor. La reunión social había concluido. Cuando el último de los asistentes se hubo retirado, Murrel volvió a detenerse en la puerta del pasillo que conducía al jardín, y lanzó una flecha dirigida contra sí mismo:

—No comprendo a las mujeres —se dijo en voz alta—, pero puede que conozca aún menos a los hombres... Bien, ahora tengo que hacerme cargo del oso de Olive.

Los dominios de lord Seawood, aquella hermosa residencia tan bella como pretérita, sólo estaban a unas cinco o seis millas de una de esas negras ciudades de provincia envueltas en humo que han ido surgiendo entre las colinas y valles ingleses desde que el mapa de Inglaterra se convirtió en un remendado campo sembrado de carbón. La ciudad, que ostentaba el viejo nombre de Mildyke, parecía completamente envuelta en humo. Pero seguía siendo al menos relativamente pequeña.

Más que con la industria del carbón, era una ciudad relacionada con el tratamiento y comercialización de varios derivados del mineral, como el alquitrán; pero sí había una buena cantidad de fábricas dedicadas a la elaboración de productos con los ricos desperdicios del carbón. John Braintree vivía en una de las calles más inmundas de la ciudad. Eso, para él, no era del todo incómodo, aunque evidentemente padecía algunos inconvenientes. Había pasado gran parte de su vida dedicada a la actividad política intentando la unión de las organizaciones de trabajadores directamente implicadas en la explotación de los yacimientos carboníferos, con las organizaciones, pequeñas, de los hombres empleados en la manufacturación de los derivados. Hacia allí, pues, dirigió sus pasos una vez que hubo salido de la mansión a la que acababa de cursar tan fútil como insólita visita. Así como Edén y Wister, y los demás nobles de la vecindad, solían desplazarse en imponentes automóviles, o en no menos imponentes coches de caballos, Braintree era un paseante orgulloso de serlo; todo lo más se subía al ómnibus viejo y destartalado que iba y venía de la ciudad a la zona próxima a la mansión. Lo hizo aquella noche. Y no pudo por menos que sorprenderse *cu-*

66

ando vio que tras él subía al vehículo público Mr. Douglas Murrel.

—¿Puedo compartir el viaje contigo? —preguntó Murrel a su amigo mientras se hundía en el asiento junto al que estaba ya acomodado el otro, el único pasajero del ómnibus en aquellos momentos.

Iban en los asientos delanteros superiores y el viento de la noche reciente les azotó los rostros nada más ponerse en movimiento el vehículo. Con aquello, Braintree pareció salir de su abstracción y asintió educadamente a la petición de Murrel, aunque este ya se había sentado.

—Créeme —dijo Murrel—, la verdad es que me gustaría ir a tu cueva carbonera.

—No creo que te gustara verte encerrado allí —le dijo ásperamente el sindicalista.

—Bueno, preferiría que me encerraran en una bodega de vino, lo admito —dijo Murrel—, cosa que, por otra parte, supondría una versión distinta en cierto modo de tu parábola acerca del trabajo... Los tontivanos de la recepción a la que hemos asistido sabrían así, al menos mientras durase el descorche de botellas con su monótono y persistente ruido, que me encontraba ahí abajo, afanándome en la tarea de descorchar botellas de ricos caldos, trabajando sin tregua, en fin... Pero, de veras te lo digo, querido amigo, me parece muy interesante lo que ha dicho de ti esa gente, y por supuesto también lo que han dicho acerca de la horrible covachuela de la que hablabas... Por eso me apetece conocerla.

A Mr. Almeric Wister y a otros más les hubiera parecido una completa falta de elegancia, quizás, hablar a aquel hombre como lo hacía Murrel, pero este no carecía precisamente de tacto, todo lo contrario, y hay que admitir que no carecía totalmente de razón cuando aseguraba saber al

67

menos un poco acerca de los hombres. Conocía bien, por ejemplo, cómo es la sensibilidad un tanto enfermiza de los hombres muy masculinos. Y sabía perfectamente cómo se produce el odio casi maniático de los esnobs, tanto como se producía el odio en su amigo, por lo que no osaba referirse directamente al éxito, al menos en apariencia, que el sindicalista había cosechado en el gran salón.

—Por aquí hay sobre todo fábricas de anilinas y derivados por el estilo, ¿no? —preguntó Murrel mientras contemplaba la selva de chimeneas que comenzaba a pintarse a lo lejos.

—Productos derivados del carbón —dijo su amigo—; colorantes químicos, tintes, esmaltes... todo eso... En mi opinión, la sociedad capitalista crece en base a los derivados más que por la explotación del producto matriz en sí mismo. Cuentan por ahí que los millones de tu amigo lord Seawood se deben sobre todo a la brea obtenida del carbón, más que al carbón. Hasta he oído decir que de ahí se hacen las casacas rojas de los soldados.

—¿Y qué me dices de tu roja corbata de sindicalista? —preguntó Murrel—. La verdad, Jack, es que se me hace muy difícil creer que tu corbata roja lo sea por haberse empapado en sangre de aristócrata... Siempre pienso lo mejor de ti, por lo que sé bien que no te dedicas a masacrar sistemáticamente a nuestra antañona nobleza. Bueno, claro, y esa sangre, en todo caso, habría de ser azul, no roja... ¿No serás más bien el anuncio andante de alguna anilina, de algún tinte? ¡Compre usted nuestras corbatas rojas! ¡Servicio directo a los señores sindicalistas! Mr. Braintree, el famoso revolucionario, dice: «Desde que uso este producto...»

—En nuestros días nadie sabe realmente de dónde viene nada, Douglas —dijo con absoluta calma Braintree—. Eso es lo que se llama publicidad, eso es lo que se llama periodismo popular... Creaciones del capitalismo... Es muy posible que mi corbata haya sido hecha por capitalistas, ¿a qué negarlo? Y la tuya puede haber sido hecha por caníbales islandeses, qué sé yo...

—O tejida con bigotes de misionero —apostilló Murrel—. Una bonita posibilidad... Supongo que de veras trabajas a favor de los trabajadores de estas fábricas...

—Padecen unas condiciones infames —dijo Braintree—. Sobre todo, esos pobres hombres que trabajan con los tintes y las pinturas, que son auténticos venenos pestilentes. Y no tienen una Trade Union como es debido, por lo que han de afrontar jornadas laborales largas e inclementes.

—Eso es lo que acaba antes con un hombre —asintió Murrel—. Pero nadie tiene el descanso ni la vida grata necesaria en este mundo. ¿No crees, Bill?

Braintree se sentía secretamente adulado por su amigo, pues siempre le llamaba Jack, pero ahora le sorprendió que lo llamase Bill. Iba a preguntarle por qué lo hacía, cuando un gruñido que brotó de la oscuridad, frente a él, le hizo recordar la existencia de alguien a quien había olvidado por completo. El nombre del conductor era William, al que Douglas tenía por costumbre llamar Bill. La respuesta gruñida de ese a quien Murrel había llamado Bill bastó para señalar que estaba completamente de acuerdo con que las horas del empleo de los proletarios eran más que muchas y largas.

—Aunque tú no estás mal del todo, Bill —dijo Murrel—. Eres un tipo afortunado, sin duda, y en especial lo eres precisamente esta noche... El viejo Charley va al Dragón, ¿me equivoco?

—Sí —respondió el conductor en tono bajo y muy gutural que sin embargo tenía cierta sensualidad—. Hoy va al Dragón, pero...

Dejó la cosa ahí, como si lo de ir al Dragón fuese algo que hasta de las limitadas facultades del viejo Charley podía esperarse, aunque después de eso quedaran pocos motivos de consuelo.

—Bien, el viejo Charley va al Dragón y nosotros nos bajamos en el Dragón —dijo Murrel—. Así que ven a tomarte un trago con nosotros, hombre.

—Descuide, señor —dijo el bueno de Bill como si le perdonara cristianamente—. Uno se toma un trago de más, y luego empieza a pegar tumbos... ¡Pues que así sea!

Quizás para acelerar el tránsito del vehículo público Murrel se tiró a tierra de un salto. Cayó bien sobre ambos pies, tras dar una voltereta en el aire impulsándose en el estribo del ómnibus. Luego se encaminó hacia el bien iluminado y ruidoso bar El Dragón Verde, tan resueltamente que los otros dos le siguieron como por instinto, sin preguntarse siquiera por qué o para qué lo hacían, aunque lo supiesen, claro, en su fuero interno. El conductor, cuyo nombre completo era el de Mr. William Pound, no pareció precisamente disgustado por ello, no obstante. El demócrata John Braintree parecía embargado por cierta reluctancia, motivo por el que su actitud parecía indolente. No es que estuviese a favor de la prohibición del alcohol, ni es que fuera un tipo fatuo; es más, cuando iba de excursión por ahí no tenía el menor reparo en meterse en las tabernas y en las posadas a beber cerveza... Pero El Dragón Verde estaba en las afueras de una ciudad industrial; y el lugar al que entraron no era un simple bar, ni una sala, ni cualquiera de los despreciables cubículos a los que pomposamente llaman bares privados. Era una taberna pública, un lugar para la expansión honesta que vendía alcohol a los pobres. En el momento en que Braintree traspasó el umbral se percató de que se hallaba ante algo nuevo, algo que nunca había probado, por así decirlo, ni siquiera visto, en los últimos quince años de su agitada vida.

Había allí mucho que oler, además de ver; y muchas cosas hacia las que nunca había experimentado la menor inclinación. Hacía calor en la taberna; estaba muy concurrida y el ruido a veces parecía infernal, todo el mundo hablando en voz alta y a la vez. Aquellos hombres parecían no preocuparse de que los otros pudieran oír sus conversaciones. Y lo que hablaban le resultaba poco menos que ininteligible a Braintree, aunque aquellas conversaciones estaban llenas de vigor y de expresiones enfáticas, como si se hubiera refugiado allí una comunidad entera para proferir juramentos en neerlandés o en portugués. Sin embargo, de vez en cuando, entre aquel feo torrente de palabras ininteligibles reconocía alguna. Por ejemplo, las de una voz autoritaria que desde la barra decía: «¡Bien, veamos, veamos!» Y nada más.

Murrel, saludando con una inclinación de cabeza a varios de los que allí estaban, se acercó a la barra y tras golpear allí con unas monedas de cobre pidió cuatro copas de algo.

Hasta el follón imperante, sin embargo, tenía un centro de gravedad, como si se diera algo así como un círculo social alrededor de un hombre bajito apoyado contra la barra, no tanto porque fuese un orador como por el hecho de tratarse de una suerte de tópico tabernario. Eso quiere decir que todos lo embromaban como si fuese las condiciones atmosféricas o el mismo ministro de la Guerra, o cualquier otro tema predilecto de un artista satírico. La práctica totalidad de las bromas de que era objeto resultaban muy directas, del tipo siguiente: «¿Es verdad que te vas a casar un día de estos, George?», o «¿ya te has gastado todo el dinero que tenías, George?» Algunas más se hacían aludiendo a la tercera persona, tales como «el viejo George ha gastado mucho tiempo andando por ahí con las muchachas», o «pues yo creo que el viejo George se nos ha pervertido en Londres».

Lo más reseñable de todo eso, sin embargo, es que este satírico fuego graneado que se le dirigía se producía de forma absolutamente cordial, incluso amistosa. Y más reseñable es que el mismo George no sintiese disgusto porque le hubieran convertido en una auténtica diana humana.

Era George un tipo de corta talla, estólido, soñoliento. Tenía siempre los ojos medio cerrados y mostraba una constante sonrisa beatífica. La rara forma de popularidad que le conferían los otros parecía, pues, hacerle disfrutar de su posición de diana humana. Se llamaba Mr. George Cárter y era un pequeño comerciante en frutas de un modesto barrio de la ciudad. Por qué le acusaban a él, más que a cualquier otro, de andar constantemente con muchachas, o de haberse pervertido en Londres, era cosa que resultaba difícil imaginar a quien entrase allí y lo viera por primera vez. El hombrecillo era, simplemente, un imán que tenía la propiedad de atraer, una propiedad en cierto modo mística, a cuantos pululaban por allí con sus copas y jarras en la mano. Según algunos, George se ponía de muy mal humor si la gente no le mostraba esas atenciones... Mr. Braintree no podía comprender aquel misterioso caso, pero recordó haber oído decir alguna vez a quienes frecuentaban los salones socialistas acerca de las bromas y escarnios brutales, incluso francamente salvajes, del populacho que se burla de todo hombre al que toma por excéntrico o que lleva a cuestas algún defecto físico. El sindicalista, observando todo aquello, no hacía más que preguntarse si no estaría asistiendo a una de esas escenas llenas de barbarie de las que había oído hablar.

Mientras, Murrel seguía golpeando o rascando la barra con sus monedas de cobre y pidiendo bebidas a una mujer joven y alta, muy llamativa, que aparentemente quería hacer que se tomara, sin embargo, su excelente cabello por una mera peluca. Después cayó Murrel en una polémica interminable con uno cualquiera que había por allí, a propósito de si un caballo u otro ganaría una u otra carrera. El debate no iba mucho más allá en pos de una conclusión, pero los contendientes eran tan firmes como corteses, aunque de vez en vez se inmiscuyera un hombre muy alto y flaco, de caídos bigotes, que se inclinaba sobre cualquiera de los dos hablando quién sabe de qué para después, según parecía, informar al ahora silencioso Braintree de los argumentos de los contendientes.

—Conozco a un caballero cuando lo veo —repetía el tipo alto y flaco de los bigotes caídos, a intervalos, después de referir lo que ya se ha dicho—. Yo le pregunto... Se lo pregunto como se pregunta a los caballeros... Porque yo conozco a un caballero nada más verlo, y...

—Yo no soy un caballero, amigo —dijo el sindicalista con un cierto deje de amargura en la voz.

El tipo muy alto y muy flaco, el de los bigotes caídos, se inclinó sobre Braintree, como para verlo mejor, trazando en el aire los movimientos propios de un gesto paternal, como si pretendiese tranquilizar a un niño asustado.

—No diga usted eso, señor —dijo el tipo paternal—; no diga eso, porque yo conozco a un caballero y a una persona decente en cuanto la veo y por eso yo le digo que...

Braintree se volvió en un gesto rápido, como para huir de él, y chocó con un picapedrero gigantesco que estaba completamente cubierto de polvo blanco. El hombre se disculpó ante el sindicalista con una corrección admirable, y después de hacerlo escupió al suelo cubierto de serrín.

Aquella noche fue para el sindicalista una auténtica pesadilla. A John Braintree le parecía que era interminable, además de insensata y monótona. Murrel lo llevó, junto a su ya muy borracho conductor del ómnibus al que seguía llamando viejo Charley quién sabe por qué, de barra en barra. Braintree, al contrario que los otros, apenas bebía; puede decirse que no bebió más que un duque a solas con su botella de oporto. Los otros bebían envueltos en los vapores alcohólicos y también en los propios de esas disputas tan vanas como interminables.

Cuando estaban en la sexta taberna resonaron aquellos ensordecedores gritos que anuncian el cierre inminente, y la masa comenzó a ser empujada hacia la puerta. Pero el incansable Murrel invitó a una nueva excursión, ahora por los cafés. Allí comió a dos carrillos grandes emparedados y bebió un café de color castaño pálido, mientras seguía discutiendo con cualquiera sobre caballos y carreras. Amanecía ya sobre las colinas y las chimeneas de las fábricas cuando John Braintree se volvió de repente hacia su amigo y habló con un tono que obligaba a ser atendido:

—Douglas —le dijo—, no es necesario que sigas con tu alegoría por más tiempo... Ya sabía yo que eras un tipo inteligente y astuto, y empiezo a comprender ahora por qué se las han arreglado siempre tan bien los de tu clase para manejar una nación durante tanto tiempo... Pero no creas que soy un imbécil, o al menos un imbécil completo... Sé qué me quieres decir. Esto es lo que me quieres decir: «Sí, amigo John Braintree, tú te las sabes apañar de maravilla con los nobles, pero es con una masa popular con la que no sabes vértelas..» Has estado en un gran salón hablando durante más de una hora de Shakespeare y de lo que hiciera falta, pero durante una noche entera en las tabernas de los pobres has sido incapaz de decir una sola palabra... Dime, ¿quién conoce mejor al pueblo, tú o yo?»

Murrel permaneció en silencio. Su amigo el sindicalista siguió así tras una pausa:

—Esa es la mejor respuesta que podrías darme, y no me tomaré la molestia de intentar una réplica. Podría explicarte por qué los hombres como yo huimos más de estas cosas que los hombres como tú, y por qué vosotros os podéis permitir el lujo de jugar con los pobres mientras nosotros tenemos la obligación moral de luchar por ellos... Pero prefiero decirte que comprendo qué querías decirme, y que no te guardo el menor rencor por ello.

—Ya lo sé —dijo Murrel—. Aquel tipo de la taberna no escogió precisamente sus expresiones, pero hay mucho de verdad en lo que decía... Eres todo un caballero... Y espero que esta haya sido la última de mis bromas con moraleja.

Pero no fue así. Aquel mismo día, cuando regresaba por el jardín de la mansión de lord Seawood vio algo que lo dejó pasmado: la escalera de la biblioteca contra el cobertizo. Se detuvo de golpe. Su expresión de buen humor se trocó en una de rabia incontenible.

VI

A LA BÚSQUEDA DE LOS COLORES

Mientras miraba hacia el cobertizo en el que estaba apoyada la escalera, Murrel sintió que su espíritu se henchía (al tiempo que iba limpiándose de los vapores festivos de la noche) con la experiencia de un descubrimiento, el de la nueva educación de los revolucionarios. Toda la noche vagando de taberna en taberna, sin pensar por un momento ni en sus amigos ni en la función teatral que preparaba con ellos, y recordó entonces que más o menos a esa misma hora había abandonado el día anterior su tarea de pintor para acudir a la biblioteca y conocer al bibliotecario. Por ello no pudo sino pensar angustiado, olvidando sus reflexiones acerca de la nueva educación de los revolucionarios, en el hecho evidente, a la vista de la escalera, de que el bibliotecario debería llevar veinticuatro horas, poco más o menos, subido en la última estantería. Tiempo suficiente como para que la escalera se viera afectada por la humedad y el moho. Un esqueleto ideal para que las arañas tejieran allí sus telas plateadas. ¿A qué se debía que la escalera estuviese contra el cobertizo? Claro está, recordó a Julián Archer, recordó también sus bromas... Y su rostro se contrajo aún más duramente mientras aceleraba el paso en dirección a la biblioteca.

Su primera impresión fue que la estancia llena de libros estaba vacía. Y un momento después vio que en lo alto de una estantería, donde el bibliotecario había encontrado su obra francesa de historia medieval, flotaba una especie de luminosa nube azul, por no decir que flotaba una neblina. La lámpara eléctrica seguía encendida y el velo de vapor que la envolvía indicaba que alguien había estado fumando muy cerca, y además fumando mucho, seguramente durante toda la noche y buena parte del día anterior. Y por fin descubrió las piernas colgantes de Mr. Michael Herne, que había estado leyendo tranquilamente a todas esas horas. Por fortuna para él no le habían faltado los cigarrillos, pero sin duda estaba en ayunas. En un largo ayuno.

—¡Gracias a Dios! —dijo Murrel en un susurro—. Este hombre está bien, aunque hambriento, seguro... Y es posible que no haya dormido ni unos minutos... Menos mal que no se ha dormido, porque se hubiera caído sin remisión.

Llamó al bibliotecario con la misma voz que hubiera puesto para llamar a un niño que juega al borde de un acantilado, y le dijo para animarlo:

—No pasa nada, tranquilo, he encontrado la escalera...

El bibliotecario bajó un poco el enorme volumen que leía, para mirarle mejor.

—¿Quiere usted que baje ya? —preguntó al recién llegado.

Murrel contempló entonces el prodigio más cierto que había contemplado, probablemente, en las últimas veinticuatro horas, en términos generales bastante absurdas, por lo demás. El bibliotecario, sin esperar a que le llevara la escalera, se deslizó suavemente, con agilidad inusitada, por las estanterías, poniendo cuidadosamente los pies en estas, hasta tocar tranquilamente el suelo, aunque alguna dificultad llegara a tener en algún momento de su bajada. Se tambaleó peligrosamente, sin embargo, precisamente cuando hubo tocado el piso.

—¿Ya se ha entrevistado usted con Mr. Cartón Rogers? —preguntó como si nada—. ¡Qué época tan interesante la que él estudia!

Murrel era uno de esos hombres a los que les cuesta encontrar algo digno de asombro, pero tuvo la sensación de que él mismo se tambaleaba ante la actitud insólita del bibliotecario. No pudo más que mirarlo lleno de admiración y decir sin el menor sentido: —¡Su época! ¿Qué época?

—Bien —dijo Mr. Herne—, acaso le parezca a usted que es más interesante el período que va de 1080 a 1260, ¿no?

—Me parece que haríamos mejor si pensáramos en comer algo —dijo Murrel—. Debe de estar usted hambriento... ¿Es posible que se haya pasado ahí arriba... qué sé yo, doscientos años?

—Me siento un poco débil —admitió Mr. Héroe—. Pero a lo mejor es sólo algo raro...

—Pues no me parece nada bien que se sienta usted raro —dijo Murrel—. Mire, iré a traerle algo de comer... Aún no se han puesto en marcha los criados de la casa, pero conozco bien el camino que lleva a las despensas porque me lo enseñó un cocinero, buen amigo mío.

Salió de la biblioteca a toda prisa y apenas cinco minutos después estuvo de vuelta con una gran bandeja llena de unas cuantas cosas incongruentes entre las que destacaban varias botellas de cerveza.

—Aquí tiene, queso inglés antiguo —dijo poniendo la bandeja sobre una mesa repleta de papeles—. Y pollo frito, probablemente no muy anterior a 1390... Y cerveza como la que bebía en grandes pintas Ricardo Corazón de León... Bueno, o al menos la cerveza que tuvo a bien dejarnos... Y Jambón froida la mode Troubadour... Dé usted cuenta rápidamente de todo ello, se lo pido por favor; le aseguro que comer y beber han sido las mejores prácticas de cualquier época.

—Es que yo no podría beberme toda esa cerveza, de

verdad —se excusó el bibliotecario—. Aún es temprano para eso...

—No, no crea; es muy tarde, en contra de lo que pueda parecerle a usted —aseguró Murrel—. Y además no tengo inconveniente en acompañarle, porque estoy concluyendo una especie de fiesta que me he permitido... Un traguito tampoco nos hará daño, como dice una vieja canción provenzal de trovadores.

—Eso es cierto —estuvo de acuerdo Herne—. Pero no alcanzo a comprender el porqué de todo esto, caballero...

—Ni yo, se lo aseguro; pero la verdad es que también me he pasado la noche lejos de mi cama, ocupado en ciertas investigaciones... aunque no de su época, sino de otra muy distinta a la suya, me temo. Una época, por cierto, llena de sociología y cosas así. Espero que sepa perdonarme si me encuentra un tanto ofuscado, pero me gustaría saber si hay tanta diferencia entre las épocas... diferentes.

—Escuche —comenzó a decir Mr. Herne con vehemencia—. En cierto modo acaba de expresar usted lo que yo tantas veces me digo... Resulta extraordinario el paralelismo que se da entre la época medieval y esa a la que he dedicado mis estudios. ¡Cuán interesante es analizar el cambio que convirtió al antiguo funcionario imperial en un noble por herencia! ¿Quizás pensó usted que estaba leyendo algo referido a la transformación del Nal tras la invasión zamul?

—No, yo no me atrevería a ir tan lejos —dijo Murrel con más fervor que burla hacia el bibliotecario—, Pero ansío que nos enseñe usted cuanto debemos saber acerca de los trovadores.

—Me parece que usted y sus amigos saben muy bien en qué se empeñan —dijo el bibliotecario—. Llevan estudiando esa época mucho tiempo... Pero creo que no deberían haberse limitado como lo han hecho a la figura del trovador... Yo hubiera pensado más en los trouveres y puede que resultaran más interesantes para su función.

—Sí, es una vieja polémica —dijo Murrel—. Lo normal es que un trovador cante serenatas. Pero si alguien es capaz de encontrar un trouvere colgado de la tapia del jardín, ¿no cree razonable que llame a la policía y esta lo meta preso por allanamiento de morada e intención de cometer robo?

El bibliotecario, tras mirarlo con asombro durante unos segundos, dijo:

—En un principio tuve al trouvere por una especie de zel, o músico que tocaba el laúd. Pero he llegado a la conclusión de que era más una especie de pañi.

—Siempre lo he sospechado —dijo Murrel aunque no sabía a qué aludía el otro—. Sin embargo, me encantaría conocer la opinión de Mr. Archer sobre este asunto que nos ocupa.

—Claro —dijo el bibliotecario humildemente—. Mr. Archer debe de ser una gran autoridad en la materia.

—Es una gran autoridad en todas las materias, no le quepa a usted duda —dijo Murrel dominándose la risa—. Y la verdad es que yo soy un gran ignorante en todo, excepto, acaso, en lo que se refiere a la cerveza, de la cual parece que me estoy tomando más de lo que en este caso me correspondería beber... Adelante, Mr. Herne, vacíe su vaso con más rapidez y alegría de espíritu... Quizás después pueda enseñarme usted un brindis hitita cantado...

—No, la verdad —dijo el bibliotecario con gesto grave—. No podría cantar un brindis hitita. La del canto no es una facultad que me adorne.

—Pero sí tiene usted facultades como para descolgarse de lo más alto de una estantería, ¡caramba! —se admiró Murrel—. Yo suelo tirarme en marcha del ómnibus, y saltar desde alguna que otra altura más dando volatines en el aire, pero le aseguro que me resultaría difícil descolgarme de ahí como lo hace usted... Me parece, mi muy querido y admirado Mr. Herne, que es usted un hombre algo misterioso. Ahora que sin duda se encuentra mejor tras haber comido y bebido un poco, sobre todo por haber bebido, tal vez quiera explicármelo... Si podía haberse bajado de ahí en cualquier hora de las veinticuatro que se pasó arriba, ¿por qué no se le ocurrió pensar que quizás no estuviera del todo mal acostarse en un momento dado de la noche y levantarse a desayunar a una hora prudencial?

—Le confieso que prefiero bajarme con la escalera —replicó con humildad Mr. Herne—. Seguramente, hasta que usted no me animó a bajar, el miedo a caerme me tuvo paralizado ahí arriba... No tengo la costumbre de escalar...

—Pues no me explico cómo siendo tan buen escalador se ha pasado la noche entera al borde del precipicio... Nunca supuse que un bibliotecario pudiera ser un excelente montañero... ¿Pero por qué no bajarse, pudiendo hacerlo? El amor se encuentra de veras en los valles, es inútil esperar la llegada del amor en lo alto de una montaña, o de una estantería, por seguir refiriéndonos a su caso... Dígame de verdad por qué no se bajó usted.

—Debería sentirme avergonzado, lo sé —dijo el bibliotecario—. Usted habla del amor, algo que me lleva a pensar en lo que es ciertamente una especie de infidelidad... Siento que me he enamorado, por decirlo así, de la mujer de otro. Todo hombre debería contentarse con poner su interés en lo que tiene, que no es sino eso a lo que se ha dedicado con entusiasmo.

—¿Le parece que la princesa Pal-Ul tendrá celos de Berengaria de Navarra ? —preguntó Murrel—. La verdad es que lo suyo sería una historia magnífica para contarla en una revista; usted, perseguido por una momia, arrastrándose y golpeándose toda la noche por los pasillos... Ahora me explico que tuviese miedo de bajar... Supongo que quiere decirme, en realidad, que estaba muy interesado en lo que de una época distinta a la suya se cuenta en ese libro.

—Estaba realmente absorto en la lectura de ese libro —dijo el bibliotecario con tono de lamento—. No podía imaginar que el repunte de la civilización tras las invasiones de los bárbaros y de las edades oscurantistas fuera tan fascinante. Sólo cuanto se refiere a los siervos... Aunque eso ya lo había estudiado de joven...

—Y supongo que tras leer eso ha cometido usted un acto de clara desesperación, cual lo es volverse loco estudiando el gótico perpendicular o derramar su materia gris en esos viejos y abollados latones, o sobre los vitrales... Bueno, no se preocupe; aún está usted a tiempo de...

Murrel lo miró fijamente durante uno o dos minutos. En el silencio del bibliotecario había algo que impresionaba; y algo aún más impresionante todavía en su mirada, que se clavó en la puerta de cristales, que estaba abierta, por la cual se accedía al jardín. Un jardín que el sol comenzaba a bañar entonces generosamente. Miró hacia la estrecha y larga avenida en cuyos márgenes había macetas de flores encendidas como en una iluminación medieval. Al final de aquella perspectiva se levantaba sobre el pedestal del siglo XVIII el resto de alguna construcción medieval que dominaba la gran explanada del jardín.

—Me gustaría saber —dijo Herne al fin— qué encierra ese término que oímos tan frecuentemente: demasiado tarde. A veces creo que dice una verdad rotunda y otras que es una falsedad completa. O todo es demasiado tarde, o nada es demasiado tarde; parece algo que expresa lo que no está ni en la ilusión ni en la realidad... Todos cometemos errores, por otra parte; por eso decimos que quien no comete errores nunca hace otra cosa que no cometer errores, lo cual es un error, por resultar algo imposible... Pero, ¿piensa usted de verdad que un hombre podría cometer un error y no hacer nada por resarcirse? ¿Piensa usted que podría morir tranquilamente habiendo dejado pasar la oportunidad de vivir?

—Como ya le he dicho —respondió Murrel—, me inclino a creer que una cosa es muy parecida a la otra. Y cualquiera de esas cosas puede resultar interesante para un hombre como usted y muy aburrida para alguien como yo.

—Claro —dijo Herne inesperadamente decidido ahora—. Pero imaginemos que una de esas cuestiones es verdaderamente cosa de hombres como usted y como yo, que somos tan distintos, según me parece...

Supongamos que nos hemos olvidado del rostro de nuestros respectivos padres para exhumar los restos de un tatarabuelo de otro hombre... Imaginemos que yo fuera perseguido por alguien que no es una momia o por una momia que en realidad no está muerta, también se puede decir así...

Murrel continuó mirando con gran curiosidad a Herne, y Mr. Herne siguió con los ojos clavados en los restos de aquella construcción medieval que había en el jardín.

Olive Ashley era una persona singular, en varios aspectos. Sus amigos la describían, cada cual en su peculiar jerga, como una chica rara, como un pájaro extraño o como un pez muy singular... Y cuando pensaban cualquiera de esas cosas, no obstante, convenían todos ellos sin excepción en que no era una persona extraña, salvo por su sencillez, de la que ya se ha dado noticia al inicio de esta historia, y porque cuando todos sentían que lo importante era la acción, ella seguía en las nubes.

Se hallaba inclinada, o se podría decir que acurrucada, sobre su microscópico pasatiempo medieval, y a la vez sumida en el centro absurdo del torbellino propio al mundo del teatro. Era como si alguien cogiera margaritas en la campiña de Epsom dando la espalda al espectáculo ofrecido en el Derby. Sin embargo, también ella era en cierto modo autora de la pantomima que pretendía representar el grupo de amigos, y la primera entusiasta de la obrita.

—Y después —observó Miss Rosamund Severne con gesto desesperado—, cuando Olive haya logrado lo que pretendía, hará como que ya no lo quiere... Démosle entonces la vieja pantomima medieval que tanto parece querer y veremos cómo es quien más se aburre. Seguirá con sus iluminaciones doradas, con todo eso, y dirá que la obra era cosa nuestra.

—Bien, querida —terció Murrel una vez más en su función suprema de pacificador universal—; quizás sea mejor darte la parte de trabajo que le corresponde a ella... ¡Eres una mujer tan práctica! ¡Eres como un hombre de acción!

Rosamund se sintió algo aliviada y hasta dio en admitir que frecuentemente deseaba haber sido un hombre.

Las aspiraciones y deseos de su amiga Olive eran, realmente, cosa de misterio; pero cabe asegurar que no era cierto, en contra de lo que sugería Miss Rosamund Severne, que les había dado su vieja pantomima medieval de la que siempre hablaba para que los demás aportasen lo que les pareciese. En propiedad de criterios hay que decir que ellos se la habían quitado de las manos. Y la habían mejorado notablemente, eso es verdad, pero confiaron desde el principio en las posibilidades de éxito de la obra. Rendían tributo a la pantomima como si fuera una cosa que podía ser representada con el mayor de los éxitos, como si fuese una obra cumbre de la escena.

Las modificaciones que habían hecho, por ejemplo, ofrecían a Mr. Archer entradas admirables y mutis por el foro no menos admirables. Pero Olive había comenzado a tener un profundo y a la vez deplorable sentimiento con respecto a Mr. Archer, y prefería que hiciera mutis por el foro antes que verlo entrar en la escena. No había dicho nada de todo eso, hasta el momento, y mucho menos en contra de Archer. Pero si bien era una joven y muy respetable y digna dama que podía reír con esos a los que amaba, también es verdad que le costaba esbozar siquiera una sonrisa de compromiso ante esos a los que odiaba. Así que se metió en su concha, como un caracol, lo que quiere decir que se dedicó sin más a sus pinturas doradas que con tanto cariño guardaba en sus cajas para que estuvieran a salvo de todo.

Si le daba por pintar un minúsculo y muy convencional árbol plateado, por ejemplo, lo que menos deseaba era escuchar a sus espaldas la voz potente de Archer juzgando su trabajo, diciendo que aquello quedaría de lo más pobre y hasta mezquino si no lo doraba un poco. Si pintaba un decorativo y expresivo pez rojo, tampoco deseaba por nada del mundo oír la voz de su amigo, que hasta entonces había sido uno de los mejores de cuantos tenía, diciendo: «Querida Olive, sabes bien que no soporto el color rojo».

Mr. Douglas Murrel no se atrevía a gastarle una sola broma con sus torres miniadas ni con los pabellones igualmente miniados de sus cuadros, por mucho que fuesen igual de ridículos que los palacios de una pantomima. Pero es que, si todo aquello podía tomarse a broma, eran sus bromas, las de ella... Unas bromas nada prácticas, por lo que no cabía la chanza. Un camello no puede pasar por el ojo de una aguja, ni un elefante, aunque sea de pantomima, puede pasar por la cerradura de una puerta, aunque sea la puerta de un gabinete de pantomima. Aquella divina casa de muñecas en la que Olive jugaba con sagrados pigmeos y ángeles no menos pigmeos era algo demasiado pequeño, demasiado exquisito, para que los otros, que parecían hermanos grandes y groseros, entrasen en ella. Por eso volvió a lo que más placer podía darle, desentendiéndose de todo lo demás, y cabe decir que ante el general asombro... En cualquier caso, aquella mañana parecía menos alterada que de costumbre en los últimos tiempos. Después de haberse empleado en su tarea durante unos diez minutos, se levantó para dirigirse al jardín. Lo hizo como una autómata, con el pincel en la mano... Se detuvo a contemplar un rato el gran resto gótico puesto sobre aquel pedestal y a cuyo amparo ella y Murrel habían urdido su trama para atrapar a Mr. Braintree. Después se volvió hacia la otra ala de la mansión y vio a través de una de las ventanas al bibliotecario y a Douglas Murrel en un pasillo.

Ver a aquellas dos aves de madrugada no pudo sino alentar a este tercer pajarito no menos madrugador, llevado por un deseo de establecer un contacto más práctico y concreto que otra cosa con los otros dos. Fue como si hubiera tomado una decisión repentina, o como si se diera cuenta de súbito de que tenía que llevar a término una resolución insoslayable. Aceleró el paso en dirección a la biblioteca. Cuando entró, sin apenas prestar atención al sorprendido saludo de Murrel, dijo al bibliotecario con una seriedad muy graciosa:

—Mr. Herne, quisiera pedirle que me dejase consultar cierto libro que hay en su biblioteca.

Herne, como si despertara de un plácido sueño, respondió:

—Perdón, ¿cómo dice?

—Bueno, en realidad quiero hablar con usted de cierto asunto... El otro día estuve examinando un libro iluminado sobre san Luis, creo recordar, un libro en el que había una iluminación en un rojo admirable... Un rojo tan vivo que parecía puro fuego, y tan delicado en sus tintas como una leve claridad en medio del crepúsculo. No encuentro un rojo igual en ninguna parte.

—No sé nada de estas cosas —dijo Murrel frívolamente—, pero supongo que en nuestros días uno puede encontrar cualquier cosa que busque, si sabe dónde buscarla.

—En realidad quieres decir que se puede encontrar lo que se quiera, si se paga—replicó ella.

—Dudo que eso sea cierto —terció el bibliotecario como si se dispusiera a declamar un poema—. Si yo ofreciese una suma altísima por una pieza paleohitita palumon, dudo que alguien me la vendiera, no creo fácil encontrarla.

—Bueno, puede que Selfridge no lo tenga en sus escaparates —dijo Murrel—, pero seguro que le salía a usted cualquier millonario americano dispuesto a hacer lo que él llamaría un buen negocio con esa pieza paleohitita palumon.

—Escucha, Douglas —dijo Olive con mucha vehemencia—. Sé bien que te gustan las apuestas de todo tipo... Te mostraré el color rojo que he visto en ese libro para que lo compares con los que tengo en mi caja de pinturas. Luego, seguro que sales corriendo con la intención de comprarme un tubo de idéntico brillo. No lo encontrarás.

VII

EL TROVADOR BLONDEL

—Bien, de acuerdo —dijo Murrel un poco desconcertado—. Como quieras.

Presa de la ansiedad, Olive Ashley había entrado en la biblioteca sin esperar siquiera el consejo ni la ayuda del bibliotecario, que seguía absorto en la contemplación a distancia, con sus ojos encendidos, aunque en realidad no viera nada.

Extrajo Olive un antiguo y pesado volumen que estaba en uno de los estantes más bajos y rápidamente lo abrió por la página que buscaba, la que contenía una iluminación. Las letras, muy grandes, parecieron cobrar vida; semejaban dragones dorados que gateasen. En un rincón de la página se enseñoreaba la imagen del monstruo policéfalo del Apocalipsis; hasta para los ojos de Murrel su iluminación en rojo parecía imperar no obstante el paso de los siglos con un brillo insólito, como una llamarada.

—¿Acaso pretendes que vaya por las calles de Londres a la caza de un monstruo tan extraño? —preguntó a Olive.

—No, me conformo con que trates de encontrar por ahí una pintura que tenga este brillo —respondió ella—. ¿No dices que en las calles de Londres se puede conseguir cualquier cosa? Bueno, pues quizás no debas ir muy lejos para encontrarlo, ¿no? Recuerdo a un tal Hendry, del Haymarket, que vendía pinturas al menos muy parecidas cuando yo era niña... Pero desde entonces no he vuelto a ver nada siquiera parecido a este rojo del siglo XIV en ninguna tienda de pinturas.

—Bueno, es verdad que me he pasado tanto tiempo

pintando en rojo, que podría haber cubierto la ciudad entera... Pero la verdad es que mi rojo no tenía la exquisitez del siglo XIV, era un rojo vulgar, del siglo XX... Como la corbata de Braintree. Quizás por eso le dije que su corbata podría incendiar la ciudad...

—¡Braintree! —exclamó Olive con algo de desprecio—. ¿Te ha visto pintar de rojo?

—Sí, pero no creo que sea lo que tú llamarías un compañero escandalosamente festivo —dijo Murrel en tono fingidamente apologético—. Más bien parece como si estos revolucionarios rojos tuvieran miedo al vino rojo... Por cierto, ¿te importa que vaya a ver si me hago con un poco de vino? Supongamos que vuelvo con una docena de botellas de oporto, con unas cuantas de borgoña, con un poco de clarete, con algo más de chianti y con unas buenas frascas de vino español... ¿No te valdrían para obtener el brillante color rojo que pretendes? Quizás mezclando esos vinos como mezclas tus pinturas...

—¿Y qué hacía Mr. Braintree? —preguntó Olive con bastante dureza, sin prestar mayor atención a la humorada de su amigo.

—Bueno, supongo que estaba educándose un poco —respondió Murrel—. Seguía ese curso en el que ya había pensado tu propio entusiasmo por su educación. Dijiste que se le debía instruir en los principios del gran mundo, para que así pudiera oír cosas que nunca había oído y reflexionar en consecuencia sobre ellas. Estoy seguro de que lo que escuchó en un par de sitios llamados El Cerdo y El Silbido no lo había escuchado jamás.

—Sabes perfectamente que no quería que fuese a esos lugares inmundos —dijo Olive con visible enfado—. Quería que oyese a los intelectuales hablar de cosas trascendentes...

—Pequeña —dijo Murrel con gran calma—, ¿aún no te has percatado de que eso que dices es una tontería? En esa clase de debates a la que te refieres, Braintree puede derrotar a cualquiera, incluso a esos que según tú poseen las cabezas más dignas y notables. Braintree tiene una idea diez veces más clara de por qué piensa como piensa, que todos esos a los que tú llamas gente culta. Ha leído lo que ellos, o más, pero lo recuerda todo, cosa de la que ellos son incapaces... Y por eso tiene un concepto, su concepto, acerca de lo que es falso y de lo que es cierto, por lo que no duda en aplicar con absoluta convicción su concepto de lo que sea en cuanto lo considere necesario. No quiero decir que tenga siempre razón; su concepto puede ser una falacia, pero como sabe exponerlo con claridad absoluta, cosa de la que no todo el mundo es capaz, obtiene éxitos inmediatos en cualquier debate. ¿Nunca te has planteado siquiera la posibilidad de que nosotros seamos tan indolentes como vagos puedan serlo nuestros argumentos?

—Sí —aceptó Olive, ahora con algo de humildad, con menor dureza—. Ese hombre está a bien con su espíritu.

—Claro, aunque no sepa mucho de algunos espíritus, quizás —siguió diciendo Murrel—. Pero te aseguro que conoce los nuestros mejor que nosotros mismos... ¿De veras creíste que iba a caer rendido de admiración ante el supuesto talento del viejo Wister? No, querida Olive, no... Si de veras quieres verlo caer rendido de admiración ante alguien, ven conmigo esta noche a dar una vuelta por sitios como El Cerdo y El Silbido.

—No quiero ver rendido a nadie —replicó Olive—. Pero me parece que ha sido un gran error por tu parte llevarlo a esos sitios de perdición...

—¿Y qué hay de mí? ¿No cuento? ¿No importo siquiera un poco? —preguntó Murrel con tono quejumbroso—. ¿Y mi moral, mis principios? ¿Eso no tiene importancia? ¿Crees que no debo cultivar mis principios? ¿Por qué tu indiferencia, sí no tu repulsión, ante las actividades espirituales que puedo desarrollar en sitios como El Cerdo y El Silbido.

—¡Oh! —exclamó ella con una muy estudiada pose de indiferencia—. Todo el mundo sabe que jamás te has preocupado por la moral y los principios...

—Pues te digo que yo levanto contra las corbatas rojas el más democrático blasón, cual lo es la nariz roja de los bebedores, y apelo a La Marsellesa y al music-hall cuantas veces sea menester hacerlo —exclamó Murrel en tono de jubilosa burla—. ¿Acaso no crees que si saliera por Londres a la busca de narices rojas, en claro rechazo de las narices de color rosa, o de tono púrpura, o de carmín, no iba a encontrar una nariz con esa delicada tintura propia del siglo XIV, que tanto...?

—Si encuentras la pintura que busco me da igual cómo sea la nariz que pintes... Aunque preferiría que pintases a brochazos la nariz a Mr. Archer...

Quizás sea preciso que el paciente lector sepa algo acerca del nudo central de la pantomima titulada El trovador Blondel, porque sólo merced a ese conocimiento podrá tener noticia clara de los alcances últimos de esta otra historia titulada El regreso de D. Quijote.

En la pantomima aludida, Blondel abandona a la dama de su corazón sumida en un estado de celos y perplejidad, pues supone ella que el trovador se dispone a recorrer el continente entero dedicando serenatas a damas de todas las naciones y de todos los tipos de belleza, cuando en realidad al único a quien pretendía dar una serenata era a un caballero alto y fuerte, muy musculoso, por razones estrictamente políticas. Tan grande, fuerte y musculoso señor no era otro que Ricardo Corazón de León, a quien representaría en la escena un típico señor moderno. O exteriormente moderno, al menos... Un tal Mayor Trelawny, primo lejano de Miss Olive Ashley; uno de esos hombres que a veces se encuentran en los salones frecuentados por la gente de probada y comprobada elegancia, y que entre otras muchas cosas saben actuar, o al menos hacer un poco de actores, aunque apenas sepan leer; un tipo bonachón, en cualquier caso, aunque algo tonto, pero bueno para las cosas del teatro... Mas también era un tipo relativamente informal, por lo que descuidaba con alguna frecuencia los ensayos, o se olvidaba por completo de ellos... No obstante, los motivos políticos que movían a Blondel a buscar por donde fuese al señor musculoso, eran, por supuesto, de lo más elevados. O cabría decir que eran, tales motivos y a lo largo de la obrita toda, de un desinterés que despertaba irritación, de una pureza de intenciones que casi podía considerarse perversa.

Murrel, por su parte, no podía ocultar la gracia que le hacía escuchar las expresiones de esos sentimientos, desinteresados casi de manera suicida, de labios de Mr. Julián Archer. En resumidas cuentas, Blondel era todo lealtad para con su rey y todo amor para con su patria, por lo que no tenía más deseo que el de regresar a ella cuanto antes. Deseaba con fervor que el rey restituyera el orden perdido y acabase con la villanía del rey Juan, aquel malvado de tantas historias de las Cruzadas. La escena culminante no era del todo mala, sin embargo, para tratarse de una obrita de aficionados... Cuando el trovador Blondel descubre al fin en qué castillo se encuentra su señor, habiendo reunido allí (cosa bastante improbable, por cierto) una corte en la que no faltaban las damas más excelsas y los caballeros más valientes, en un castillo de los bosques austriacos, digámoslo de paso, sale el rey Ricardo mientras suenan las trompetas, se sitúa en el centro del escenario, y allí, ante su peripatética corte, abdica de su trono con gestos de lo más reales... Declara, pues, que ya no ansia el trono, sino convertirse en un caballero andante y errabundo. Aunque ya había errado bastante en todos los sentidos... cosa, por otra parte, que supone una peripecia inequívocamente humana.

Había errado Ricardo, es verdad, por aquellos bosques de la Europa central, tropezándose en su caminar con variadas desventuras, más que aventuras, todo lo cual, sin embargo, no le hizo cambiar sus impresiones acerca de que errar es algo que constituye la esencia humana. Su última desventura, por todo ello, no fue sino la de caer en el cautiverio austriaco. Y en su cautiverio daba en proclamar la maldad de los demás príncipes y reyes y la vergüenza que suponía la actividad política de su tiempo en general.

Hay que decir que Miss Olive Ashley tenía gran talento para imitar el más pomposo asonante isabelino. Y así, en asonantes isabelinos, expresaba Ricardo que prefería la sociedad de los reptiles a la del rey Felipe Augusto de Francia, y comparaba favorablemente al jabalí de los bosques en detrimento de los hombres de Estado, y pronunciaba después un discurso franco y cordial dirigido a los lobos y a los vientos del invierno, rogándoles que actuaran en su favor para oponerse a sus propios parientes y a quienes habían sido hasta entonces sus consejeros políticos. La perorata concluía en una copla rítmica a la manera de Shakespeare, merced a la que renunciaba a su corona, desenvainaba la espada y se diría a la derecha del escenario, causando así no sólo un disgusto muy justificado en Blondel, que había sacrificado sus anhelos privados en aras del servicio a lo público, y al cabo no tenía otro deber, ante el público, que no fuera el de girar sobre sus talones y hacer mutis por el foro. La oportuna (y más que improbable) llegada de Berengaria de Navarra a las profundidades del bosque es lo que hace que Blondel vuelva a ser fiel sólo a sí mismo. Y el lector debe estar muy versado en las leyes del drama romántico para no precisar que se le diga que la aparición de la reina y su reconciliación con el rey son las señales más evidentes de otra reconciliación, un tanto apresurada, en cualquier caso, pero no menos venturosa, entre Blondel y la dama de su corazón. El ambiente que impera en ese bosque austriaco, sostenido por una suave música y la luz propia de un atardecer plácido, corresponde a la formación de grupos de figurantes bajo las candilejas y a la prisa por tomar el sombrero y el paraguas entre el público.

Así, a grandes rasgos, era la obra titulada El trovador Blondel, todo un ejemplo de romance sentimental y anticuado, un género muy popular, y a veces no del todo lamentable, antes de la guerra. Mientras los otros seguían ocupados de una u otra forma, bien en los ensayos, bien en la creación de los decorados, dos figuras importantes de la representación que pretendía subir al escenario aquel drama tan humano parecían al margen de tanto entusiasmo, lo que tendría consecuencias claras en un futuro inmediato.

Olive Ashley siguió dando vueltas sin descanso con las manos ocupadas en algún libro religioso que contenía iluminaciones miniadas, tomado de la biblioteca. Mr. Michael Herne, por su parte, devoraba igualmente sin tregua un volumen tras otro sobre historia, filosofía, teología, ética y economía, referido todo ello a los cuatro siglos medievales, esperando así poder hacer el recitado idóneo de los quince renglones en total que Miss Ashley había escrito para quien hiciera el personaje del segundo trovador.

Sin embargo, debe reseñarse que Archer era, aunque a su modo, un hombre tan bien dispuesto como Mr. Herne. Es más, como ambos representarían los papeles de trovador, más importante el uno que el otro, desde luego, muchas veces estudiaban juntos sus respectivos personajes.

—Yo creo —dijo Archer tirando sobre la mesa el papel que acababa de repasar— que Blondel ama el engaño y la simulación... Por eso quiero hacer mi papel con más pasión de la que demuestra él.

—Sí, hay algo abstracto y a la vez artificial en toda su pose provenzal —dijo el segundo trovador, Mr. Herne—. Ese tiempo de las cortes de amor tuvo que ser insoportablemente estúpido e impostado... A veces ni se conocían los amantes, como Rudel y la princesa de Trípoli. Y otras veces las cosas no tenían más que el poco interés que pueda derivarse de la venia cortés que hacía un hombre culto a la dama de su corazón. Quiero creer, sin embargo, que a veces se daba una pasión verdadera.

—Pues de eso hay muy poco en Miss Ashley y su trovador, se lo aseguro —dijo Archer—. Todo se queda en nociones y tonterías pretenciosamente espirituales... A mí me parece que Blondel no sabe en realidad qué es el amor.

—¿No le parece que quizás esté muy influido por las doctrinas albigenses? —preguntó el bibliotecario con seriedad ansiosa—. Aunque hay que admitir que las herejías se produjeron sobre todo en el sur, y que muchos de los trovadores semejaban participar de o de parecidos movimientos filosóficos.

—Bueno, sus movimientos son bastante filosóficos, es verdad —admitió Archer—. Yo prefiero que mis movimientos sean menos filosóficos cuando quiero demostrar mi amor a una mujer, aunque sea en el escenario. A cualquier mujer le gusta que le digan cosas bonitas, que la lisonjeen.

—A lo que tiende esa herejía filosófica es a evitar cuidadosamente el compromiso matrimonial —aseguró Herne—. He repasado bien un sinfín de crónicas sobre hombres que abrazaron la ortodoxia después de la Cruzada de Montfort y Domingo, y en todas esas crónicas se lee repetidamente ivit in matrimonium... La verdad es que sería muy interesante hacer el papel que representara a un semioriental a la vez pesimista e idealista. A un hombre que siente que la propia carne es una deshonra para su espíritu, aún en sus expresiones más dulces y legales... Pero nada de eso se percibe en lo que Miss Ashley me ha pedido que recite; espero, señor, que su papel aclare algo de todo esto.

—Yo creo que eso es un poco difícil —respondió Archer—. Mi papel no ofrece ninguna posibilidad de lucimiento a un actor romántico como yo.

—Lo desconozco todo acerca del teatro —dijo el bibliotecario con más tristeza que vanagloria—; menos mal que sólo me han dado ustedes unos pocos renglones...

Se quedó en silencio y Julián Archer le miró con algo así como una impiedad vaga, murmurando que todo aquello acabaría forzosamente en un gran fracaso.

Mr. Archer, con todo su muy práctico savoir faire, no era un hombre capaz de sentir cómo se producían sutiles cambios en el clima social, ni siquiera en el clima social en que habitualmente se desenvolvía. Seguía considerando a Mr. Herne una especie de lacayo a su servicio, y hasta un mozo de cuadra al que hubieran metido en todo aquello porque no había otro más a mano. En realidad, cada vez que el bibliotecario abría la boca para decir cualquier cosa, Archer imaginaba que le iba a decir: «Señor, el coche está preparado». Siempre interesado en sus energías, y en cómo aplicarlas a las cosas más prácticas y útiles para él, era incapaz de atender al trabajo que hiciese cualquiera, en este caso Michael Herne. Ahora, por ejemplo, mientras Archer seguía mascullando cualquier cosa, el bibliotecario volvía a sumirse en un volumen.

—Tengo que pensar por fuerza —dijo al cabo de un rato Herne— que es una lástima dejar irse la oportunidad de que un actor romántico represente bien esa clase de romance bonito pero vacuo... Hay un tipo de danza que expresa el mayor desprecio posible hacia el cuerpo. En ella se ve al cuerpo corriendo en un laberinto de dibujos y arabescos asiáticos... Así era la danza de los albigenses, una danza dedicada a la muerte. Su espíritu, en efecto, despreciaba el cuerpo de dos maneras: mutilándose como lo hacen los faquires y regalándose como si fuera el de un sultán. Nunca haciéndole los honores debidos. Creo que le resultaría a usted muy interesante interpretar a un personaje amargado a la vez por el hedonismo y el pesimismo.

—Yo tengo el pesimismo más bien sedimentado —replicó Archer—; por ejemplo, sé perfectamente cuándo no quiere venir Trelawny a los ensayos y cuándo Miss Olive Ashley no hace otra cosa que dedicarse a pintar estupideces.

Tuvo que bajar el tono de voz al decir estas últimas palabras porque advirtió de golpe que la dama aludida estaba sentada tranquilamente en el otro extremo de la sala, de espaldas a él e inclinada sobre unos libros. Parecía no haberle oído, pues no se volvió; Julián Archer siguió diciendo en una especie de alegre gruñido:

—Supongo que no tiene usted gran experiencia acerca de lo que en verdad cautiva a los espectadores—Claro, por eso es lógico que tema que al final de la representación nos dediquen un buen pateo.

—¿Un pateo? —preguntó Mr. Herne con algo de indiferencia.

—Tranquilo, nadie nos pateará ni abucheará; nadie nos tirará huevos podridos... Al fin y al cabo ya se ha decidido que hagamos la representación en el salón de recepciones de lord Seawood —dijo Archer—. Así y todo, no se crea; siempre nota uno, a poco de experiencia que tenga, si el auditorio se interesa o no por lo que sucede en el escenario... No obstante, salvo que ella —dijo señalando a Olive— ponga un poco más de interés en algún que otro diálogo, me temo que voy a tenerlo francamente difícil para cautivar esta vez a los espectadores.

Herne procuraba escuchar y comprender, cortésmente, lo que le decía el otro, pero lo hacía con algo así como la mitad de su cerebro. La otra estaba en el jardín, como solía sucederle en los últimos días, imaginando alguna escena un tanto vagamente... A lo lejos, al final de una avenida de césped rutilante, entre delicados arbustos y brillando bajo la luz del sol, vio a la princesa Rosamund, bellísima. Vestía su magnífico traje azul para la escena, llevaba el tocado igualmente azul sobre el peinado que semejaba una cornamenta, y cuando tras echarse a caminar en dirección a la biblioteca hizo un gesto que a la vez sugería despreocupación, libertad y abandono, un gesto de estirarse pues no en vano abrió los brazos en cruz cuanto le dieron de sí y estiró las manos y sacudió los dedos en punta, el bibliotecario creyó ver una auténtica ave del paraíso. Y es que las mangas en punta de su traje daban a la joven dama todo el aire de andar por ahí batiendo las alas.

En la mente del bibliotecario se formó entonces un pensamiento, si bien a medias: ¿cómo iba a patear alguien en el salón de lord Seawood ante la presencia de ese lindo pajarito?

Pero cuando la figura vestida de azul se aproximó aún más, hasta él comenzó a pensar que podría haber otra razón para explicar los gestos y movimientos de aquel pájaro del paraíso. Su cara denotaba que había hecho todo lo anterior por impaciencia y hasta por sentirse al borde del desfallecimiento. No obstante, Rosamund irradiaba tal resplandor, se veía tan saludable de rostro y tan confiada en sus maneras, que la firmeza y la fuerza de su voz eran una segunda cosa que le pareció incongruente. Tenía en el porte todo, en fin, ese algo de violencia que hace que algunas personas sean capaces de dar una mala noticia como si fuese buena.

—¡Sólo nos faltaba eso! —exclamó indignada, aunque con un gesto de enfado bastante impersonal, al entrar en la biblioteca mientras mostraba un telegrama—. Hugh Trelawny dice que no puede hacer el papel de rey.

A veces Julián Archer era muy ágil de mente. De una parte se mostró tan disgustado como ella, pero a la vez, y antes de que Rosamund pudiera decir algo más, ya había concebido la posibilidad de cambiar de papel, pues suponía que no le iba a resultar muy difícil aprenderse el de rey. Un poco más de esfuerzo, sólo eso; jamás había temido al trabajo, si este valía la pena. No veía más dificultad que la de imaginarse a otro haciendo el papel de trovador.

El bibliotecario y Olive no parecían darse cuenta de la gravedad de la situación; Rosamund, por su parte, incluso parecía a veces sentirse abrumada por la deserción de Trelawny.

—A lo peor tenemos que olvidarnos de la representación—dijo.

—¡No, nada de eso! —exclamó Archer como si deseara darle consuelo—. Nada de eso, querida... Sería una verdadera lástima, con todo lo que hemos trabajado.

Dirigió entonces una mirada lánguida al extremo opuesto de la sala, donde se veía obstinadamente quieta la cabeza de Miss Ashley, absorta en las iluminaciones. Hacía mucho tiempo que ninguna otra cosa lograba absorberla tanto, salvo el motivo absolutamente desconocido que de vez en cuando la llevaba a salir de paseo por el campo, invirtiendo en ello tanto tiempo que algunos llegaban a pensar que había desaparecido para siempre.

—Llevo tres días levantándome a las seis de la mañana sólo para ensayar, por respeto a nuestra compañía teatral —dijo Archer.

—¿Y cómo podríamos continuar? —preguntó Rosamund, ahora aparentemente desesperada—. ¿Quién hará de rey? Bastante nos ha costado encontrar un segundo trovador... Menos mal que Mr. Herne ha tenido la bondad de ayudarnos.

—Lo peor de todo —dijo Archer— es que si yo hiciera de rey nadie podría interpretar a Blondel.

—Motivo más que suficiente como para olvidarnos de todo —dijo Rosamund muy enfadada.

Se hizo un silencio en el que no hubo más que miradas inquisitivas entre ellos. Un poco después volvían los ojos casi al unísono al extremo opuesto de la sala, donde se dejaba sentir la voz de Miss Olive, que abandonaba al fin su asiento. Quedaron un tanto asombrados al oír que hablaba, pues suponían que, de tan absorta en sus iluminaciones, ni siquiera oía.

—Sí —dijo—, creo que deberíamos olvidarnos de todo esto, salvo que Mr. Herne acepte representar el papel de rey... Es el único capacitado para ello, el único a quien podría interesarle realmente asumir ese personaje.

—No, por el amor de Dios... —imploró el bibliotecario.

—No sé en qué estáis pensando, ni lo que os habéis creído —dijo Miss Ashley con mucha amargura a sus amigos—, pero habéis convertido mi obra en una especie de opereta cómica. Admito que no puedo comparar mi sabiduría con la de Mr. Herne, pero sí puedo decir que he intentado contar algo importante en esa obra... Aunque no pueda expresarlo tan bien como ese viejo romance en el que se dice: «¿No queréis que vuelva el rey, que la goce de nuevo?»

—Eso es una sátira jacobina, querida; me parece que confundes algo las épocas —intervino Archer de inmediato.

—No sé cuál es el rey que debe volver —dijo Olive con gran firmeza—, si el rey Arturo, si el rey Ricardo, el rey Carlos o cualquier otro... Pero seguro que Mr. Herne sabe algo de lo que esos hombres entendían por ser rey... Y puestos a decir, me encantaría que Mr. Herne fuese el rey de Inglaterra.

Julián Archer echó hacia atrás la cabeza y estalló en una carcajada irreprimible. Pero había en su risa, es verdad, mucho de exageración; como si fuese una de esas burlas con las que a través de los siglos los hombres han recibido las profecías.

—Pues fíjate, querida, que aun suponiendo sólo que Mr. Herne hiciera el papel de rey, nos toparíamos con el problema que ya tuvimos para encontrar al segundo trovador —protestó Rosamund.

Olive Ashley les dio de nuevo la espalda y se dispuso a salir de allí para dirigirse a limpiar sus pinturas.

—Bueno, yo me encargaré de arreglar todo esto —dijo, sin embargo, cuando comenzaba a irse—; tengo un amigo al que no le importará aceptar ese papel, si os parece bien...

Tras mirarla los otros con asombro, dijo Rosamund:

—¿No deberíamos consultar al Mono? Conoce a tanta gente...

—Lo siento mucho —dijo Olive mientras se iba ya de una vez—, pero le he pedido que me vaya a hacer un recado... Se ofreció amablemente a buscarme unas pinturas...

Era verdad que mientras la tertulia se iba viendo obligada a aceptar la repentina coronación de Mr. Herne, para mayor desesperación de Mr. Archer, Douglas Murrel, el amigo de todos, acababa de emprender una suerte de expedición que habría de producir un extraño efecto en el devenir inmediato de todos los demás.

Olive Ashley le había pedido que averiguase si aún era posible conseguir cierto pigmento en la mejor tienda de materiales para artistas. Mr. Murrel, en cualquier caso, experimentaba ante aquella aventura esa exagerada alegría que experimentan los solteros ante situaciones semejantes, alegría aún mayor mientras se prepara la aventura en sí. Tal y como había emprendido aquel periplo nocturno con Braintree, con la sensación, si no el deseo, de que la noche fuese eterna, acometió el encargo de Miss Ashley en la creencia de que eso habría de llevarlo al fin del mundo, poco más o menos... Aquello, en efecto, le conduciría al fin del mundo, en cierto sentido; o acaso al comienzo de otro mundo. El caso fue que se metió en los bolsillos una buena suma de dinero, hizo buena provisión de tabaco, de unos cuantos frascos y de varias navajas, y pareció emprender un largo viaje en dirección al Polo Norte.

Gran parte de esos hombres inteligentes que saben hacerse a sí mismos esa clase de jugarretas infantiles simplemente se limitan a simular, pero Murrel llevaba muy lejos su jugarreta infantil, como si temiera toparse con ogros y dragones.

Apenas había dejado atrás el portalón de acceso a la propiedad de lord Seawood cuando vio un prodigio, aunque él hubiese dicho a quien fuese, al menos en ese momento, que se trataba de un monstruo. Alguien entraba en la propiedad justo cuando él se iba; una persona que le era al tiempo muy conocida y muy desconocida. Trató de cerciorarse, como si padeciera una pesadilla. Y no pudo sino caer rendido ante la certeza de que aquel ser no era otro que Mr. John Braintree, que se había afeitado la barba.

VIII

LAS DESVENTURAS DEL MONO

Murrel contemplaba desde la entrada la silueta que se veía, oscura, contra el paisaje, aquellas trazas que le daban ganas de reír. Pero una serie de ideas que podemos calificar como serias le conmovieron. Puede que ni un gato negro, ni un mirlo blanco, ni un caballo ruano, ni cualquier otro prodigio parecido e igual de proverbial, le hubieran parecido un presagio tan evidente, a la vez que inescrutable, como lo fue la sorprendente entrada en escena del sindicalista afeitado.

Braintree, mientras se alejaba, también miraba a Murrel, aunque con una dureza en la expresión que era trasunto de una clara hostilidad, no obstante lo mucho que se apreciaban. Como no podía apuntar con su barba, lo hizo con el mentón a tal punto que su faz cobró una expresión aún agresiva, como si se le hubiese agrandado. Murrel, con toda la cordialidad de que fue capaz, se limitó a decir al fin:

—Supongo que vienes a echar una mano...

Como era en el fondo un hombre de educación notable, no dijo, por ejemplo: «Supongo que finalmente te has visto obligado a venir a echar una mano». Claro está, se hizo de inmediato la debida composición de lugar: supo a qué razón obedecían aquellos paseos de Olive, aquellas desapariciones que hacía de vez en cuando; supo también a qué se debía aquel continuo estar absorto de Miss Ashley; supo, en fin de cuentas, qué vuelta le había dado la joven dama a su curioso y fracasado experimento social. Claro que también podía tomarse por fracaso su propio experimento social, el que le hizo llevarse de juerga nocturna a Braintree, al que no había logrado convertir en un borracho licencioso. Hasta entonces, le hubiera soportado cualquier cosa, cualquier reconvención, con tal de que lo llevara a las mismas puertas del palacio, a las que acudiría seguido del populacho que le era fiel. Pero desde aquella noche, en la que el propio Murrel logró sembrar la duda respecto a la posición democrática de Braintree, este no había hecho sino convertirse en un tipo sensible y absorto en sus meditaciones. Murrel tenía una enorme capacidad de comprensión, así que lo aceptaba de bastante buen grado todo. Salvo, quizás, el final de todo el asunto, que no terminaba de ver claro. No dejó, en cualquier caso, que el tono de su voz denotase una mínima señal de comprensión.

—Sí —contestó Braintree, que parecía anonadado—; Miss Ashley me dijo que precisaba de la ayuda de alguien... Me sorprende que no la ayudes tú...

—Ya le dije a Olive —contestó Murrel—, que si yo soy un mal director de escena, al menos espero no serlo tanto como otro que además se pretende actor. Julián Archer es el que se encarga ahora de la dirección, al completo. Miss Ashley me ha hecho otro encarguito...

—Tienes pinta de marcharte a El Dorado en busca de fortuna—dijo Braintree.

Echó un rápido vistazo a la impedimenta que llevaba su amigo, quien cargaba con una mochila de viaje a la espalda, sostenía un bastón muy sólido y se fajaba con un cinturón de cuero en el que parecía destacar un cuchillo envainado.

—Sí —dijo Murrel—, voy armado hasta los dientes... En realidad voy algo así como al frente, en una misión especial —y tras hacer una pausa añadió sonriente—: Voy de compras.

—¡Ah! —exclamó Braintree francamente sorprendido.

—Despídeme del resto de mis amistades, por favor —dijo Murrel—. Si caigo en el primer combate ante el mostrador en el que ofrezcan una baratija cualquiera, di por ahí que dediqué mi último pensamiento a Julián Archer. Y dedícame una lápida conmemorativa, te lo ruego, en el sitio donde haya caído. Y cuando todas las gangas que se ofrecen con la primavera vuelvan el año próximo, cual lo hacen los pájaros en la misma estación, evócame... Adiós y buena suerte, amigo.

Y haciendo girar en el aire su bastón, con ademanes que eran más que agresivos los de una bendición, siguió sendero adelante por el parque, dejando allí clavada la silueta del sindicalista, que le siguió un rato con los ojos y la mente poblada por las dudas.

Los pájaros de la primavera a los que Murrel había aludido de manera tan patética y burlona cantaban en los árboles del bosque por el que marchaba a buen paso. Los tallos, todo brote, poseían a la luz de aquel instante la apariencia propia de una floración de plumas de ave.

Era esa estación del año en la que todo parece hallarse provisto de plumas. Los árboles semejaban alzarse de puntillas, como preparados para dar un brinco y lanzarse al aire en la gran nube blanca y rosácea del cielo, cual si fuesen querubines tocados con la bondad de los heraldos. En la mente de aquel hombre alboreó un recuerdo infantil en el que imaginaba ser un príncipe de cuento de hadas. También, claro, que su bastón era una espada. Pero entonces recordó que la misión a él encomendada no lo llevaría por valles ni por selvas, sino al laberíntico lugar común de las tiendas. Y en la cara se le dibujó una sonrisa irónica llena de arrugas.

Fue a la ciudad industrial en la que había estado con Braintree aquella noche de juerga. Ahora, sin embargo, no tenía la menor apetencia de diversiones, ni ansiaba la llegada de la noche para expansionarse, sino que se veía llamado a cosa tan prosaica como una actividad comercial de compra y venta. Algo con lo que, desde luego, casaba mejor aquella luz diurna, blanca y fresca.

—Los negocios son lo primero —se dijo en voz alta, con resolución—. Ahora que me he convertido en un hombre de negocios debo ver las cosas bajo el prisma único de lo práctico. Seguro que todo buen hombre de negocios se da ánimos cada mañana diciéndose «los negocios son lo primero». Y no hay más que decir.

Llegó a la muy larga línea que formaban una serie de edificios de aspecto babilónico en los que destacaba un rótulo enorme y llamativo en el que se leía Almacenes Imperiales con letras doradas más grandes que los escaparates. Es verdad que se acercó hasta allí deliberadamente, pero le hubiera resultado muy difícil hacerlo a otro sitio, porque ocupaba una acera entera de un lado de la calle principal y parte de la otra. Había una multitud deseosa de entrar y otra que ansiaba salir, reforzadas dichas multitudes por otra que no deseaba entrar ni salir pues se limitaba a mirar lo que había en los escaparates, aparentemente con la intención de no hacer nada más.

De vez en cuando se topaba con hombres amables y muy celosos de sus obligaciones, que con suaves gestos le indicaban que siguiera, que no se detuviese; aquellos hombres, no obstante, lo irritaban a tal punto que sentía vivos deseos de soltarles un golpe en la cabeza con su bastón, mas lograba contenerse pensando que aquello podría poner punto final a su aventura. Así que con rabia sorda repetía a los celosos cumplidores de su deber el nombre del departamento al que deseaba dirigirse, y ellos a su vez se lo decían sin parar de animarlo con sus gestos suaves a seguir, a no detenerse. Murrel, claro está, seguía adelante sin poder evitar un rechinar de dientes. Todos aquellos tipos parecían saber que en algún rincón de aquellas galerías doradas y de aquellos enormes salones subterráneos había un departamento dedicado en exclusiva a los útiles para pintura y dibujo, pero, hasta donde podía ver, ninguno de ellos tenía la más remota idea de dónde estaba realmente. De trecho en trecho se veía ante el hueco enorme de los ascensores y observaba cómo se aliviaba al menos momentáneamente la congestión provocada por el gentío, pues aquellas bocazas enormes que subían y bajaban se tragaban a unos cuantos seres para llevarlos al centro de la tierra o al techo. No tardó mucho en verse entre aquellos predestinados, como Eneas, al Averno. Y allí hubo de iniciar otra peregrinación no menos interminable que la anterior, aunque atraído por el simple hecho de saber que estaba más abajo de la propia calle. Como si se hallase en la galería de una mina de carbón.

—Quizás sea verdad que resulte más cómodo ir a un solo establecimiento en busca de lo que sea, de todo, en vez de andar un montón al aire libre, de tienda en tienda —se dijo en un murmullo, casi alegre.

Aquel caballero al que llamaban el Mono no alcanzó el deseado mostrador desprovisto de las armas necesarias. En otras ocasiones había ido por ahí con un trozo de cinta de un color determinado, a comprar más cinta del mismo color. Así que sabía algo de todo aquello, no andaba del todo ayuno de conocimientos. Lo mismo había hecho en aras de alguna corbata de un color concreto.

Era el Mono una de esas personas a las que pueden confiarse plenamente los mortales en cualquier ámbito de lo pequeño y de lo práctico. Por lo demás, tampoco era el primer recado que hacía para Miss Olive Ashley. Era, pues, como esos hombres que acaban viéndose destinados a cuidar un perrito faldero que no les pertenece, o uno de esos hombres cuyas habitaciones se llenan de maletas de cualquiera que ya pasará a recogerlas para seguir viaje a Nueva York o a Mesopotamia. En cualquier caso, no había perdido la dignidad. Y tampoco su libertad. Tampoco ese aire despreocupado propio de quien hace las cosas porque le da la gana; acaso, según sospechaban los más sutiles de los que le conocían, acaso hacía las cosas, únicamente, que le daba la gana. Tenía la rara habilidad de convertir cualquiera de esas cosas en una especie de aventura probablemente ridícula, como ya había convertido en aventura muy seria aquel tonto encargo de Miss Ashley. Le iba muy bien el papel de hombre servicial, de hombre que presta de inmediato su ayuda a lo que sea, porque así le convenía hacerlo; en su cara fea pero agradable había algo propio de los tipos sencillos, que facilitaba a todos el en otras ocasiones engorroso trance de pedir un favor. Eso, como es fácil suponerlo, le venía de su sociabilidad y de las muchas y muy diversas amistades que tenía.

Con un gesto de enorme dignidad sacó de su cuaderno de notas un pequeño papel crujiente, algo parecido al pergamino; un papel sobre el que había echado sus años el polvo hasta casi ennegrecerlo. Allí se veía, bien que a grandes trazos, algo que podría tomarse por el ala de un pájaro; algo que acaso fuera parte del boceto de ala de un ángel. Algunas plumas de aquella ala estaban dibujadas a modo de llamas de un extraño color rojo, llamas que semejaban producirse con luminosidad inextinguible, a pesar de lo muy descolorido que parecía todo a primera vista.

De no saberse del interés de Miss Olive Ashley por aquel viejo trozo de papel, nadie hubiese podido apreciar hasta qué punto hacía con su encargo una demostración de gran confianza a Murrel. En realidad, aquel viejo trazo correspondía a un boceto hecho por el padre de Olive, un hombre notable en todos los aspectos, pero sobre todo como padre. A él debía Olive que sus primeras ideas sobre las cosas hubiesen tenido color. Esas cosas que para el común de los mortales llevan nombres tales como cultura, por ejemplo, y comienzan a ser motivo de interés una vez concluyen su primera escolarización. En Olive eso era algo que ya había incorporado antes de ir al colegio. Ciertas formas puntiagudas, unos colores vivos muy concretos... Cosas, en fin, que desde sus primeros años fijaron en ella una norma explícita que no obstante trataba de expresar ahora con cierta torpeza. Sobre todo cuando reflexionaba acerca de nociones tales como la de reforma y la de progreso.

Sus amigos más próximos y más queridos se hubieran asombrado, sí, incluso ellos, de saber que Olive prácticamente entraba en éxtasis con el mero recuerdo de unas ondas plateadas o de unos bordes dentados de color pavo real, como algunos entran en éxtasis con el recuerdo de un amor perdido. Nada más extraer Murrel de su cuaderno de notas el precioso pedazo de papel, sacó otro más nuevo y brillante en el que se leía lo siguiente: «Colores de Hendry para iluminaciones antiguas; la tienda que los vendía estaba hace quince años en Haymarket. No se trata de Handry & Watson. Estos colores se vendían en pequeños tarros de vidrio. J. A. opina que se podrán conseguir más fácilmente fuera de Londres».

Provisto de armas tan inofensivas, Murrel se apoyaba sobre el mostrador del departamento que vendía útiles necesarios para los artistas del pincel. Era como estar entre la pared de un hombre medio atolondrado y de una mujer muy precipitada y hasta feroz en todo lo que hacía y decía. El hombre atolondrado era muy lento y la mujer precipitada era, naturalmente, muy rápida. Y entre aquellos dos seres, la joven del mostrador, que parecía trastornada. Miraba por encima del hombro, casi brutalmente, a una persona que le preguntaba por algo, mientras sus manos se agitaban en todas las direcciones posibles para entregar a otras lo pedido. Irritada, decía sus observaciones en voz baja, como si hablara con alguien que estuviese a sus espaldas.

—Nunca coinciden en un mismo lugar y a la misma hora el tiempo, el sitio preciso y la persona amada —murmuró Murrel con aire de enorme resignación—. No parece este el momento ideal, la perfecta combinación de circunstancias para abrir el corazón y hablar de la infancia de Olive y de sus sueños ante el hogar que le sugería un querubín en llamas; no parece este el momento para hablar, tampoco, del gran influjo que sobre ella tuvo su padre. Y no veo la manera de hacer comprender la importancia que todo esto, aparentemente fútil, tiene para ella, razón suficiente para que cualquiera se tornase el interés preciso. Quizás me esté bien empleado lo que me pasa por tratar con tantas y tan diferentes personas... Cuando hablo con Olive me doy cuenta de que el color exacto o el que no lo es poseen para ella tanta importancia como lo erróneo o lo perfecto en cualquier otra cosa. Un matiz falso en el rojo es para ella una mancha en el honor, como si alguien dijese una mentira vergonzosa... Pero cuando me fijo en esta muchacha veo que tiene razón en felicitarse al rezar sus oraciones por la noche, si no ha vendido seis caballetes de pintor en vez de seis manuales de dibujo, o si no ha tirado toda la tinta china a la cabeza de los que le pedían trementina.

Decidió, sin embargo, limitarse a lo más simple, para ampliar después su explicación, si era preciso hacerlo, o si lograba salir indemne de su encuentro con aquella furia que estaba tras el mostrador. Con el trozo de papel bien apretado entre sus dedos se enfrentó a la joven dependienta, mirándola con los ojos de un domador de leones.

—¿Tiene colores de Hendry para iluminaciones antiguas? —preguntó Murrel.

La joven dependienta lo miró un momento y Murrel comprobó que su expresión era la de quien oye hablar en ruso o en chino. La muchacha se olvidó de golpe de toda su cortesía mecánica e implacable. Ni pidió excusas por no haber entendido qué le pedía aquel hombre, ni se anduvo con más historias. Se limitó a preguntar:

—¿Cómo?

Y lo dijo con ese tono incurablemente chillón y agresivo, mezcla de queja y de protesta, que es la esencia misma del acento del populacho de Londres.

El estilo del novelista moderno ha de ser crudo. Pero, por desgracia, es blando. Algo así como caminar pesada y dificultosamente sobre la arena, cuando en realidad le agradaría saltar tranquilamente de roca en roca y de crisis en crisis. Si le conviniera echarse a volar para acabar posándose en algún crimen, en algún naufragio, en alguna revolución o en una guerra mundial, no tiene otra, sin embargo, que contentarse al menos por un tiempo con seguir a lo largo del camino polvoriento, el mismo por el que van esas cosas en términos generales, viéndose obligado así a pasar por una especie de purgatorio de ley y orden antes de acceder a su paraíso de sangre y ruinas. El realismo parece cosa aburrida, o al menos eso es lo se pretende sugerir cuando se dice que únicamente el realismo dice la verdad acerca de nuestra muy inteligente y laboriosa civilización. Por ejemplo, sólo una cantidad de detalles monótonos podría ofrecer al lector la sensación real de la conversación entre Mr. Douglas Murrel y la joven dependienta que vendía o que no vendía pinturas, entre otros objetos para artistas.

Para ajustarse bastante a la verdad, y referir así los efectos psicológicos de aquella conversación, sería preciso imprimir la pregunta de Mr. Murrel diez veces seguidas, hasta que la página pareciese una especie de dibujo.

Menos aún podría ofrecerse una noción pintoresca de las fases por las que pasó la cara de la dependienta, y de las variedades de sus poco serios comentarios, valiéndose de una selección de frases. ¿Y cómo podría contarse sucintamente la manera en que Murrel, convencido de que era algo así como el gran padre de los negocios, resolvió el problema que se le planteaba ante aquella dependienta? ¿Cómo fue que puso la chica sobre el mostrador colores a la acuarela, a un chelín la caja, diciendo que aquéllos eran los colores con los que se hacían las iluminaciones antiguas? ¿Y cómo fue que dijo después que no tenía colores para afirmar a continuación que esos colores que le pedía no eran conocidos en ninguna parte del mundo y que sólo podían estar en la imaginación alocada del cliente? ¿Y cómo fue que se esforzó cuanto le era posible, que era mucho si quería, en obligarle a comprar colores al pastel, asegurándole que venían a ser lo mismo que eso imposible de conseguir en el mundo entero que él le pedía? ¿Y cómo fue que dijo, como quien no quiere la cosa, que algunas marcas de tintas verdes y púrpura se vendían muchísimo entre los artistas? ¿Y cómo fue que preguntó súbitamente, interrumpiéndose en su decir anterior, si los colores eran para unos niños, indicándole acto seguido la dirección por la que debería seguir si deseaba llegar al departamento de juguetes? ¿Y cómo fue, en fin de cuentas, que cayendo en una especie de agnosticismo supremo, pero sin abandonar su aire digno, que producía el curioso efecto de hacerla aparecer resfriada, contestó a todo con un «no tengo ni idea, caballero; no lo sé, nada, no lo sé»?

Todo esto debería ocupar al menos el mismo espacio como tiempo ocupó en la realidad antes de que se produjera en el cliente el efecto que se produjo, y antes de que Murrel se excusara por el efecto causado. De lo profundo de su ser, empero, brotó una protesta ante el absurdo que vivía en aquellos instantes, que era también el absurdo de las cosas en general, una suerte de melodrama que halló su mejor expresión en la burla.

Se inclinó sobre el mostrador y en un tono bajo, mas no por ello menos brutal, soltó a la joven dependienta:

—¿Que no sabe nada de Hendry? ¿Puede decirme qué ha hecho usted de ese nombre tan familiar para muchos? ¿A qué vienen sus evasivas ante la sola mención de Hendry? ¿Por qué su siniestro silencio ante la mención de ese nombre, y qué razón da para cambiar significativa e impúdicamente de sujeto? ¿Por qué desvía usted violentamente la conversación hacia los colores al pastel? ¿Por qué levanta esa barricada de barras de tiza y de cajas de pintura? ¿Por qué sugiere el empleo de tinta roja como si hablase de un trapo rojo para limpiar el polvo? ¿Qué ha sido de Hendry? ¿Dónde lo tiene escondido? ¡Hable!

Iba a añadir en voz más baja «¿qué ha sido de Hendry, o de lo que haya podido quedar de él?», pero se produjo en su ánimo un cambio brusco que lo llevó a experimentar de nuevo sentimientos humanos ajenos a la cólera. Una cálida simpatía ante aquella muchacha que parecía una autómata lo invadió de pronto, cuando se hubo sentido descargado tras hablar, y hasta se sintió avergonzado su afable espíritu por cuanto había dicho. Así que hizo un silencio, tomó aire, y pensó que quizás debería adoptar una estrategia diferente, si en verdad quería salir victorioso del duelo con la dependienta. Rápidamente se llevó la mano al bolsillo; extrajo unos cuantos sobres y una tarjeta, que mostró a la chica, para preguntarle ahora con una cortesía exquisita y hasta con enorme humildad si le sería posible llamar al encargado. Pero se arrepintió nada más dar a la muchacha su tarjeta.

La forma de ser de Mr. Murrel tenía variadas facetas, y no era la menos destacable de todas ellas que atesoraba una falla, un punto flaco que le hacía perder algunos combates cuando parecía en la mejor disposición de ganarlos... Acaso esa falla en su carácter fuese la única brecha por la que temía ser vulnerable. Venía a ser algo así como si hiciera un llamamiento burdo, si no obsceno, a los evidentes privilegios de su clase social. Sería una necedad, por otra parte, no decir que tenía clara conciencia de clase, de su clase... En lo más profundo de sí mismo tal vez hubiera una especie de gran conciencia que le avisaba constantemente de todo ello, por lo que estaba convencido de que la única manera de defenderse era hacer caso omiso, cuando fuese necesario, de lo que le decía esa gran conciencia. Mostraba siempre, encima, mucha perplejidad y cierto conflicto consigo mismo, cosa que todos percibían, si se planteaba todo lo anterior. Y todo ello conjugado con el orgullo que sentía por haber nacido en noble cuna, lo que no quiere decir que despreciase la idea de la igualdad entre los hombres.

Lo que le hacía experimentar una turbación enorme era que alguien le echara en cara precisamente todo eso, todo eso de lo que era consciente, y reparó muy tarde en el hecho automático de dar su tarjeta a la dependienta. Una tarjeta en la que aparecían, además de su nombre, su título nobiliario y la dirección de un club importante, del que era miembro destacado. Aquella tarjeta, cosa todavía más lamentable, surtió un efecto inmediato. Era como un talismán. La joven dependienta iba tarjeta en mano hacia un ser que poco antes se había puesto efectivamente a sus espaldas, en el fragor de la discusión, un tipo que miró una y otra vez la tarjeta con una mirada detenida que denotaba un muy cabal conocimiento de las perversidades del mundo. Tras una serie de agitaciones mudas que sólo sería capaz de describir pormenorizadamente un escritor realista, Mr. Murrel se vio rodeado de la mayor cortesía, y se vio llevado entre inclinaciones de cabeza y reverencias varias hasta el despacho de alguien que, a la vista estaba, era persona con capacidad de mando.

—¡Magnífico despacho! —exclamó Murrel alegremente—. Supongo que todo se debe a la perfecta organización de que disponen, y estoy convencido de que si se lo propusiera llegaría usted a ser un punto fuerte en el comercio mundial... Sólo con mover unos resortes mínimos de su estupenda organización.

El encargado, a pesar de su conocimiento del mundo, no carecía por completo de cierta vanidad, o de mucha vanidad, y antes de que la conversación siguiera adelante, se dijo al tanto de conocimientos universales superiores a lo que le correspondería por su empleo.

—Ese Hendry por el que preguntaba —dijo Murrel— fue un gran hombre... No le conocí personalmente, claro está, pero según mi buena amiga Miss Ashley fue amigo de su padre y formó parte del grupo de trabajo de William Morris. Cuentan que era un hombre magnífico en lo suyo, extraordinariamente capaz y versado en la materia; un hombre, además, dotado tanto en el plano científico como en el artístico. Creo que fue incluso doctor o al menos perito en Química, lo que hizo que pusiera tamaño interés en sus investigaciones sobre pigmentación a fin de obtener unas iluminaciones idénticas a las de la Edad Media. Llegó a tener una tienda en Haymarket, pero al parecer siempre se le llenaba de amigos artistas, entre ellos el padre de Miss Ashley, con lo que hacía poco negocio. Conoció, por supuesto, a todas las celebridades de su tiempo, y cabe decir que a muchas de ellas incluso íntimamente. ¿No cree usted que un tendero de semejante altura no puede desaparecer así como así, con sus inventos a cuestas y sin dejar la menor huella? ¿No le parece a usted, caballero, que un hombre adornado por tantas y tales condiciones, así como el preciado material que fue objeto de su comercio, deben hallarse en alguna parte?

—Claro que sí —dijo con gran solemnidad el encargado—. No cabe duda de que nadie le negaría un empleo, en cualquier parte... Mire, señor; no me extrañaría oír cualquier día que ha encontrado trabajo en nuestros talleres o en los de alguna otra gran tienda por departamentos.

—¡Oh! —exclamó Murrel, para después quedar en absoluto silencio, tras el cual añadió—: Muchos de nuestros hidalgos, antiguos grandes señores de nuestro país, padecen ahora quebrantos y numerosas y muy desagradables vicisitudes... Supongo que podríamos encontrarlos en estos nuestros días trabajando como lacayos, o todo lo más como mayordomos de algún duque.

—Ya, claro... Pero eso no sería justo —dijo atropelladamente el encargado, dudando si debía sonreír o no.

Tras pedir perdón a Murrel se dirigió a otro despacho anejo para cotejar libros. Murrel quedó a solas, con la impresión de que se iba a mirar en esos libros cuanto figurase bajo la letra H, en su intento de dar con el nombre de Hendry. En realidad, el encargado fue a consultar primero cuanto aparecía bajo la letra M, de Murrel... Y algo muy importante debió de hallar pues se puso a hojear libros y más libros, hizo acudir a su presencia a varios de los más antiguos jefes de departamento, y tras mucho trabajo dio con el quid de la cuestión. A fuer de justos, tenemos que decir que se dedicó a dicha pesquisa con alma y corazón, como si le fuese la vida en ello, como un detective de esos que salen en las grandes novelas, sin otro interés que el de descubrir la verdad. Tras un largo rato volvió frotándose las manos, triunfal y satisfecho, para decir a Murrel:

—Ha sido usted muy amable al elogiar nuestra organización... Es evidente que una buena organización tiene infinitas ventajas.

—Espero no haberle obligado a desorganizar lo bien organizado —se disculpó Murrel—. Temo haberle planteado un problema muy poco común, pues se me ocurre pensar ahora que raramente vendría la clientela de estos almacenes a pedir datos casi de ultratumba como quien no quiere la cosa, apoyando los codos en un mostrador... Pensándolo detenidamente, caballero, no me parece su mostrador un sitio donde uno pueda venir a charlar tranquilamente, para matar el tiempo, sin más objeto que decir que uno conoció a otro que fue amigo de alguien que a la vez lo fue de William Morris... Le agradezco mucho las molestias que mi asunto le hayan podido causar y le pido disculpas por ellas.

—No hay de qué —replicó aquel empleado notable—. Me es muy grato aprovechar este momento para darle a usted una impresión favorable de nuestra organización y sistema... Créame, señor... Puedo ofrecerle alguna información de interés acerca de Mr. Hendry... Según parece, hace algún tiempo hubo alguien con ese apellido empleado en este departamento. De ello se puede colegir que había venido en busca de trabajo, y hasta parece que tenía buenos conocimientos del oficio. Sin embargo, el tiempo de prueba a que fue sometido en el empleo no resultó esperanzador... Todo hace pensar que aquel pobre hombre estaba un poco loco... Se quejaba de constantes dolores de cabeza... Fuera como fuese, el caso es que un día sufrió un violento arrebato y empujó a su jefe inmediato contra un gran cuadro que estaba sobre el caballete. En los datos sobre Mr. Hendry que obran en nuestro poder no se dice si se le llevó a la cárcel o a un manicomio, como cabía esperar. Debo añadir que, gracias a nuestra organización, tenemos puesto por escrito y perfectamente archivado cuanto se refiere a las vidas de nuestros empleados, lo que quiere decir que si no poseemos más datos sobre ese desdichado es más que probable que haya desaparecido sin dejar rastro... Excuso decirle que ya no podría volver a trabajar con nosotros, pues tratar de prestar ayuda a este tipo de gente no sirve de nada.

—¿No hay el menor indicio de dónde podría vivir, por ejemplo? —preguntó Murrel sin mucha convicción.

—No, señor... Y créame que fue, precisamente, una de las causas del incidente que le he referido —dijo el encargado—. Casi todos los empleados de nuestros almacenes vivían por aquel entonces muy cerca de nuestro establecimiento. Dicen que Hendry tenía la costumbre de almorzar en la taberna El Perro con pintas, cosa que ya daba mala espina, como comprenderá... Preferimos, señor, que nuestros empleados vayan a comer a restaurantes normales, no a las tabernas de mala nota. Puede afirmarse, por ello, que Mr. Hendry se daba a la bebida, y todos sabemos cuan difícil resulta regenerar a esa clase de gente.

—¿Y qué se hizo de sus colores, de sus pigmentos para obtener iluminaciones como las medievales? —preguntó Murrel sin prestar mayor atención a las últimas palabras del encargado.

—¡Bah! Usted sabe que en los últimos tiempos las pinturas han mejorado mucho en lo que a su calidad y al procedimiento de elaboración se refiere... Me agradaría muy especialmente, por tratarse de usted, serle útil, Mr. Murrel. Y no crea que pretendo adularle, no... Pero créame, tenemos lo que necesita: nuestro Iluminador Imperial. Se vende muchísimo. Es un producto que ha desbancado por completo a todos los existentes en el ramo; lo habrá visto por todas partes pues se anuncia profusamente... Es muy completo y compacto, es ideal para la imitación de los pigmentos antiguos, se lo garantizo.

Tomó de una mesa varios folletos impresos a color, que ofreció a Murrel con un descuido muy estudiado. Murrel echó un vistazo a lo que el otro puso en sus manos y arqueó las cejas como sorprendido. Había visto el nombre del pomposo fabricante del producto iluminador, aquel hombre con el que Braintree había discutido en el gran salón de lord Seawood. Y había visto, sobre todo, la fotografía impresa de Mr. Almeric Wister, el gran especialista en arte, cuya firma aparecía al final de un texto en el que se decía que únicamente los colores allí anunciados podían dar cumplida satisfacción al indomable espíritu de la belleza.

—Pero si yo conozco bien a este hombre —dijo Murrel—. Es un caballero que habla de los gigantes Victorianos... Aunque me gustaría saber si tiene alguna noticia sobre los que fueron amigos de los grandes hombres del tiempo de la reina Victoria.

—Podemos proporcionarle el producto en cuanto lo desee, ahora mismo, si quiere —dijo el encargado.

—Gracias mil —dijo Murrel como si se estuviese quedando dormido—. Creo que me llevaré únicamente un estuche de tizas de colores para niños, uno de los que me ofreció antes la amable dependienta.

Y se dirigió lenta y silenciosamente hasta el mostrador, para efectuar con gran solemnidad la compra.

—¿Desea usted algo más? —preguntó solícito el encargado.

—No, nada más, muchas gracias... Le agradezco su interés y comprendo que ha hecho cuanto ha estado en su mano... ¡Es posible que no haya nada más que hacer!

—¿Se encuentra mal? —le preguntó el encargado, alarmado por el tono de voz con que Murrel dijo lo último.

—Me duele un poco la cabeza —confesó—. Mucho me temo que se trate de dolores hereditarios... Mucho me temo que puedan causar resultados devastadores... Y no me gustaría que por culpa de mis dolores de cabeza se produjesen escenas desagradables, habida cuenta de que estamos rodeados de cuadros muy grandes, tentadoramente puestos sobre caballetes... Gracias mil, repito... Hasta la vista.

Murrel se dirigió a la taberna El Perro con pintas. No era la primera vez que lo hacía. En tan antiguo establecimiento tuvo mayor fortuna pues consiguió conducir la conversación hasta el muy atractivo tema de romper los vasos, porque tenía la vaga idea de que si un hombre como Hendry iba con frecuencia a una taberna, tarde o temprano tenía que haber roto un vaso, o unos cuantos, en un momento de ofuscación... Su propuesta argumental fue muy bien recibida. Su aspecto jovial y su simpatía en el habla crearon casi de inmediato el ambiente preciso para que fluyesen los recuerdos de los que allí estaban... La muchacha que servía las mesas recordaba a uno que en cierta ocasión estrelló un vaso contra el suelo; el dueño de la taberna aportó más detalles sobre aquel hombre, diciendo que se produjo una disputa sobre si debía o no pagar el vaso roto. Y entre la muchacha y él crearon un retrato hecho de recuerdos más o menos claros, en el que se hablaba del cabello enmarañado de aquel tipo, de su ropa raída y de sus manos temblorosas.

—¿Recuerda si ese tal Hendry dijo dónde vivía? —preguntó Murrel.

—Querrá usted decir el doctor Hendry, pues así se presentaba —dijo con humor y parsimonia el tabernero—. No sé de dónde se sacó lo de que era doctor; quizás porque hacía pinturas con química, algo así... La verdad es que lo decía muy orgulloso, lo de que era doctor, uno de esos que hay en los hospitales, aunque maldita sea si alguna vez hubiera tenido que curarme... A lo peor me habría envenenado con sus pinturas químicas...

—Querrá usted decir que quizás hubiera podido confundir sus pinturas con un remedio —terció Murrel.

—Sí, eso es... Pero sea porque alguien así lo pretende, o no, me parece que nadie quiere morir envenenado.

—Es verdad —dijo Murrel—. ¿Nadie sabe adónde pudo ir con sus pinturas... o sus venenos?

La muchacha que atendía las mesas pareció de repente muy comunicativa y dijo que había oído a Hendry decir algo de una playa que no debía de estar de moda... Y de una casa, pero no recordaba el nombre de la calle.

Con tan pocos datos, el empedernido aventurero que era Murrel se dispuso a emprender una nueva campaña, sin más pérdida de tiempo. Dejó así que fuera languideciendo la conversación hasta llegar a las típicas cosas carentes por completo de interés. Luego salió en dirección a la costa.

De camino hizo tres visitas más, una a un banco, otra a un comerciante al que conocía, y la última a un notario. De todas esas visitas salió con el aspecto de un hombre desolado.

Al día siguiente estaba en el lugar de la costa al parecer preciso, allí donde una calle empinada se precipitaba hacia el mar. Círculos y más círculos de techos de pizarra gris, como los propios de un torbellino que indicase que la ciudad pequeña, triste y de vida monótona se había resignado a ser devorada por el mar en cualquier momento. Aquello le produjo la misma sensación que soñar con un suicidio. Allí un hombre vencido podría ver llegar hacia él la ola del mundo que lo arrastraría al abismo.

Fue hasta donde arrancaba una cuesta aún más pendiente, hasta una calle que se precipitaba materialmente sobre el centro mismo de la ciudad. La sensación era la de estar en medio de un torbellino que se hubiese petrificado un segundo antes, o en mitad de un terremoto inmóvil. Filas y filas de casas parecían levantarse las unas sobre las otras por encima de un terreno extrañamente desigual, de modo que las chimeneas de unas casas parecían a la altura de la puerta de entrada de otras casas, ofreciendo todo ese conjunto la sensación de que la ciudad entera daba una voltereta o se veía arrastrada hacia el mar víctima de un cataclismo tan silencioso como eterno.

Es verdad que de haber sido todo aquello más pintoresco también habría sido más vulgar. Si las casas y las villas hubieran tenido colores más llamativos y variados habría parecido una ciudad de pantomima, un decorado.

Las casas eran de un gris frío y habían sido levantadas sobre terrazas que en tiempos pudieron ser espléndidas, aunque era de temer que fueron muy feas y poco acogedoras. Los techos de las casas eran brillantes y tristes a la vez, como si la materia esencial de lo pintoresco de aquel lugar fuese la constante lluvia que producía el efecto.

Murrel llegó a sentirse en mitad de una pesadilla en medio de aquella combinación de aburrida monocromía y de siluetas quebradas. Le parecía todo como si una ciudad a orillas del mar hubiera sido marcada por un espantoso designio. Y sintió mucho vértigo.

IX

EL MISTERIO DE UN COCHE

Tras aquel auténtico cataclismo de tejados estaba el mar, en el que parecía hundirse toda una ciudad condenada a esa muerte como para que él la viera morir. En aquel escenario tan insólito como triste, Murrel alzó los ojos al cielo, y en ese tránsito de su mirada vio al fin el nombre de la calle. Era el mismo que alguien le había dado, como si fuese la contraseña necesaria para acceder hasta el hombre al que buscaba.

Mirando a lo más alto de la calle Murrel pudo ver tres cosas que destacaban. Una, muy cerca de él, era una botella de leche, ya vacía, que alguien había dejado junto a la puerta cerrada. Daba la sensación de llevar cien años allí. Había también un gato callejero; ni un perro ni cualquier otro animal vagabundo podían rondar una ciudad tan mortuoria. La tercera cosa que vio era la más curiosa. Un coche que parecía una de las casas; un coche que atesoraba una siniestra antigüedad. Como si todas las cosas hubiesen ocurrido mucho antes de que aquel coche se convirtiera en una especie de criatura extinta, de esas que sólo se ven en los museos.

Aquel coche hubiera estado mejor en un museo, junto a una litera cualquiera. Y la verdad es que tenía también algo de litera. Se trataba de un modelo que aún puede verse de tarde en tarde en cualquier ciudad provinciana, hecho de madera de castaño barnizada, con incrustaciones ornamentales igualmente de madera, o que fueron ornamentales, más bien, en otro tiempo. El techo y las dos puertas laterales sugerían la sensación de que el coche era un gabinete del XVIII. Mas a despecho de su rareza en el tiempo era un coche inconfundible, un tílburi; un carruaje único que supieron apreciar los ojos extranjeros de un judío como si fuese la góndola de Londres. Bien sabemos que cuando nos dicen que el modelo de alguna cosa ha sido muy mejorado no quieren sino explicarnos que los rasgos diferenciadores de esa cosa han desaparecido. Hoy todo el mundo tiene un vehículo de motor, pero es raro que se le haya ocurrido a alguien ponerle un motor a un tílburi. Así que con el viejo modelo de coche desaparecieron también las góndolas de Londres y su romanticismo (ese al que acaso se refiriese Disraelí), o lo que es lo mismo, el viejo coche que sólo tenía capacidad para dos personas. Con ello, he aquí lo peor, desapareció algo muy especial, algo sorprendente, algo particular de Inglaterra: la vertiginosa y como divina elevación sobre la que iba el cochero, muy por encima de su pasajero.

Por mucho que se pueda decir del capitalismo en Inglaterra, hubo al menos un tipo de coche en el que el pobre se sentaba muy por encima del rico, como haciendo ostentación de su trono único. Nunca más, y en ningún otro carruaje, o en ningún otro vehículo a motor, tendrá el amo que abrir con desesperación la pequeña trampilla del techo para evadirse de la sensación de que el proletario que conduce lo ha metido en una celda, y dirigirse a él como si hablara con un dios desconocido. Será imposible que merced a cualquier otra combinación de sucesos históricos sintamos de nuevo tan simbólica y explícitamente la dependencia absoluta que tenemos de eso que de común llamamos la clase baja. Jamás pensó alguien que los hombres que iban sobre aquellos olímpicos pescantes pertenecieran a la clase baja... Nos conducían desde las alturas, como auténticas deidades celestiales. Siempre habrá algo que diferencia al que se sienta mucho más alto que nosotros. Algo único: una condición que atesoraba, por lo demás, el hombre al que vio Murrel cuando se acercó al coche. Un hombre ancho de hombros, muy fuerte, y con unos mostachos que casaban muy bien con el ambiente provinciano.

Al acercársele Murrel, aquel hombre, que parecía aburrido en la espera de su pasajero, bajó lenta y pesadamente de su asiento tan alto y se puso a mirar calle abajo, indolente. Murrel había perfeccionado lo suficiente su arte detectivesco para hallar el sentido más democrático a las cosas, por lo que en nada de tiempo trabó conversación con el cochero. Fue la conversación que a él le parecía más apropiada para el buen fin de sus pesquisas, una conversación que al menos en sus primeras tres cuartas partes nada tuvo que ver con lo que realmente necesitaba conocer. Como había descubierto mucho tiempo atrás, tal era la manera más rápida de alcanzar ciertos fines, por lo que pensaba que eso sí que era actuar sin dilaciones.

Murrel, no obstante, descubrió a través de aquella conversación en principio alejada de sus propósitos que había unas cuantas cosas muy interesantes; por ejemplo, que el coche era una auténtica pieza de anticuario, la más preciada para cualquier museo de carruajes; y que el coche era propiedad de su cochero. Así volvieron sus pensamientos, mientras hablaba con aquel hombre, a la primera conversación que tuvo con Miss Olive Ashley y con Mr. Braintree juntos, a propósito de si la caja de pinturas debía pertenecer o no al pintor, y por inferencia, la mina al minero... Le preocupaba sobre todo saber si el vago placer que sentía ante aquel grotesco vehículo no era la respuesta a una verdad insondable en apariencia. Aunque descubrió más cosas: que el cochero estaba francamente aburrido, si no hastiado, de su pasajero, al que temía; y que estaba aburrido, si no hastiado y hasta desesperado, de aquel caballero, porque le había hecho esperar a la puerta de una casa y otra en un largo e interminable periplo por toda la ciudad; y que ese miedo que tenía al pasajero no era consecuencia de otra cosa que del hecho de que ostentara cierta representación oficial que le había llevado a hacer dicho periplo precisamente para entrevistarse con alguien directamente relacionado con la policía.

Aunque sus gestos eran lentos, daba sin embargo la sensación de que el cochero parecía tener prisa, o eso que en nuestros días se entiende por tener prisa... Lo mismo, curiosamente, que según él le pasaba al hombre al que esperaba, quien decía tener mucha prisa pero se demoraba infinitamente en cada una de sus visitas. Supuso Murrel por todo ello que se trataba de un norteamericano, o quizás de una persona relacionada con el Gobierno.

No tardaría mucho en saber, sin embargo, que se trataba de un médico con ciertas prerrogativas oficiales que lo habilitaban para visitar a muchas personas. El cochero no sabía su nombre, aunque eso fuese, sin duda, lo menos importante. El nombre que le importaba a Murrel era otro, uno que el cochero conocía, como no tardó mucho en saber Murrel. El coche haría la última parada de aquel periplo un poco más abajo de la calle, ante la casa de un hombre al que solía toparse el cochero en una taberna. Un tipo muy curioso apellidado Hendry.

Una vez alcanzado su objetivo Murrel se impulsó como un lebrel al que acabaran de dar suelta en el coto. Investigó cuál era el número de la calle sin duda honrada con la residencia en ella de Mr. Hendry, y a por él que se fue calle abajo, a grandes zancadas. Llegó a la casa, llamó a la puerta, aguardó unos instantes, volvió a llamar, y tras una espera más bien larga oyó el chirriar de la puerta que se abría lentamente. Tuvo que hablar rápido pues la puerta no se había abierto del todo y podía observar Murrel que tenía puesta la cadena del cerrojo. Pudo distinguir, en cualquier caso, y a través de aquella apertura mínima, las facciones muy notables de un ser humano. Parecía un hombre alto y pálido, de rasgos muy señalados. Pero algo que llamaríamos atmosférico dijo al visitante que en realidad se trataba de una presencia femenina y hasta joven. Cuando oyó que aquella cara hablaba quedó aún más sorprendido al comprobar que en efecto lo hacía con el timbre propio de una mujer.

Pero, al comienzo de esta particular historia, no hubo palabras. La joven, no habiendo podido distinguir desde la oscuridad interior de la casa más que una leve forma propia de un sombrero, se dispuso a cerrar la puerta con algo de aprensión pues aquello que había logrado ver le sugería que se trataba de una persona respetable. Tenía aquella mujer relaciones con gente de aspecto respetable, y hasta responsable, y su proceder en ese momento fue una especie de respuesta a ese tipo de gente. Murrel, empero, gozaba de la agilidad de un tirador de esgrima y era capaz de lanzarse al punto exclusivo de ataque rápidamente, aunque diese la impresión de que se entretenía en vano haciendo un laberinto de paradas y defensas. Le bastó con decir una palabra para que la puerta no se cerrase del todo.

Dijo la única palabra, a buen seguro, capaz de parar en seco la respuesta de la joven. Estaba preparada para hacer frente a los que ponen el pie para evitar que les cierren una puerta; tampoco le era desconocida esa otra añagaza defensiva que consiste en empujar precisamente la puerta con todo el peso del cuerpo para destrozarle el pie a quien lo haya metido en el resquicio. Pero Murrel sabía mil tretas oídas en las tabernas y otros establecimientos de mala nota, y muy especialmente sabía algo que oyó en los inicios de su aventura, y dijo lo que no podía por menos que detener el impulso defensivo de la mujer.

—¿Se encuentra en casa el doctor Hendry? —preguntó con gran cortesía.

Bien sabemos que el hombre, para vivir, necesita de algo más que del pan. Necesita de consideración, de respeto, hasta de etiqueta... De consideración, por ejemplo, pueden vivir incluso los que pasan hambre. Mueren, sin embargo, por falta de consideración. Hendry, según quienes le habían hablado de él, se mostraba muy orgulloso de que lo llamaran doctor, como él quería que lo llamasen. Y con lo que sabía ya acerca de él, le resultaba fácil a Murrel suponer que los vecinos de aquel hombre no le mostraban la consideración que necesitaba. La joven tenía que ser su hija, quien aún recordaba los días en que su padre era tratado con respeto y hasta reverencia. El cabello alborotado le caía malamente sobre los ojos y llevaba un delantal tan sucio que parecía un trapo de limpiar, pero en cuanto oyó que a su padre alguien lo llamaba doctor, perdió todas las fuerzas. Murrel supo entonces que la mujer hacía una rápida evocación de otro tiempo presidido por el respeto a la tradición, a los más altos valores del espíritu.

Mr. Douglas Murrel no tardó mucho en verse en un pequeño vestíbulo en el que no había más que un paragüero desprovisto de paraguas... Luego se vio subiendo una estrecha escalera muy oscura para desembocar en una habitación pequeña en la que olía a humedad polvorienta y en la que había un montón de objetos sin ningún valor, imposibles de vender o de empeñar. Allí estaba sentado el hombre al que había ido a buscar, como Stanley a Livingstone.

El cabello del doctor Hendry parecía un cardo silvestre marchito. A primera vista parecía que a poco que soplara el viento se le caería todo el pelo. No obstante, estaba más aseado de lo que a primera vista sugería todo eso. Tras muchos años de ostracismo en un ambiente miserable tenía ese aire de estar en la silla más colgado que sentado, como si los escrúpulos le impidieran descansar del todo en un asiento que tenía tanto polvo como madera y carcoma. Era uno de esos hombres que a pesar de su enorme capacidad para ser desagradables y rudos, en un momento de lucidez pueden volverse delicada y dolorosamente corteses. Nada más percatarse de la presencia de Murrel se levantó impelido por su elegancia, como una marioneta a la que hubiesen tirado de los hilos.

Si el cumplido del visitante, que lo llamó doctor, le hizo vacilar, el asunto que de inmediato pasó a confiarle Murrel pareció embriagarlo. Como todos los viejos, y más aún los viejos que han experimentado el fracaso sin paliativos, vivía en el pasado; por eso le pareció sorprendente que aquellos tiempos de gloria volvieran a repetirse tras muchos años de olvido. En aquel cuarto oscuro, que era como la tumba en la que estaba sellado y olvidado, alguien preguntaba por los colores para iluminar creados por el doctor Hendry.

Sobre sus piernas entecas y temblorosas, sin decir una palabra, se dirigió a un casillero en el que había un sinfín de cosas inapelablemente inútiles e incompatibles. Tomó de allí una vieja caja de latón en muchas partes mohoso, la puso sobre la mesa, y con un evidente temblor de las manos comenzó a abrirla. Había en la caja dos o tres hileras de pequeñas redomas de cristal cubiertas de polvo. Y fue verlas y parecer que al fin se le soltaba la lengua en un latigazo.

—Los colores deben utilizarse mezclados con el líquido que hay en la caja —dijo—. Mucha gente pretende usar los colores con aceite, agua, con cualquier cosa, y nada...

La verdad es que hacía más de treinta años que nadie utilizaba sus colores con nada.

—Diré a mi amiga que sea cuidadosa —aseguró Murrel con una franca sonrisa—. Tenga por seguro que quiere trabajar como se hacía en la antigüedad.

—Así debe ser —respondió el anciano mirándole ahora con vigor—. Dígale que siempre estaré dispuesto a darle los consejos que precise —carraspeó estentóreamente para aclararse la garganta y su voz adquirió una potencia insólita—: Ante todo hay que tener en cuenta que estos colores son opacos en virtud de su esencia. Muchos confunden su transparencia con el brillo. Siempre observé que esa confusión proviene del paralelismo que hacen con los vitrales; ambos eran, naturalmente, oficios medievales; a Morris, por ejemplo, le encantaban ambos oficios, pero recuerdo su indignación tronante si alguien olvidaba un hecho tan fundamental como que el vidrio es transparente... Quien pinte en una ventana algo que parezca sólido, decía Murrel, debería sentarse en el vidrio.

Murrel dijo lo que no podía sino expresar, habida cuenta del conocimiento obtenido de sus investigaciones:

—Supongo, doctor Hendry, que sus estudios de Química fueron definitivos para el hallazgo de sus colores.

El anciano caballero se sostuvo la cabeza con las manos mientras meditaba e iniciaba la respuesta:

—La química por sí sola —dijo— no habría podido enseñarme jamás todo lo que sé. Pero esto pertenece más al campo de la óptica. Es una cuestión puramente fisiológica —alzó la barba por encima de la mesa a la que estaba sentado y añadió ahora en un susurro—: Yo diría, incluso, que se trata de una cuestión estrechamente ligada a la fisiología patológica.

—¡Ah! —exclamó Murrel y quedó a la espera.

—¿Sabe? —siguió diciendo Hendry ahora muy serio, muy grave—. Le diré por qué perdí mi clientela... No se imagina cómo pude llegar a esta situación de absoluto olvido...

—Hasta donde puedo colegir —comenzó a hablar Murrel con una seguridad que a él mismo dejó sorprendido—, ha recibido usted un trato perverso debido a ciertas gentes que pugnaban como fuera para vender sus propios productos.

El anciano sonrió condescendiente, y tomándose de nuevo la cabeza con las manos dijo:

—Bueno, se trata de una cuestión científica... No le resulta fácil a un doctor explicárselo a un profano. Su amiga, caballero... Ha dicho usted que es hija de mi viejo amigo Mr. Ashley. Pues ahí tiene usted, para que se la lleve, una buena cantidad de pinturas magníficas y muy bien conservadas.

Mientras el anciano decía eso, aunque haciendo uso de un tono doctoral que escondía una benevolencia desdeñosa, la atención de Murrel se fijaba en otra parte, allá donde estaba su joven hija, en el fondo del cuartucho.

Comprobó así que tenía un rostro mucho más interesante de lo que le había parecido al principio. Se había echado hacia atrás el cabello que casi le tapaba los ojos y que parecía un plumero. Tenía un fino perfil levemente aquilino y una cierta languidez de anguila. Poseía una expresión de alerta constante y sus ojos parecían escrutarlo todo como temerosos de que algo se escapase a su observación. Murrel notó que no estaba precisamente tranquila ante el giro que iba dando la conversación que mantenía con su padre.

—En la fisiología hay dos principios básicos —siguió diciendo el doctor, cada vez más locuaz— que nunca he logrado hacer comprender a mis colegas. Uno es el de que una enfermedad puede afectar a una gran mayoría, a toda una generación, del mismo modo que la peste afectaba a regiones enteras. El otro principio es el de que las enfermedades que atacan principalmente a los sentidos fundamentales son idénticas a las del espíritu. ¿Por qué habría de ser la ceguera cromática una excepción?

—¡Ah! —exclamó Murrel poniéndose de pie súbitamente, inconsciente de que con ello cercenaba de raíz la compostura que hasta entonces mantenía—. Ya, claro, la ceguera cromática... Quiere decir usted, doctor, que todo... todo eso se produce porque la mayor parte de la gente padece esa enfermedad...

—Casi todo el mundo —siguió diciendo Mr. Hendry— está sujeto al particular influjo de ese período de la historia de la Tierra... En cuanto a la duración de la pandemia, o a su posible incidencia periódica, sólo puedo decir que se trata de otras cuestiones dignas de un análisis al margen... Si tiene usted la bondad de ver unas notas que he tomado al respecto...

—¿Quiere decir —atajó Murrel— que ese gran almacén lo construyó alguien que padecía ceguera cromática, y que el viejo Wister ha impreso su retrato en diez mil folletos sólo para celebrar su ceguera ante los colores?

—Me parece evidente que el problema tiene orígenes que pueden explicarse científicamente —dijo el doctor Hendry—. Estoy seguro de que mis hipótesis son las mejor fundamentadas.

—Pues yo creo —intervino de nuevo Murrel— que lo que prevalece es ese gran almacén, y no dejo de preguntarme si la chica del mostrador que me ofreció tizas y tinta roja sabe algo del origen científico de los colores...

—Recuerdo que mi viejo amigo Potter —observó el anciano mirando al techo— solía decir que cuando se consigue establecer el origen científico de algún supuesto resulta ser algo terriblemente simple... En el caso que nos ocupa, cualquiera que mirase superficialmente las cosas diría que la humanidad entera se ha vuelto chiflada... Quien diga que las pinturas que se anuncian en esos folletos a los que usted alude son mejores que las mías no puede ser más que un loco. Y así, en cierto sentido, ocurre que la mayor parte de la gente padece una galladura notable. En lo que más han fracasado los científicos es en la investigación del porqué de la locura de la gente. Mi teoría del síntoma de la ceguera cromática, sin embargo...

—Le ruego que excuse usted a mi padre de seguir hablando —interrumpió entonces la joven con una expresión, no por refinada menos áspera—. Me parece que está un poco cansado...

—Claro, claro —dijo Murrel, levantándose de nuevo como si hubiese padecido un deslumbramiento.

Se dirigía ya a la puerta cuando lo detuvo una estremecedora transformación de la joven, que estaba de pie, tras la silla de su padre. Sus ojos, oscuros y muy brillantes, miraban oblicuamente hacia la ventana, y cada una de las líneas de su figura, no tan desgarbada como una primera impresión sugería, le conferían una suerte de propiedad acerada y rectilínea.

A través de la ventana entreabierta llegó al cuartucho un ruido que sorprendía especialmente por venir de aquel ambiente muerto de la calle. Era el ruido largo y traqueteante de las ruedas del carruaje, que subía la cuesta.

Murrel, aún atónito, abrió la puerta de la habitación y salió al pasillo oscuro. Se volvió para ver, no sin sorpresa, que la joven le seguía.

—¿Sabe usted qué significa la llegada de ese coche? —dijo la mujer—. Significa que un desalmado viene para llevarse a mi padre.

Aun turbia, la mente de Murrel pudo hacerse de inmediato una composición de lugar apropiada. Bien sabía que una nueva e hinchada cantidad de leyes, que en realidad sólo afectaban a las calles donde vivían los pobres, confería a los funcionarios médicos y de otras especies del funcionariado poderes asaz arbitrarios para sojuzgar a las personas que no demostraban, por así decirlo, la eficiencia del encargado de los grandes almacenes. Pensó que a un funcionario cualquiera se le podría ocurrir que la ceguera cromática, como causa de la degradación social, podría ser prueba de esa falta de eficiencia. Y parecía evidente que eso también se lo temía la hija del doctor Hendry, habida cuenta de los esfuerzos que hizo para desviar la atención del anciano de ese tema de conversación. Dicho de manera más clara, alguien pretendía dar al excéntrico un trato hasta ahora reservado a los lunáticos. Y como el viejo Hendry no era un millonario excéntrico, ni un hidalgo excéntrico aunque de fortuna menguada, ni siquiera lo que en nuestros días se considera un noble caballero excéntrico, estaba más que claro que la nueva clasificación podría aplicársele rápida e inapelablemente. Murrel experimentó un sentimiento que le había abandonado casi desde la niñez, una rabia incontrolable. Iba a decir algo, pero no le cupo más remedio que escuchar lo que la joven le contaba.

—Siempre ha sido lo mismo —dijo—. Primero lo arrojaron al arroyo de un puntapié en el trasero y luego le acusaron de estar precisamente allí... Es como si uno pegara martillazos en la cabeza de un niño hasta volverlo tonto, y luego le riñera por ser tan estúpido...

—Su padre —dijo Murrel— no me parece precisamente estúpido.

—No, claro que no lo es —respondió ella—; al contrario, es un hombre muy inteligente, lo que para algunos no es otra cosa que la demostración de que está chiflado... Y puede que así sea, porque de no ser tan inteligente es posible que le resultara fácil hacerse pasar por tonto... Si no es una cosa, será la otra, no lo dude usted... Cuando quieren, siempre se las apañan para aplastar a cualquiera con el pretexto que les venga en gana.

—Supongo que alude a alguien en concreto —dijo Murrel en voz baja, rabiosa.

No respondió la joven, sino una voz profunda y gutural que brotaba del arranque de la escalera y precedía a un sujeto que comenzaba a subirla. Crujían los viejos peldaños de madera bajo su peso, pues en verdad se trataba de un hombre de mucho peso, que cuando apareció a la media luz que ofrecía el ventanuco del rellano de la escalera parecía llenar el angosto espacio con su gabardina gigantesca. Su rostro, que ahora se le apreciaba claramente, sugirió a Murrel un cruce entre un león marino y una ballena. Fue como si cualquier monstruosa criatura de los mares abandonase las profundidades para mostrar su gorda cara de pez más grande que la luna. Pero una vez miró a aquel hombre con mayor detenimiento y menor fantasía, todas sus sensaciones no se debían más que a la evidencia de que sus rubios cabellos estaban cortados casi al cero, lo que aumentaba el contraste con sus bigotes que de tan grandes parecían colmillos, así como sus lentes redondos e igualmente grandes.

Era el doctor Granbrel, un hombre que se expresaba en perfecto inglés, pero que al pegar un tropezón maldijo en otro idioma. El Mono observó toda la escena de su subida y después se dirigió al cuartucho donde estaba el anciano, sin ceder el paso al médico.

—¿Por qué no ponen una luz ahí? —preguntó el doctor Granbrel con mucha acritud.

—Pues a lo mejor porque yo también soy una lunática —dijo Miss Hendry—. Estoy dispuesta a ser cualquier cosa que sea mi padre, según ustedes.

—Bueno, bueno —dijo el médico en tono conciliador, de impostada benevolencia—; este asunto es muy doloroso para todos, pero de nada vale decir tonterías. Lo mejor será que me permita ver a su padre cuanto antes.

—Claro, cómo no —dijo la joven.

Abrió la puerta que los condujo al cuartucho en el que estaba el doctor Hendry. En la habitación no había nada especialmente notable, a pesar de lo cual el médico lo miraba todo con una sorpresa de cuya razón hubiera sido incapaz de dar cuenta. La joven lo miraba a él con gran dureza. Ella sí sabía por qué razón.

Aquel cuartucho sólo tenía una puerta. El doctor Hendry seguía sentado ante la mesa y Mr. Douglas Murrel, sin embargo, había desaparecido. Pero antes de que el doctor Granbrel se diera cuenta del detalle, el pobre Hendry se había levantado, a medias entre la confusión y el desfallecimiento, sin olvidar la protesta, para exponer un nuevo tema de conversación.

—Comprenderá usted —dijo— que eleve mi protesta contra su irrupción en mi casa. Si se me permitiese exponer los hechos ante el mundo de la ciencia, no tendría la menor dificultad para hacer la demostración conveniente de que ustedes se equivocan. Creo que ahora mismo, en términos generales, nuestra sociedad padece cierta enfermedad óptica que...

El doctor Granbrel tenía todo el poder conferido por un Estado moderno, acaso mayor que el de cualquier Estado de otro tiempo, al menos por la cantidad de departamentos en que se despliega el Estado de nuestros días... Tenía, pues, el poder de irrumpir en aquella casa, destrozar a la familia que la habitaba y proceder según le viniese en gana. Pero carecía del poder que evitase hablar a Mr. Hendry. A despecho de sus esfuerzos ratificados con carácter oficial, la conferencia que le largó Hendry acerca de la ceguera cromática ocupó mucho tiempo... Y siguió incluso cuando el más que poderoso doctor salió del cuartucho, bajó la escalera y alcanzó la calle.

Mientras, empero, habían sucedido más cosas.

El cochero era un hombre tranquilo y por lo tanto paciente, a buen seguro porque no le quedaba otro remedio. Había estado esperando algún tiempo ante la casa de Hendry, cuando ocurrió algo más entretenido que todo lo que había soportado hasta entonces. Un caballero, como caído del cielo, fue a dar en el techo de su coche. No tuvo mayor problema en acomodarse rápidamente, evitando rodar hasta el suelo. El inesperado visitante se presentó al cochero, comprendiendo este de inmediato que no era otro sino el caballero que había hablado con él largo rato. Una mirada a dicho caballero, seguida de otra mirada a la ventana de arriba, bastaron para que el cochero comprendiese que no había caído precisamente del cielo, sino de un simple alféizar. Eso, por lo demás, bastaría para esbozar una teoría, al menos, a propósito de las razones que hacían que aquel caballero fuese llamado el Mono.

Pero sorprendió al cochero, en mayor medida aún, que su nuevo acompañante le sonriera de manera agradable y le hablase tranquilamente:

—Bien, como decía...

No es necesario irse atrás en el tiempo para imaginar al menos qué había dicho antes. Pero sí parece importante para nuestra historia dar cuenta de lo que había dicho. Tras unas cuantas frases de cumplido, se sentó en el pescante, junto al cochero, dejó que le colgaran las piernas en el vacío y sacó su cartera... Luego se inclinó peligrosamente hacia el cochero, aun a riesgo de caerse, y le dijo:

—Mi querido amigo, quiero comprarle el coche...

No se puede decir que a esas alturas de la historia Murrel desconociese por completo cuál era la tesis científica que había supuesto para el anciano Hendry el último acto de su drama: colores para iluminar.

Recordó haber tenido, sobre todo eso, precisamente, cierta discusión con Julián Archer, que era una autoridad en materia legislativa. Tal era una de las cualidades que más adornaban a Mr. Archer, y seguramente la que más le había facultado tan eficazmente para acceder a la política. Podía acalorarse incluso brutal y sinceramente en una discusión cualquiera, siempre y cuando fuese algo de lo que hablaban aquel mismo día los periódicos. Si el rey de Albania (cuya vida privada, por cierto y a propósito, deja mucho que desear) estaba en mala relación con la sexta princesa alemana con la que había contraído matrimonio, Mr. Julián Archer se convertía de inmediato en un caballero errante, presto a cruzar Europa para socorrer y rescatar a la dama, sin preocuparse por las otras cinco princesas que no llamaban en aquel momento la atención de los periódicos. Sería interpretar pobremente al caballero, sin embargo, si supusiéramos que había gran fariseísmo en sus maneras entusiásticas. En cada caso al que se sintiera vinculado por una u otra razón, Mr. Archer alzaba su atractivo y encendido rostro con el mismo aire de incontrolable y sincera protesta, por no hablar de su impetuosa indignación. Murrel, pues, había tenido la oportunidad de comprobar en él cómo ha de comportarse en todo momento un hombre público, si de verdad quiere serlo: habrá de estremecerse al mismo tiempo que lo hagan los periódicos.

—No puedes estar contra eso, nadie puede manifestarse en contra —había clamado Archer cuando discutieron acerca de las nuevas disposiciones legales—. Se trata de una simple ley para llevar un poco más de humanidad a los manicomios.

—Lo sé —había replicado Murrel con bastante tristeza—. Esas leyes introducen mucha humanidad en los manicomios, ¡vaya que sí! Pero aunque te parezca difícil de creer, hay una gran humanidad que no quiere ser conducida a los manicomios.

Recordó ahora la historia porque Mr. Archer y los periódicos se felicitaban recíprocamente aquellos días por un hecho que parecía destinado al caso que ahora le ocupaba. Se trataba de la observación de un gran secreto en el desarrollo de los procedimientos. Un juez resolvería el caso, sin mayor publicidad, cursando una visita tan privada como la de un médico.

—Es que tratamos de ser muy civilizados en estos procedimientos —había dicho Archer entonces—. Es algo así como aquella ley que prohibió las ejecuciones públicas. Antes ahorcábamos a un hombre en presencia de toda una multitud, pero finalmente hemos conseguido hacerlo de manera privada, más decente.

—Eso da igual —había dicho Murrel—. Seguro que todos sin excepción nos disgustaríamos mucho si nuestros parientes y amigos empezaran a desaparecer silenciosamente, y cuando perdiésemos a nuestra madre, o nos fuese imposible dar la debida protección a una sobrina, nos enterásemos de que se las habían llevado para colgarlas, con gran delicadeza, eso sí...

Murrel sabía que la pretensión del médico no era otra que poner a Hendry ante el juez y quería escuchar su soliloquio médico en el coche. Sonrió Murrel al considerar que Hendry era un lunático inglés sin remedio, por haber hallado refugio en una vocación en vez de hacerlo en un agravio y en el ansia de venganza. Hendry había arruinado su vida a causa de sus colores medievales, y él hubiera sido capaz de acabar con su fortuna, con tal de hacerse con aquel carruaje. Y celebraba que Hendry creyera estar en el secreto de la rara enfermedad de la vista, de la que tanto hablaba. Aunque también el doctor Granbrel, si bien pueda parecer mentira, había sido capaz de elaborar una teoría, a la que llamaba de la repulsión espinal, consistente en descubrir trastornos mentales en quienes solían sentarse en el borde de una silla, como tenía por costumbre Hendry. Así, había reunido el doctor Granbrel una gran cantidad de casos de gente pobre que solía sentarse en los bordes de las sillas, simbólica manera, acaso y nada más, de exponer la inseguridad de la vida en la que se veían inmersos. Naturalmente, estaba dispuesto a explicar esa teoría ante todo un tribunal, si hada falta, pero no pudo exponerla en el coche.

Había algo macabro en la manera en que el viejo carruaje subía las empinadas calles de la pequeña ciudad gris. Desde su infancia sentía Murrel que la expresión un coche reptante tenía mucho de pesadilla, como si el coche se arrastrara detrás de la gente para tragársela.

El caballo que tiraba del coche era flaco, huesudo, anguloso. Los adornos incrustados en la madera del carruaje sugerían los de un sarcófago. El camino se hacía más y más empinado. La calle se alzaba sobre el penco como este sobre el coche, en el reptante ascenso. Llegaron al fin ante una antigua puerta de la ciudad que tenía dos pilares a los lados, entre los cuales se avistaba el verde grisáceo del mar.

X

LOS MÉDICOS NO SE PONEN DE ACUERDO

La casa hacia la que iba el coche reptante apenas mostraba diferencias con cualquier vivienda familiar próspera, ya que la política que informaba todas las medidas legislativas últimas, y hasta la política que informaba las costumbres recientes, se orientaba en aras de la conducción de los asuntos públicos como si fueran privados. Un oficial, así, devenía en un ser más todopoderoso que antes, precisamente porque vestía de calle. Era posible y legal, pues, sacar a cualquiera de un lugar como aquél sin violencia, pues todo el mundo sabía que las expresiones violentas resultaban inútiles. El doctor Granbrel acostumbraba llevar a sus pacientes locos en un coche; ellos rara vez se resistían. No estaban lo suficientemente locos como para hacerlo, naturalmente.

El departamento local para la evaluación de la locura acababa de inaugurarse, porque hasta entonces a nadie se le había pasado por la cabeza que era necesario distribuir por todas las pequeñas ciudades provincianas unas dependencias semejantes. Los funcionarios empleados en dichas dependencias, que no hacían otra cosa que pasear por aquí y por allá abriendo y cerrando puertas de manera compulsiva, eran en su práctica totalidad nuevos, si no en el oficio sí en la ciudad. El magistrado, sentado siempre en una sala interior, dispuesto en todo momento a examinar los casos que le fueran llegando, era el más nuevo de todos, por cierto... Y además de nuevo era viejo, por desgracia. Había desempeñado en otros muchos lugares la misma función que ahora tenía encomendada en la ciudad, con lo cual no había hecho otra cosa a lo largo de los años que adquirir el hábito de llevar a cabo su trabajo suavemente, rápidamente... y además peligrosamente bien. Mas ahora era muy viejo; tanto, que ya apenas podía hacer nada. Ni su vista ni su oído eran los de antes. Era un médico cirujano de la Marina, retirado, y se apellidaba Wotton. Tenía un bigote gris muy cuidado y una constante cara de sueño. Había alcanzado aquel día, probablemente, el grado más alto de soñolencia en el trabajo de toda su carrera.

Entre la gran cantidad de papeles amontonados sobre su mesa había una nota que avisaba de citas a celebrar aquella misma tarde con la Comisión evaluadora de la locura. En la sala de gran alfombra no pudo oír el juez el traqueteo del coche que llegaba, ni se pudo percatar de los movimientos, rápidos unos, lentos otros, con que cierta persona ayudó educadamente a que salieran los dos ocupantes del coche y diciéndoles frases amables los condujo al interior del edificio. Era un hombre de tanta dignidad, tan caballeroso, que los ujieres le mostraban el respeto digno a quien está facultado para actuar como intermediario en los casos más complejos, aunque no poseyese facultad alguna en aquellos ámbitos. El médico se dejó llevar por él a una pequeña sala que estaba a la derecha del *sanctum* del magistrado. De haber mirado por la ventana un momento antes, y de haber visto así a tan caballeresco personaje caer del tejadillo del coche, quizás hubiera mostrado el médico, al menos, un poco de inquietud. No obstante, el doctor Granbrel comenzó a experimentar disgusto cuando dicho caballero (al que había visto fugazmente en una oscura escalera, pero al que no terminaba de reconocer) no sólo cerró la puerta con una cortés reverencia, sino que echó la llave sin darle ocasión de protestar.

De nada de todo esto se enteró el juez; todo aconteció tan veloz como silenciosamente; la primera notificación que tuvo de aquello no fue más que un leve toque en la puerta de su sala, seguido de una voz que decía:

—Adelante, doctor.

Era práctica habitual que el médico responsable de la reclusión del paciente mantuviese primero una conversación con el magistrado, y que este, después, se entrevistara muy por encima, claro, con la víctima del médico... Pero aquella tarde el magistrado Wotton no quería otra cosa sino que las dos entrevistas terminasen cuanto antes, pues estaba cansado. Sin levantar la vista de sus papeles, se limitó a decir:

—Vemos ahora el caso 9871, ¿verdad? Un caso de manía de conspiración, ¿no?

El doctor Hendry inclinó la cabeza para escuchar aquello, de manera tan inocente como divertida.

—El término conspiración alude más a un síntoma que a una causa —dijo—. La causa es puramente física —y tosió refinadamente para seguir diciendo—: No se puede convenir a estas alturas en que el desorden de un sentido no ofrece reacciones perceptibles en el cerebro. En este caso concreto, tengo motivos sobrados para exponer mi convicción de que todo remite a una enfermedad muy común del nervio óptico; y el proceso de análisis e investigaciones que me llevó a establecer tales conclusiones resulta de lo más interesante en sí mismo...

Pero al cabo de no más de cuatro minutos de exposición el magistrado Wotton resultó no ser de la misma opinión. Seguía con la vista clavada en sus papeles, por lo que no podía estudiar a quien tenía ante sí. De interesarse mínimamente en aquel hombre habría sospechado algo, a la simple vista de las ropas raídas del pobre doctor Hendry.

El juez se limitaba a escuchar su voz, que era la de una persona perfectamente digna y cultivada.

—No creo oportuno profundizar ahora —dijo el juez, temeroso de que el otro siguiera hablando— en todo ese proceso; si tiene usted la completa seguridad, la firme convicción de que se trata de un caso de la especie que define, yo no tengo más que decir, es usted quien tiene la facultad de...

—En toda mi experiencia —siguió el doctor Hendry en tono aún más solemne y responsable—, jamás he conocido un caso tan meridianamente claro como el que nos trae ante usted, señoría... Cuanto concierne a los asuntos de la óptica, en los últimos tiempos, supone, ni más ni menos, un agravamiento de la situación. Ahora mismo, mientras me expreso ante usted, hay personas indefectiblemente locas, irremisiblemente trastornadas, que andan tranquilamente por el mundo expresando con harta desfachatez cuestiones que sólo deberían ser explicadas por los científicos. Sin ir más lejos, hace pocos días...

Ruidos un tanto extraños, que llegaban de la dependencia contigua, ahogaron por unos instantes la melodiosa voz del doctor Hendry. Sonó aquello como si un cuerpo grande y pesado fuese lanzado contra la pared, primero, y contra la puerta, después, no sin alguna violencia. Y se dejaron sentir igualmente unas cuantas imprecaciones muy guturales, lo propio de quien está bastante ronco, o muy furioso.

—¡Caramba! —exclamó el magistrado Wotton, sobresaltado, levantando la mirada de sus papeles por primera vez—. ¿Qué demonios ha sido eso?

El doctor Hendry hizo un gesto vago con la mano, como de abatimiento elegante, y respondió sin dejar de sonreír:

—La nuestra es realmente una ocupación muy triste... Debemos tratar con la cara más débil y a la vez salvaje de nuestra naturaleza humana destruida... Eso supone la humillación de nuestro cuerpo. Creo que alguien lo ha llamado el Testamento griego... El cuerpo de nuestra humillación, que es en realidad nuestro cuerpo humillado por la mente enferma, semeja la lucha que librara un desgraciado por resistirse a la necesidad que tiene la sociedad de recluirlo.

Lo cierto fue que en ese mismo instante aquel cuerpo de nuestra humillación fue estrepitosamente lanzado de nuevo contra la pared y después contra la misma puerta; y por lo que sonó el topetazo debió de tratarse de un cuerpo bastante pesado y mucho mejor lanzado... El juez parecía ahora un tanto incómodo. Los pacientes o reclusos (o como quieran llamar a las nuevas víctimas sociales) solían verse encerrados en aquella habitación contigua mientras el médico despachaba con el magistrado; generalmente, eso sí, bajo la atenta vigilancia de unos empleados que les impedían expresar su impaciencia de manera tan elocuente. La otra hipótesis podría formular la posibilidad de que el loco de la dependencia contigua fuera tan contundente y expresivo, por otra parte, que estuviese matando a palos a uno de sus guardianes.

A pesar de sus muchos años, el viejo cirujano de la Marina era un hombre valiente. Dejó su asiento y se dirigió a la puerta, mientras aún retumbaban los golpes de aquel cuerpo. Llegó hasta la puerta de la dependencia contigua. Se detuvo ante ella, escuchó unos instantes, con mucha atención, y al fin se decidió a abrir resueltamente con su llave. No por miedo, sino por los reflejos propios de un resto de agilidad que aún tenía, hubo de saltar hacia atrás para no verse arrollado por lo que salió de la habitación.

Le pareció más una cosa muy grande, indefinible, que un hombre. Creyó ver que era bizco y que tenía en la cara algo que parecía ser un par de cuernos. Tuvo una sensación confusa; el magistrado Wotton pensó algo así como que aquello corroboraba lo que había dicho poco antes en su sala el doctor Hendry, algo a propósito de alguna lesión óptica, cosa que probablemente padecía aquel pobre diablo... Lucía además unas greñas encrespadas, como si hubiese intentado peinarse a cabezazos contra la pared. Sólo tras mirarlo convenientemente observó el juez que aquel orate llevaba un chaleco blanco y unos pantalones grises, cosa que raramente lleva un hipocampo del mar ni un forajido de los bosques.

—Bueno, al menos está decentemente vestido —dijo.

El hombre corpulento que había salido lanzado por la puerta se levantó a duras penas y se plantó ante el juez con un brillo de salvajismo en la mirada. Su cabellera resultaba aún más amenazante que sus ojos. Pero se tranquilizó el magistrado cuando observó que aquel alucinado aún poseía el don de la palabra. Primero lanzó denuestos propios de un idioma del Continente, que alguien poco avisado, sin embargo, podría haber confundido con gruñidos. Pero pronto se le pudo oír esos mismos gruñidos de manera más articulada, en una lengua común, menos extranjera... El médico estaba dando al juez un informe oficial, aunque no lo parecía.

Era una situación extraña y hasta difícil para el juez, y no cabe definir con seriedad el engaño de que había sido objeto, sino gozarlo en silencio; los realmente sabios y las gentes de buen corazón sabrán disfrutarlo. Pero también el juez podía establecer las causas fisiológicas y orgánicas de cierta expresión mental en lo referido a las expresiones verbales de su cautivo, quien en otras circunstancias hubiese podido exponer mejor sus tesis a propósito de la Repulsión espinal como el doctor Hendry había expuesto las suyas a propósito de la ceguera cromática. Ocurría, empero, que no se hallaba el médico oficial en el mejor escenario para hacerlo. Era Mr. Hendry quien debió estar en aquella sala contigua mientras él exponía al juez el caso, no al revés. Mr. Murrel, un hombre al parecer carente de escrúpulos, se apresuró a cambiar sin embargo los papeles que correspondían a los dos hombres de ciencia, con los deplorables resultados que acabamos de contar.

El médico oficial, al verse encerrado, reaccionó como cualquier persona confiada y que ostenta digna representación de la especie humana, ante algo imprevisto y además ultrajante. Porque el hombre que tiene una vida muelle, que está satisfecho consigo mismo, que siempre sonríe, que nunca ha tenido que apartarse a la fuerza de su bien trazado camino, es el que más estrepitosamente cae ante un obstáculo. Pero la historia del pobre doctor Hendry era muy distinta. Aferrado con claro patetismo a su refinamiento, a sus modales, como si fueran ambas cosas la reliquia a la que aferrarse y en la que depositar toda su fe para hacer así frente a las humillaciones padecidas, estaba acostumbrado a explicar a sus acreedores, por ejemplo, las dificultades por las que pasaba, y a asumir un tono no ya refinado, sino pedante, cuando tenía que enfrentarse a los policías. Así, mientras el doctor oficial resoplaba y maldecía ininteligiblemente, el loco oficial le contemplaba inclinando la cabeza a un lado y chasqueando levemente la lengua para lamentar aquella manifestación de la ruina absoluta a que había llegado la mente de un hombre. El antiguo cirujano de la Marina miró a uno y otro por unos instantes y después fijó los ojos en el extranjero maledicente; unos ojos que ya había puesto muchas veces antes en numerosos maniacos homicidas. He aquí cómo coincidieron tres hombres de ciencia en una consulta poco habitual.

Mientras, en la calle que caía hacia el acantilado, Mr. Douglas Murrel permanecía sentado en el coche, con la cabeza alta, mirando al cielo muy satisfecho de lo que había hecho. Llevaba un sombrero negro de copa alta, aunque tan raído y sucio que cualquiera hubiera podido notar que no le pertenecía. En realidad había comprado aquel sombrero en el mismo lote que el coche, aunque se trataba de un sombrero de esos que hay que pagar bien para llevarlo, en vez de pagar por llevarlo... Pero sirvió perfectamente a lo que pretendía el Mono. El sombrero domina y a la vez imprime carácter a una persona que viste un traje opaco, sin nada sobresaliente; por eso le hacía parecer como un cochero de verdad, como un cochero de un carruaje tan viejo. Cuando se destocó para meterse entre los oficiales del juzgado, con su cabello bien peinado y sus modales dignos, de caballero, nadie, sin embargo, tuvo el menor derecho a dudar de su respetabilidad, de su condición de gentleman. Pero una vez se aupó a su pescante de cochero, y se tocó de nuevo con el viejo sombrero de copa, no pareció otra cosa que un cochero... Aunque quien le hubiese observado con mayor atención habría visto en él, por su pompa, que la satisfacción que lo embargaba le hacía sentir como un conquistador coronado con laureles.

Sabedor de lo que ocurriría, decidió aguardar. No esperaba ver, sin embargo, tan pronto la conclusión de la tragicomedia en que devino la historia del médico experto. Es más, llegó a prometerse Murrel que si la cosa iba más lejos acudiría a las autoridades para aclarar el caso. Todo lo había hecho con la reverencia y perfección propias de las cosas bien iniciadas y mejor concluidas, como si se tratase de un poema excelso. Si todo se desarrollaba por los cauces previstos, el suceso habría de tener consecuencias. Y no habían pasado más de diez minutos cuando pudo regocijarse por la enorme exactitud de sus cálculos y previsiones.

El doctor Hendry, aquel pobre hombre que en tiempos fuera famoso y apreciado en los ambientes artísticos, salió por entre las negras columnas del pórtico que miraban al mar, libre como las gaviotas que revolotean sobre el filo de los acantilados. Tenía un porte que denotaba buen gusto, un buen gusto casi agresivo, a despecho de la modestia de su indumentaria; era el porte de quien desea gritar que por nada del mundo revelaría los secretos que le acaban de ser confiados. Hizo un movimiento de sus manos, como de ponerse unos guantes que no tenía, y con absoluta naturalidad, como si lo hiciese a diario, se subió al coche antes de que nadie pudiera darse cuenta. Claro está, el cochero, muy metido en su papel, se caló el sombrero de alta copa hasta las cejas y azuzó al caballo para que trotase ruidosamente por el empedrado de las calles.

El cronista, al menos de momento, guardará silencio acerca de lo que ocurrió entre el magistrado y el médico del Gobierno. Pero Murrel se hallaba en tan excelente estado de ánimo, sentía rebosar en sí de tal manera el humor, que no podía dejar que las cosas parasen ahí. Su fama de bromista le precedía largamente, y era conocido, además, por lo muy prácticas, en tanto que oportunas, que resultaban a menudo sus bromas. No se quiere decir con todo esto que su intención prioritaria fuese, sin embargo, la de gastarle una broma cruel, no obstante su oportunidad, al médico extranjero. Por eso tenía en su alma una sensación nebulosa, paradójica, como si el verdadero quid de aquella historia estuviera por manifestarse, en vez de haber quedado atrás. Era, en fin, como si la libertad que acababa de otorgar al pobre monomaníaco que discurseaba acerca de la ceguera cromática no fuese otra cosa que el símbolo de la liberación de un todo difícil de explicar pero que suponía la apertura a un mundo más luminoso y grato. Intuía que algo había explotado, al menos en el mundo de los formulismos, y que se había empezado así a ganar una batalla, aunque no supiera con exactitud cuál.

Tras una esquina el sol inundó el coche vertiéndose en algo así como los chorros que salen de las nubes en los cuadros de escenas bíblicas. Miró entonces hacia la alta ventana de la casa, por la que se había descolgado, y vio allí asomada a la hija de Hendry.

Así aparece en esta historia la mujer asomada a la ventana. Hasta entonces había estado siempre entre las sombras, por no decir que en la oscuridad de la casa y de su escalera interior. Había estado, en cierto modo, disfrazada con una apariencia: la de hallarse despojada de todo... Hay que haber vivido en una casa oscura para saber cómo puede disfrazar a alguien la carencia de luz. Entre las sombras de la casa tenía una palidez de planta marchita, todo lo contrario de lo que ha de ser común en esos vividos espejos a los que llamamos rostros humanos. Llevaba mucho tiempo sin preocuparse de su aspecto, y seguramente se hubiera sorprendido más que cualquiera de haberse podido ver desde la calle, asomada a la ventana. En realidad, la extraña escena que vio en la calle fue lo que la transformó, tanto como el sol que todo lo bañaba. Pero había en su extrañeza una gran alegría. Mas contemos su historia, pues ha de saber el lector cuál era la naturaleza de su asombro. Aunque sea su historia muy distinta a la que nos ocupa y se parezca más a esos relatos largos, científicos y realistas, propios de ciertas novelas que en realidad no son historias de ninguna especie.

Desde el día en que su padre se arruinó por culpa de una pandilla de ladrones suficientemente ricos y poderosos como para eludir la cárcel, su vida fue precipitándose poco a poco hasta caer en ese mundo donde a todos se tiene por malhechores; ese mundo en el que los policías se consideran los guardianes de una inmensa prisión a cielo abierto. Ella se había abandonado, se había dejado llevar, renunciando a cualquier forma de resistencia ante lo que creía su sino. Cualquier cosa que supusiera una caída, un descenso más, le parecía natural. Si se hubieran llevado a su padre para colgarlo, habría experimentado dolor, amargura, indignación... Pero no sorpresa. Así, en cuanto vio que regresaba sonriente en aquel coche, quedó sorprendida sinceramente por primera vez en muchos años. No sabía de ningún ser que hubiera logrado escapar de aquella trampa en la que suponía ya caído a su padre. Nunca había visto las huellas de nadie que saliera de aquella eficiente caverna. Era como si hubiese contemplado que el sol se volvía hacia el Este, o como si viera al Támesis detenerse de golpe en Greenwich para volverse hacia Oxford. Por lo demás, no cabía la menor duda de que aquel hombre era su padre. Y sonreía.

Si había salido del juzgado haciendo el gesto de ponerse unos guantes que no llevaba, ahora hacía el de fumar plácidamente un cigarro invisible. La joven, mientras contemplaba atónita pero alegre a su padre, observó que el cochero se quitaba el sombrero de copa y la saludaba, algo que acabó por aturdir completamente sus sentidos por cuanto descubrió de inmediato que los cabellos que había bajo el sombrero del cochero eran los de Mr. Murrel, ese excéntrico que había estado en su casa poco antes.

El doctor Hendry saltó del coche con una gracia y agilidad propias de los jóvenes, y llevó la mano en un gesto automático hacia su bolsillo, en el que no había nada... Vivía los buenos tiempos ya idos.

153

—No es necesario, señor, no tiene por qué —dijo Murrel rápidamente, calándose de nuevo el horrible sombrero—. El coche es mío y lo llevo para distraerme, no para ganar un dinero... El arte por el arte, señor... Como decían sus viejos amigos... Mire, yo mismo soy una combinación, por utilizar ese término tan querido por Whistler; sí, señor, soy una combinación de negro y de marrón. Pero ese médico loco es, según me parece, una combinación de azul y negro.

Hendry reconoció entonces aquella voz educada que le hablaba, porque es verdad que hay ciertas cosas que un hombre de bien nunca puede olvidar. Y reconoció aquella voz a pesar del sombrero que había en la cabeza de quien hablaba, aunque la voz pareciera salir, no de una boca, sino de más allá del sombrero.

—Mi querido amigo —dijo entonces Hendry—. Le soy deudor de una gratitud infinita. Tenga la bondad de pasar a mi modesta morada.

—Gracias —respondió Murrel bajando del pescante—. Entremos; mi yegua árabe, que tantas veces ha pasado la noche a la entrada de mi tienda en el desierto, sabrá vigilar convenientemente... No la veo yo con muchas ganas de lanzarse por ahí al galope...

Por segunda vez subió la oscura escalera en la que vio al especialista mental extranjero ascender como una monstruosa criatura marina. Ese recuerdo hizo que experimentase cierta compunción, una suerte de arrepentimiento inmediato, pero volvió a repetirse que no le resultaría difícil arreglar aquello y poner las cosas en su sitio. Hasta lo expresó en voz alta.

—Pero eso no querrá decir que volverá aquí para llevarse otra vez a mi padre —se asustó la joven.

Murrel esbozó una amplia y pícara sonrisa, movió la cabeza negativamente y dijo:

—Por lo que sé de él y del viejo Wotton, puedo asegurarle a usted que no, que nada de eso. Wotton es un perfecto caballero, un hombre honesto, y procurará que no le ocurra a su padre ni la mitad de lo que le ha ocurrido a ese médico. Y el otro, esté usted segura, no tendrá ganas de seguir explicando al mundo que ha representado tan bien el papel de maniático rabioso... que acabaron encerrándolo.

—Nos ha salvado usted —dijo ella con enorme gratitud—. Es usted un caballero digno de la mayor admiración.

—No lo crea, no... Lo admirable es que usted se haya salvado, después de tantos años de sufrimiento —dijo Murrel—. La verdad es que me resulta difícil decir hacia dónde se dirige nuestro mundo... A veces tengo la impresión de que mandan a unos locos a cazar a otros locos, como podrían mandar a un ladrón a matar a otro ladrón.

—He conocido a unos cuantos ladrones —dijo el doctor Hendry retorciéndose con brío los bigotes—. Pero a esos no los han cogido...

Murrel lo miró y supo que había recobrado el juicio.

—No se preocupe, trataré de capturarlos —dijo, sin saber que hacía algo así como un mal augurio para su propio hogar, para sus amigos, para tantas de las cosas que conocía.

Allá lejos, en la antigua abadía de Seawood, tomaban color y forma, marchaban hacia el punto culminante de esta historia, cosas que en estos momentos hubiera creído pura fantasía. Nada sabía de ellas, pero su imaginación era invadida ahora por colores nuevos, brillantes, más luminosos y románticos que los auspiciados por las pinturas de Hendry. Ya disfrutaba de una vaga sensación de victoria, acrecentada al ver la cara de la joven hija de Hendry en la ventana.

—¿Suele asomarse usted a la ventana con frecuencia? —preguntó a la joven—. Si yo pasara alguna vez por aquí...

—Sí —respondió ella—. Me asomo a la ventana con frecuencia.

XI

LA LOCURA DEL BIBLIOTECARIO

Lejos, en la antigua abadía de Seawood, acababa de representarse la pantomima titulada El trovador Blondel y con gran éxito; cabe decir que con unos resultados excepcionalmente dignos de mención. Tras dos funciones sucesivas, una cada tarde, se hizo otra más fuera de programa, al tercer día, pero en representación matinal, muy temprano, para que también los niños pudieran gozar del espectáculo.

Julián Archer se quitaba la armadura, tras cada representación, con aire de alivio y hastío. Hubo quien dijo, maliciosamente, desde luego, que su cansancio se debía en gran parte al mero hecho de que no fuera él quien recogió los mayores aplausos, quien atrajo poderosamente la atención de los espectadores.

—Bueno, ya se acabó, felizmente —dijo a Michael Herne, que se hallaba a su lado tras la última representación, ataviado aún con la ropa hecha jirones del Rey Desterrado—. Voy a ponerme algo más cómodo... Doy gracias a Dios por no tener que seguir disfrazándome...

—No, claro que no —respondió Herne mientras parecía ensimismado en la contemplación de sus largas piernas ceñidas por unos leotardos verdes—. Supongo que ya no tendremos que vestirnos así.

Y se quedó allí de pie un buen rato, sin cesar en la contemplación de sus piernas verdes. Después, cuando Archer se hubo marchado de su lado, el bibliotecario echó a andar con paso cansino para retirarse a sus habitaciones, contiguas a la biblioteca.

Alguien más seguía en semejante atolondramiento, con aire meditabundo, cuando ya hacía mucho que había acabado la última representación. Era la autora, al menos en principio, de la pantomima. Y decimos que era la autora al menos en principio pues lo cierto es que no se sentía como tal, a pesar del éxito cosechado. A Miss Olive Ashley le parecía que la cerilla encendida por ella a media noche, el día de la representación primera, había estallado, mucho más que encenderse, agrandándose su fulgor con una espectacularidad propia de otro mundo, con los fastos de un sol de medianoche. Como si uno de los ángeles de oro y carmín que había pintado acabara por hablar... para exponer cosas realmente terribles. Porque lo cierto fue que el excéntrico bibliotecario, transformado durante una hora en el soberano máximo de la pantomima, parecía hallarse poseído por el mismísimo demonio. Y sólo el demonio, como es sabido, alcanzó la gloria de parecerse algo a un ángel de oro y carmín. Del bibliotecario emanaba una fuerza, un algo extraño, que nadie había podido sospechar que habitara en él, aunque a la vez nadie pudiera señalar exactamente qué era. Olive sintió como si aquel hombre, con su manera de desplazarse por el escenario, midiera todos los abismos y todas las cimas hasta entonces conocidos por una artista tan humilde como ella, para superarlos. Los versos que le oía decir en nada le parecían los suyos. Sonaban, más bien, como los que hubiera querido escribir. Todo eso, al tiempo, la admiraba. El bibliotecario parecía estar en el secreto de cómo hacer que cada verso fuese más grande, más excelso, aunque se tratara de los versitos que ella misma había escrito. El instante que restallaba en su memoria, como en la de muchos espectadores, gentes aun más insensibles que ella, fue aquel en el que el rey Ricardo, capturado como un proscrito cualquiera, rechazó su corona para declamar que en un mundo de príncipes pérfidos prefería la vida de vagabundo errante por los bosques.

Yo que canto a la aurora de la mañana
¿He de caer a la altura de un Habsburgo,
Tal y como cayó quien me atrapara?
¿O habré de ser un vil traidor como el rey de Francia?
¿Y qué otras testas coronadas arrojan
Sombras de muerte sobre este mundo nuestro?
Hay malos reyes que en el trono encajan,
Cuerdos de pavor por la costumbre.
Mas, ¡qué pánico atroz, qué horrible espanto
Si tal rey fuese honesto y justo!
¡Oh, peste vil que todo lo tapa,
En su atroz protección que todo lo cubre!
Los hombres sufren a un injusto amo
Mas uno bueno, ¿quién lo sufriría?
Sus nobles se rebelan y traicionan
Y él sigue su camino en solitario.

Una sombra se proyectó en el césped, junto a ella. Y aunque estaba sumida en sus meditaciones, que eran a la vez sus preocupaciones, reconoció de inmediato la forma de la sombra. Mr. Braintree, vestido aún como había salido al escenario para representar su papel, mas ahora en su propio carácter (que algunos tenían por un pésimo carácter) se reunía con ella en el jardín.

Antes de que pudiera hablar le dijo Olive, impulsiva:

—Acabo de descubrir una cosa... Resulta mucho más natural expresarse en verso que hacerlo en prosa... De igual manera, es más espontáneo cantar que tartamudear... ¿Sabes? Creo que en realidad todos tartamudeamos...

—Pues ese bibliotecario no tartamudea precisamente

—dijo Braintree—. Podría decirse que canta, o que al menos cantaba en el escenario... Te confieso que me tengo por un tipo muy prosaico, pero por unos momentos creí oír de su voz la mejor música del mundo. No deja de ser un misterio... Cuando un bibliotecario sabe hacer de rey así de bien, sólo cabe una deducción: ha representado en realidad el papel de bibliotecario. Y si en efecto ha sido un rey excelente, me parece que su recreación como bibliotecario es aún superior. Quizás haya que pensar que los auténticos grandes actores del teatro andan escondidos tras unas estanterías llenas de libros polvorientos, como este hombre.

—Tú opinas que Herne creía hacer una comedia, o que hacía una comedia, sin más, pero yo sé que no, que no ha fingido... Ahí está el porqué de todo —dijo Olive.

—Quizás tengas razón... ¿Pero no creíste ver al más grande de todos los actores? —preguntó Braintree.

—No, no... es precisamente la cuestión —respondió Olive—. Yo hubiera dicho, sin más, que estaba ante un gran hombre, no ante un gran actor... No me refiero a un gran hombre y a la vez actor, como Garrick o como Irving... Quiero decir que es como un gran hombre muerto, pero escalofriantemente vivo... Quiero decir que es como un gran hombre del medievo, que hubiera resucitado en su tumba para llegar a nuestros días con todo lo que le hizo ser un gran hombre.

—Creo que sé a qué te refieres —dijo Braintree—. Y creo que tienes razón... Dices que no hubiera podido representar otro papel, ¿verdad? Tu amigo, ese tal Mr. Archer, sí podría representar cualquier papel, porque sólo es un actor.

—¡Qué raro es todo esto! —exclamó Olive—. ¿Por qué ha de ser Mr. Herne un simple bibliotecario? ¿Por qué ocurren estas cosas en el mundo?

—Creo que tengo una respuesta —aseguró Mr. Braintree, ahuecando la voz—. De una forma incomprensible para los demás, Mr. Herne se toma las cosas en serio... Y te aseguro que yo lo tomo en serio a él... Endiabladamente en serio. Y también me he tomado en serio... todo... esto.

—¿Estás hablando de la obra, o de qué? —preguntó ella con una sonrisa encantadora.

—Bueno, he consentido en disfrazarme de esta guisa ridícula; no creo que pudiera darte mayor prueba de mi devoción por ti —dijo Braintree.

—Bueno —dijo ella un tanto turbada—, ¿y qué te parece lo de tomarse tan en serio el papel de rey?

—Sabes que no me gustan los reyes —dijo Braintree con un algo de aspereza en la voz—. Ni me gustan los caballeros, ni los nobles, ni toda la maldita aristocracia en armas... Creo, sin embargo, que a ese bibliotecario sí le gustan todas esas cosas... Y no es que lo quiera, probablemente; tampoco es un esnob, ni un tonto orgulloso como el viejo Seawood... Es uno de esos hombres, por el contrario, que podrían plantear un desafío claro y concreto contra las ideas de revolución y democracia... Se vio en su manera de pasearse y hablar en ese ridículo escenario.

—Pero hablaba para decir esos estúpidos versitos míos, o casi míos, eso es lo que ibas a decir —dijo la poetisa Olive apuntándole con su dedo acusador mientras reía con indiferencia, cosa bastante rara en las poetisas.

Olive parecía haber descubierto algo mucho más interesante que la poesía... Pero una de las cualidades más viriles de Braintree era la de no ser petulante, por mucho que se le forzara a serlo, así que siguió hablando con sus maneras tranquilas, pulverizadoras... lo propio de esos hombres que meditan con el puño cerrado.

—Lo que te digo es que cuando llegó a la cumbre de su papel, cuando se mostraba por encima de todas las cosas habidas y por haber, cuando dijo estar dispuesto a arrojar lejos de sí el cetro y la corona, lo que yo vi fue...

—Mira, ahí viene —dijo Olive apresuradamente, bajando la voz—. La verdad es que parece andar errabundo por los bosques...

Mr. Herne, era cierto, aún vestía como el Desterrado. Aparentemente se había olvidado de cambiar sus ropas de la escena por las de la vida, no obstante haber entrado en sus habitaciones. Su mano aún blandía la espada de cazador en la que se había apoyado para recitar los versos de su papel.

—¡Oiga, Mr. Herne! —lo interpeló Braintree—. ¿No piensa cambiarse de ropa para el almuerzo?

El bibliotecario se miró las piernas y dijo con voz monocorde:

—¿Qué ropa?

—Su ropa de diario, quiero decir —respondió Braintree.

—¡Oh, qué importa eso! —dijo la joven dama—. Cámbiese usted después del almuerzo.

—Sí —dijo el bibliotecario como un autómata, como con una voz de madera, y se alejó lentamente sobre sus piernas verdes mientras blandía en alto la espada.

El almuerzo no fue precisamente de gala, pues aunque todos se habían quitado las ropas teatrales nadie vistió de etiqueta. Algunos, sobre todo las damas, se hallaban en una especie de estado transitorio, como a la espera de los esplendores de la tarde, pues aquella tarde, por cierto, se celebraría en la abadía de Seawood una gran recepción política, social y cultural, que por supuesto eclipsaría los fastos de aquella en la que dos amigos quisieron que Mr. Braintree iniciara una educación más conveniente de su persona. Inútil es señalar, empero, que asistirían en gran medida las mismas y muy socialmente representativas figuras de aquella vez, además de unas cuantas otras.

Y allí estuvo sir Howard Price, si no con la blanca flor de una vida intachable, sí al menos con su blanco chaleco de mercader Victoriano. Poco tiempo atrás había pasado del jabón a los tintes, en los que era todo un pilar de las finanzas, por no hablar de su asociación con lord Seawood en ciertas explotaciones comerciales. Y allí estuvo igualmente Mr. Almeric Wister, con su exquisitez demostrada en la sabia combinación de trajes a la vez artísticos y muy a la moda, con su largo bigote en el que reposaba una muy estudiada sonrisa melancólica. Y allí estuvo Mr. Hanbury, viajero y caballero feudal, sin nada que llamase especialmente la atención en él, quizás porque sólo sabía estar en los sitios. Y allí estuvo de nuevo lord Edén, con su monóculo y su cabello que parecía una peluca amarilla. Y allí estuvo Mr. Julián Archer, tan bien vestido como es raro observarlo en un hombre aún vivo, como un maniquí de sastrería. No faltó Mr. Herne, que aún no se había quitado sus leotardos verdes, sin duda muy apropiados para un rey en el destierro pero poco convenientes para una recepción de tan alto copete.

Mr. Braintree, por supuesto, no era un hombre que se sintiera precisamente esclavo de lo convencional, pero así y todo no le cupo otra que contemplar lleno de asombro al de los leotardos verdes.

—Tengo la impresión de que anda usted un poco distraído —dijo a Herne—. Supuse que había ido a cambiarse de ropa.

Mr. Herne parecía un auténtico misántropo en el colmo de su misantropía.

—¿Cambiarme? ¿De qué? —preguntó con extrañeza.

—Me refería a vestirse de usted mismo —respondió el sindicalista—. Hablaba yo de que acaso fuera conveniente que repitiese usted su celebrada imitación de Mr. Michael Herne.

El aludido Mr. Michael Herne alzó la cabeza, pues

hasta entonces la tenía como colgando de los hombros, y se quedó mirando a quien le había hablado con una concentración tal que sugería la ceguera de sus ojos. Después, sin decir palabra, se dirigió a paso lento hasta sus habitaciones, seguro, pensó el otro, que con la intención de vestirse al fin más dignamente. Mr. John Braintree hizo entonces lo que solía en aquel tipo de reuniones de sociedad cuando no congeniaba con quienes allí estaban. Eso quiere decir que se fue en busca de Miss Olive Ashley.

La conversación que mantuvieron fue larga, pero referida fundamentalmente a los aspectos personales que más les interesaban. Hay que hacer notar, sin embargo, que cuando ya se habían despedido todos los invitados, Olive, tras retirarse para cambiar de vestido, reapareció luciendo un hermoso traje violeta y plata muy singular para dirigirse al lugar en donde habían convenido, que no era otro que el grotesco monumento junto al que libraron aquella primera disputa. Pero se llevaron una sorpresa.

Mr. Herne se encontraba de pie junto al pedazo de escultura grisácea. Parecía él mismo una estatua verde. Podría habérsele tomado por una estatua de bronce que hubiera verdeado con el paso del tiempo, por el moho.

Olive Ashley, al verlo, soltó espontáneamente con una mueca burlona:

—¿Es que no va usted a cambiarse de ropa jamás?

El bibliotecario se volvió lentamente para mirarla con sus claros ojos azules que parecían no ver. Después dio la impresión de que hacía un gran esfuerzo para rescatar su voz del otro mundo y dijo con mucha calma:

—¿Que si voy a cambiarme? ¿Que si nunca me voy a cambiar?

Creyó Olive ver en sus ojos, repentinamente, algo que la hizo temblar y estrecharse junto al hombre que la acompañaba, como buscando protección. Mr. Braintree, por su parte, dijo al bibliotecario con tono autoritario que no expresaba más que una actitud defensiva:

—Puede que ya sea hora de que se ponga usted su traje de todos los días, ¿no le parece?

—¿Y qué es eso del traje de todos los días? —preguntó Mr. Herne.

—¡Bueno! —exclamó Braintree dejando escapar una carcajada breve—. Me refería a un traje como el que llevo yo, por ejemplo... Aunque admito que no soy precisamente un árbitro de la elegancia —sonrió con cierta acritud y añadió acto seguido—: Descuide, que nadie le insistirá aquí para que se ponga una corbata roja como la mía.

Herne miró entonces a Braintree con suma atención, como si lo viera, aunque para decir en tono de pasmarote pero con voz suave:

—¿Acaso se cree usted un revolucionario porque lleva una corbata roja?

—Supongo que me adornan otras virtudes, en ese sentido, pero sí, mi corbata es una especie de símbolo —respondió el sindicalista—. Algunas personas, a las que por otra parte admiro mucho, dicen sin embargo que parece un chal mojado, más que una corbata.

—Claro —dijo el bibliotecario—, lleva usted corbata por una razón... Supongo que todo el mundo tiene alguna razón para llevar corbata. La llevan todos los que pertenecen a la sagrada raza de los hombres...

Braintree, que siempre se mostraba sincero, no supo qué responder. El bibliotecario, contemplándolo con mucha seriedad, como si fuera un ejemplar exótico de alguna especie, siguió diciendo:

—¿Qué hace usted todos los días? Se levanta, se asea...

—Sí, hasta ese punto respeto los convencionalismos —dijo Braintree.

—Luego se pone una camisa —siguió diciendo Herne—, después saca usted una tira de no sé qué tela y se la pone al cuello haciendo una serie de complicadas maniobras... Más tarde, no contento con todo eso, saca usted de algún sitio otra tira aún más larga, de otra tela, de ese color tan curioso que tanto le gusta. Y enlaza usted esa tira a la otra tira con más complicadas maniobras, hasta hacerse un nudo extraño. Lo hace usted todas las mañanas, durante todos los días de su vida. No se le ocurre hacer otra cosa, en el momento en que habitualmente hace todo eso. Ni siquiera se siente usted llamado a llorar o a quejarse en voz alta por ello. Ni clama a Dios ni se rasga las vestiduras, como hacían los profetas antiguos. Hace usted lo que hace porque lo hacen casi todos sus semejantes. Está ocupado en lo mismo que ellos a la misma hora de todos los días. Nunca le parece que lo que hace sea trabajoso, nunca se queja, siempre es lo mismo. ¡Y se dice usted revolucionario, y se jacta de que su corbata sea roja!

—Tiene usted algo de razón en lo que dice —atajó Braintree—. Pero ¿es la razón de que no se decida usted a quitarse la fantástica vestimenta que lleva?

—¿Y por qué le parece fantástico mi atavío? —preguntó Herne con gran extrañeza—. Visto de forma mucho más sencilla que usted. Mi traje se mete por la cabeza y ya está... Y mire usted, está provisto, a pesar de su sencillez, de elementos muy reseñables, que uno no descubre, sin embargo, hasta que no se viste así un par de días enteros, como poco. Por ejemplo —y alzó los ojos al cielo frunciendo el ceño—, es posible que llueva en algún momento, o que se produzca cualquier fenómeno atmosférico notable; puede hacer frío o soplar un fuerte viento... ¿Qué harán ustedes en ese caso con lo que llevan puesto? Usted saldrá corriendo hacia la casa y regresará con un montón de cosas para proteger a la dama; es posible que entre esas cosas traiga un paraguas horrible, muy grande; un paraguas que le obligará a caminar como un emperador chino bajo un canapé; es posible también que venga con más trapos y hasta con alguna gabardina. Y lo que un hombre necesita a cada poco en un clima como este es ponerse algo en la cabeza; no tiene más que hacer eso y dejarse de tonterías. — Y se cubrió con la capucha de su capa—. Le hago saber que llevar una prenda con capucha supone gran satisfacción... Es algo simbólico... Pero no me sorprende que corrompieran el gran nombre de un héroe medieval no menos grande que también llevó capucha, llamándole Robin Hood.

Miss Olive Ashley contemplaba las ondulaciones del valle a lo lejos, que desaparecían tras una leve y hermosa neblina del atardecer incipiente, como si el sonido de las palabras del bibliotecario la arrullase para incitarla a un sueño plácido.

—¿Qué quiere usted decir? —preguntó entonces, como si volviera en sí—. ¿Qué simbolismo puede haber en una capucha?

—¿Nunca se ha deleitado contemplando un paisaje a través del arco de una ventana? —preguntó Herne a la joven dama—. ¿Nunca ha visto usted un paisaje que le sugiriese una belleza digna del paraíso perdido? Claro, eso es porque el cuadro tiene marco... El marco la distrae a usted del todo para hacerle ver únicamente algo... ¿Cuándo comprenderá la gente que el mundo es una ventana y no un infinito? ¡Una ventana en un mundo de infinita nada! Cuando me cubro con esta capucha llevo mi mundo conmigo mismo y me digo: este es el mundo que Francisco de Asís vio y amó, porque era limitado. La capucha tiene la forma de una ventana gótica.

—¿Recuerdas lo que decía el pobre Mono? No, claro, fue antes de que vinieses —dijo Olive a Braintree.

—¿Antes de que viniera yo? —preguntó a su vez Braintree, dubitativo.

—Antes de que vinieras aquí por primera vez —dijo ella sonrojándose, contemplando de nuevo el paisaje—. Dijo que en otro tiempo se le habría obligado a mirar a través de la ventana reservada a los leprosos.

—Claro, una ventana típicamente medieval —dijo Braintree con mucha amargura.

La cara del bibliotecario disfrazado de hombre medieval se convulsionó entonces. Gritó como en un reto:

—¿Puede mostrarme usted a un rey moderno, que reine por la gracia de Dios, y que vaya a mezclarse con los leprosos de un asilo como lo hizo San Luis?

—No soy de los que pagan tributos a los reyes —dijo Braintree.

—Bien, pues muéstreme a un jefe democrático —insistió el bibliotecario—. Si viese usted a un leproso ahora mismo, pisando este césped, ¿correría a abrazarlo?

—Haría lo mismo que todos nosotros, quizás sólo un poco más —intervino Olive.

—Tiene usted razón —dijo Herne—. Es posible que ninguno de nosotros corriera para abrazarse a él... ¿Y no será que el mundo precisa de los déspotas y de los demagogos para ser mundo?

Braintree levantó la cabeza lentamente y miró al otro con dura fijeza.

—Esos déspotas... —pero no siguió, se limitó a fruncir aún más el ceño.

XII

EL ESTADISTA Y UNO QUE CENA

En ese instante de la conversación el jardín se llenó de pronto con la presencia insoslayable de Julián Archer, que vestía un espléndido traje de etiqueta. Se acercó a los otros con gran prestancia, más al descubrir a Michael Herne se quedó como petrificado.

—Oiga usted —le dijo—, ¿es que no piensa cambiarse de ropa?

Quizás fue eso, que le preguntaran lo mismo por sexta vez, lo que volvió definitivamente loco al bibliotecario de lord Seawood. No obstante, se limitó a dar media vuelta y a mirar como atónito a Archer, para después decirle alzando mucho la voz, casi a gritos:

—¡No! ¡No pienso cambiarme de ropa jamás! —y siguió diciendo mientras sostenía la mirada del que iba de etiqueta—: Todos ustedes aman los cambios y viven cambiando de continuo. Pero yo no me cambiaré nunca. A ustedes nada les interesa en esta vida, salvo los cambios; pero es esa locura del cambio lo que los lleva al fracaso. Es cierto que vivieron tiempos felices, cuando los hombres eran simples, sanos, normales, apegados a su tierra... Pero ustedes dilapidaron ese capital humano, y ustedes se lo perdieron. Y aunque fueran capaces de recobrarlo serían incapaces de conservarlo, les falta la cordura necesaria. ¡Yo no me cambiaré nunca!

—No entiendo una palabra de lo que dice —señaló Archer como si el que le hubiese hablado fuera un animal, o por lo menos un niño.

—Creo que yo sí lo entiendo —terció Braintree con tristeza, o con acritud, o con ambas cosas a la vez—. Pero es una falacia... ¿Cree usted sinceramente, Mr. Herne, en ese misticismo que predica? ¿Qué quiere decir con eso de la vieja sociedad que en tiempos fue sana?

—Quiero decir que la vieja sociedad fue veraz y sincera, y quiero decir también que usted anda enredado en una maraña de mentiras, o por lo menos de falsedades —respondió Herne—. Eso no supone que la vieja sociedad llamara siempre a las cosas por su nombre real, entendámonos... Aunque entonces se hablaba al menos de déspotas y vasallos, como ahora se habla de coerciones y desigualdad. Vea usted que, así y todo, se falsea ahora más que entonces el nombre cristiano de las cosas. Todo lo defienden aludiendo a los nuevos tiempos, a las cosas diferentes. Tienen un rey, pero dicen que ese rey no puede serlo como es debido. Tienen una Cámara de los Lores y dicen que viene a ser lo mismo que la Cámara de los Comunes. Cuando quieren adular a un obrero o a un campesino lo llaman caballero, que es como tratarlo de vizconde. Y cuando quieren adular a un caballero dicen que no hace uso de su título nobiliario. Dejan a un millonario sus millones y luego lo ensalzan diciendo que es un hombre la mar de sencillo... Creen, en fin, que hay algo bueno en el oro, y no es precisamente su brillo. Excusan a los clérigos diciendo que ya no existe la clerecía, y nos aseguran enfáticamente que está bien que los clérigos jueguen al cricket como cualquiera... Tienen maestros que desprecian la doctrina de enseñar, y doctores de las cosas divinas que en realidad se mofan de todo lo divino... Todo es falso, cobarde, vergonzoso... En este tiempo cada cosa prolonga su existencia mediante la negación de que existe.

—Puede que eso sea cierto en algún caso —concedió

Braintree—, pero le aseguro que yo no pretendo prolongar la existencia de las cosas falsas... Y si fuera necesario hacer de profeta, ¡le juro que llegará el día en que pueda ver usted la muerte de algunas de esas falsedades!

—Puede que sí —dijo Herne mirándole ahora con sus ojos claros muy abiertos—, no dudo que pueda usted ver morir unas cosas, pero no será más que para contemplar cómo reviven después... Por ejemplo, ya no estoy tan seguro de que el rey pueda volver a ser un rey de verdad.

El sindicalista se percató de un brillo en los ojos del bibliotecario, que le hizo cambiar su discurso.

—¿Cree usted que vivimos una edad que auspicie un rey como Ricardo? —preguntó.

—Yo creo que esta edad —dijo Herne— es propicia para que alguien represente el papel de... Corazón de León.

—¡Vaya! —exclamó Olive como si hubiera descubierto algo—. Acaba de señalar usted que lo que más necesitamos es la mayor virtud, si no la única, del rey Ricardo.

—Lo único virtuoso que hizo el rey Ricardo fue largarse del país —dijo Braintree.

—Es posible —contestó ella—. Aunque tampoco puede que fuese descabellado que volviera con su virtud...

—Pues si regresara se encontraría el país bastante cambiado, sospecho —dijo el sindicalista con mucha dureza—. Como tarde un poco en volver ya no verá ni siervos ni esclavos y los trabajadores se atreverán a mirarle directamente a los ojos. Puede que note entonces que hay quien ha decidido romper sus cadenas, que una idea se ha abierto, difundido y levantado. Algo terrible y gigantesco, capaz de infundir pánico incluso al corazón de un león.

—¿Algo? —preguntó Olive.

—Sí, el corazón de un hombre —respondió él.

Olive miró a uno y otro lado, como ofuscada; a un lado estaba todo lo que había soñado, las cosas de su propio siglo. Al otro lado había, empero, algo más profundo y emocionante, algo con lo que nunca había soñado. Y sus enconadas emociones estallaron en un grito bastante curioso:

—¡Me gustaría que el Mono estuviese ya de vuelta!

Braintree la miró amoscado y preguntó:

—¿Para qué?

—Es que todos vosotros parecéis haber cambiado —dijo ella como si se excusara—; habláis como en el escenario... Mr. Herne y tú os mostráis fieros y magníficos, pero vuestra cháchara carece por completo de sentido común.

—Nunca supuse que fueras una experta en sentido común —dijo Braintree.

—Es cierto, nunca lo he tenido —aceptó ella—. Rosamund siempre dice eso... Pero estoy segura de que no sólo yo, sino cualquier mujer, tiene más sentido común que tú y Mr. Herne juntos.

—Pues ahí viene la dama en cuestión —señaló Braintree—. Espero que satisfaga tus expectativas.

—Seguro que sí, ya verás como dice lo mismo —replicó Olive con resignación—. La locura es como una infección; se extiende y propaga... En medio de todo me hace gracia que ni tú ni Mr. Herne hayáis salido aún de mis modestos versitos para el escenario.

Cuando Rosamund Severne llegó arrebatada como un vendaval, casi volando sobre el césped del jardín, el viento agradable que soplaba comenzó a ser de tormenta. Una tormenta que duró casi dos horas, pero sólo nos interesa dar cuenta de un efecto: Rosamund hizo lo que no había repetido desde que Murrel presentó a Braintree en sociedad. Rosamund corrió hasta el despacho de su padre y se enfrentó a él.

Lord Seawood, al verla entrar, alzó la vista por encima de un sinfín de cartas y papeles.

—¿Qué ocurre? —preguntó.

Su tono podría definirse como apologético y aun nervioso. Pero la verdad es que parecía divertido ante una turbación que le resultaba ajena por completo.

Rosamund, sin embargo, no se achantó ni se dejó dominar por los nervios, ni se le pasó por la cabeza ser obsequiosa con su padre. La verdad es que no reparó ni en la necesidad de explicarse; simplemente, dijo:

—Está ocurriendo algo muy grave, el bibliotecario no quiere cambiarse de ropa.

—Bueno, espero que no lo haga —se limitó a decir lord Seawood, y en efecto se quedó como a la espera, con mucha calma.

—Es que —corrigió Rosamund de inmediato— ya está bien de su estúpida broma... Todavía va vestido de verde, ¿no lo comprendes?

—Ya, claro, eso choca bastante con la librea de nuestra servidumbre, que es azul —dijo lord Seawood—. Bueno, pero ese hombre no suele lucir la librea de nuestra casa, ¿no? En cualquier caso, te comprendo, hija... Pero estas cosas ya no importan en nuestros días; al fin y al cabo, la heráldica puede que sólo sea un divertimento para maniáticos como yo. ¡Bah! ¿Para qué vamos a insistir en unos o en otros colores? Además, ¿quién se toma en serio a un bibliotecario? Las bibliotecas no son lugares muy frecuentados, querida... Ese bibliotecario... Sí, es un muchacho muy tranquilo, ya lo recuerdo... ¿Y desde cuándo se le presta atención?

—Así que, según tú, no es digno de que se le preste atención —dijo Rosamund conteniendo a duras penas la rabia que sentía.

—¡Pues claro que no! —exclamó lord Seawood—. ¿Tú has visto alguna vez que yo le prestara atención?

Lord Seawood había asistido a la representación de El trovador Blondel desde lejos, tras las cortinas, por así decirlo, viendo sin ser visto, como asistía también a cuanto acto social se celebrara en su residencia. Brillaba por su ausencia, puede decirse. Eso era debido a causas variadas, pero centrémonos en dos: tenía la desgracia de hallarse inválido, postrado en una silla de ruedas, y tenía la desgracia de ser un hombre de Estado. Era, pues, uno de esos hombres que poco a poco van retirándose a un mundo estrecho pero para actuar desde allí en una esfera cada vez más amplia. Vivía en un mundo pequeño y cerrado, sí, cultivando grandes asuntos sin importancia, como la heráldica, gracias a lo cual, sin embargo, lo sabía todo acerca de su familia y de las familias de unos cuantos más. Sólo hablaba, y puede decirse esto en un sentido más amplio y referido a cuestiones muy distintas a la heráldica, con expertos. Y como se confiaba a esos expertos, se confiaba, en definitiva, a la excepción. Gentes excepcionales le daban informaciones de valor excepcional. Pero apenas se enteraba de lo que ocurría en su propia casa. Y de vez en cuando se enteraba, no sin disgusto, de que algunas cosas referidas a los asuntos domésticos de su residencia no eran como lo habían sido siempre.

Eso fue lo que le ocurrió con la obrita El trovador Blondel y su secuela. Pero si llega a contemplar al bibliotecario subido en lo alto de la escalera ni se le hubiera pasado por la cabeza preguntarle para qué estaba allí subido. Probablemente, hubiera llamado a un especialista en escaleras de biblioteca, claro que después de asegurarse de que se trataba del mejor especialista en escaleras de biblioteca. Así lo hacía todo, apelando al sentido griego del término aristocracia, esto es, insistiendo en tener en todo momento lo mejor de entre todas las cosas posibles. Hay que hacerle justicia, no obstante, pues aunque estaba inválido y muy achacoso como para beber y fumar, cabe decir que nunca bebía un vino o fumaba un cigarro que no fuesen los mejores. Era pequeño, frágil, huesudo, con la nariz en gran caballete, anguloso. Y poseía una muy aguda mirada fija y paralizante, que se tornaba especialmente acerada con quienes habían tenido la osadía de suponer que estaban ante un hombre débil y medio tonto. Su personalidad, hecha de rarezas y atenciones, cabe analizarla, por todo ello, con bastante sutileza, no a gruesas pinceladas.

Podía ser el único que no se enterase de cosas que sucedían en su casa, pero siempre llega ese momento en que hasta el ermitaño más oculto en la cueva de una montaña sale a contemplar el paisaje y observa que a lo lejos la ciudad está llena de banderas y gallardetes, lo cual no puede por menos que llamar su atención. Y llega el momento, igualmente, en que hasta el más soñador y envenenado intelectual sale a su ventana de la buhardilla y ve que en la ciudad se han encendido todas las luces. Al fin notó lord Seawood que algo parecido a una pequeña revolución se había producido más allá de su despacho, sin que nadie se lo hubiera comunicado oficialmente. Si se hubiese producido una revolución en Guatemala lo habría sabido al instante y con todo lujo de detalles, cosas que le hubiera comunicado el embajador de Guatemala en Londres. Si se hubiese tratado de una revolución en el norte del Tíbet, lo hubiera sabido inmediatamente de labios del propio Bigge, el único que ha estado de verdad en el norte del Tíbet. Pero como sólo se trataba de unos cuantos saltos, de unos cuantos gritos y de varias conversaciones que se sucedían en su propio jardín y en sus salones, nada, casi una total cautela a la hora de recibir los informes pertinentes, por no hablar de un desinterés mayúsculo.

Quince días después de que se hiciera la última representación de la obrita, estaba en el cenador construido al final de la avenida del jardín opuesta a la biblioteca, ocupado en una interesante consulta que le hacía el primer ministro mientras ambos cenaban. No veía a nadie más que al primer ministro, ni se percataba de otra cosa que no fuera su presencia, y no por vanidad, porque se sintiera, como en verdad se sentía, más importante que el primer ministro merced a su rancio abolengo heráldico, pues en realidad sólo daba importancia al hecho de estar con personas importantes, aunque lo fueran menos que él mismo... Escuchaba entonces las nuevas que del mundo exterior le traía el primer ministro. Ya hemos visto que nada le interesaba más que el mundo exterior. Por eso vivía, si no en el fin del mundo, sí al final de la línea telefónica. En cualquier caso, valía la pena oír de sus propios labios ciertos puntos de vista del primer ministro, lord Edén, que con su cabello que parecía una peluca amarilla se mostraba elocuente. Sobre todo, al hablar de un informe elaborado por el Cuartel General.

—La mayor dificultad estriba —decía el primer ministro— en el hecho de que ha aparecido alguien que cree en algo. No estamos, pues, ante una situación de igualdad. Lo sabemos todo de los miembros del Partido Laborista, pero no cabía el insulto con ellos, sino la reducción paulatina. Por eso se les dijo que eran parlamentarios admirables y enemigos dignos de nuestro acero, y luego se les daba algún cargo y en paz... Ahí cesaba todo. Pero todo esto de la gente que trabaja con el carbón y el alquitrán... Bien, es otra cosa. Aunque las uniones no se diferencian mucho las unas de las otras. En los comicios de las Trade Unions la gente en realidad no sabe qué vota.

—Claro que no lo sabe —dijo lord Seawood—. Son todos una manada de ignorantes.

—Bueno, como nosotros —terció lord Edén—, como los miembros de la Cámara de los Comunes o como los de la Cámara de los Lores... ¿Ha visto que algún miembro de un partido sepa lo que vota? Ellos se llaman socialistas, o lo que sea, y nosotros nos llamamos imperialistas, o cualquier cosa. Hay que admitir, no obstante, que por ambos bandos las cosas parecen tranquilas ahora mismo, aunque haya aparecido ese tal Braintree diciendo todas las tonterías de siempre, propias de su ralea, por mucho que parezcan novedosas... Eso, en principio, puede hacer creer a muchos que no hemos renovado las tonterías propias de nuestra ralea, para oponerlas a las suyas... Antes nos remitíamos siempre a la tontería del Imperio, pero quizás ande ya un poco defectuosa... Los malditos súbditos de las colonias han empezado a llegar, la gente los ha visto, y en fin, ahí están, ya no valen las tonterías que sobre ellos decíamos antes... No hablan precisamente para decir que están dispuestos a dar su vida por nosotros, pues son muchos los que no quieren vivir con ellos. Sea como sea, la pintura y la poesía de las cosas parecen haber perdido vigor, como lo hemos perdido nosotros. Y justo en este preciso momento aparece un tipo pintoresco, del otro lado...

—¿Le parece pintoresco Mr. Braintree? —preguntó lord Seawood, como si no recordase que él mismo lo había recibido en su despacho no hacía mucho.

—Hay quien así lo cree —señaló el primer ministro— . No son los muchachos del carbón, claro, sino quienes se dedican al comercio de los derivados del carbón... La gente que ha hecho buenos negocios en esta región, vamos... Por eso quiero preguntarle algo sobre todo esto; creo que ambos mostramos gran interés tanto por el alquitrán como por el carbón... Creo cosa del diablo que esas pequeñas uniones de trabajadores se mezclen en los asuntos referidos a la explotación comercial de esa riqueza. Usted debe saber qué se cuece entre esa gente. Usted debe estar al tanto de eso, más que nadie... Más que nadie, excepto Braintree, claro. Pero comprenderá que no sería prudente que yo me dirigiera a él para preguntárselo.

—Admito que tengo intereses considerables en este distrito —dijo lord Seawood inclinando la cabeza en gesto de aceptación—, pues como le será de sobra conocido, a muchos de nosotros no nos ha quedado más remedio que dedicarnos a los negocios en los últimos tiempos. Eso habría parecido un auténtico horror a nuestros antepasados, pero créame que mucho más horroroso sería perder nuestras haciendas... Puedo decirle, confidencialmente, claro está, que mis intereses se relacionan más con los productos derivados que con la materia prima en sí... Por eso me resulta más lamentable que el tal Mr. Braintree haya elegido los productos derivados como el campo en el que dar batalla.

—Sí, esto puede convertirse en un auténtico campo de batalla —asintió el primer ministro con gesto grave y un deje de tristeza en la voz—. No los creo capaces de hacer una matanza, pero me temo que puedan preparar algo parecido... Sería aún peor... Si se levantaran abiertamente, podríamos abatirlos sin mayores problemas. ¿Pero qué demonios podemos hacer con unos rebeldes que no se rebelan? La verdad sea dicha, no creo que Maquiavelo hallara el remedio para enfrentarse a una situación semejante.

Lord Seawood entrelazó sus largos y finos dedos, carraspeó para aclararse la voz y dijo:

—Yo no me jacto de ser Maquiavelo, ni siquiera un modesto discípulo suyo —dijo con mucha modestia—, pero no creo equivocarme si supongo que, en cierto sentido, usted me está pidiendo consejo... La situación es tal, lo admito, que se requiere de un conocimiento especial para hacerle frente. Yo he prestado alguna atención a este problema que se nos plantea, por lo que he comparado nuestro presente con situaciones idénticas vividas en Australia y en Alaska... Para empezar, las condiciones de la producción de todos los derivados del carbón suponen la necesidad de hacer consideraciones que no siempre son bien entendidas, pues...

—¡Cielo santo! —gritó entonces lord Edén, inclinándose hacia delante como si hubiera recibido un golpe en la nuca.

Atónito, lord Seawood supo segundos más tarde a qué se debía aquella reacción de su visitante.

Vio lord Seawood una larga flecha clavada y aún tremolante en una viga, sobre la cabeza de lord Edén. Y lo que había visto el primer ministro no era sino el mismo proyectil llegando con un silbido desde el jardín para pasar a muy corta distancia de su cabeza como si fuera un insecto gigantesco. Ambos aristócratas se quedaron mirando la flecha en silencio. El político, hombre mucho más práctico, se acercó rápidamente a la flecha para observar que llevaba un papel en el que acaso hubiera escrito algún mensaje.

XIII

LA FLECHA Y LOS VICTORIANOS

La flecha silbante y clavada en una viga del cenador pareció llevar al rico propietario del lugar a un mundo transformado súbitamente en otro. Parecía ofuscado en exceso como para comprender aquella transformación súbita y cuál era la naturaleza de la misma. Claro que, intentar la mera descripción de todo eso puede llevar a una ofuscación parecida a la de lord Seawood.

Todo comenzó, en cierto modo, con la locura igualmente súbita de un hombre, aunque, paradójicamente, se debiera el caso igualmente a la cordura, nada súbita, de una mujer.

Mr. Herne, el bibliotecario, había rehusado una y otra vez cambiarse el traje que le habían puesto para la función.

—¡No puedo hacerlo! —gritaba desesperadamente—. Créame que no puedo, me sentiría un auténtico idiota si lo hiciese.

—Bien, tranquilícese —le recomendaba Rosamund sin dejar de mirarlo de arriba abajo.

—Me sentiría como si me hubieran vestido para el Carnaval —se excusaba el bibliotecario.

Rosamund demostró mayor paciencia de la que podría esperarse en ella.

—¿Quiere decir, Mr. Herne, que le parece más apropiado seguir vestido así? —preguntó hablando muy despacio, como si en realidad pensara en otra cosa.

—Por supuesto que sí —dijo él con un algo de encantadora inocencia—. Estas ropas son más... naturales... Hay cosas mucho más naturales, ahora lo sé, aunque jamás las haya disfrutado en toda mi vida. Es natural levantar la cabeza, pero nunca hasta ahora me había atrevido a hacerlo. Tenía la costumbre de andar siempre cabizbajo y con las manos en los bolsillos, lo que le obliga a uno a encorvarse. Pero ahora me pongo las manos en la cintura y me siento diez pulgadas más alto... Míreme, ¿a que parezco un tallo?

Herne, que ya se había acostumbrado a caminar con la espada de cazador del rey Ricardo Corazón de León, la clavó en el césped para mejor posar ante Rosamund.

—Desde el primer instante en que uno se viste así —siguió diciendo el bibliotecario— comprende por qué los hombres han usado desde antiguo varas, bastones, cayados, picas, espadas, báculos... Uno encuentra ahí un apoyo que le permite echar la cabeza atrás con la altivez necesaria, con una apostura indecible, como si tuviese una hermosa cresta... En los modernos bastones de nuestros días, uno, al apoyarse, se siente inválido, como si usara muletas... Y así es, en efecto; nuestro mundo moderno camina apoyado en muletas porque está roto.

Dejó de hablar entonces y se quedó contemplando a la joven y hermosa dama como embargado por un repentino ataque de timidez.

—Usted... Usted —dijo— no precisa de ningún apoyo para caminar... Si desaprueba lo que digo...

—No estoy segura —comenzó a decir Rosamund lentamente, aún perpleja y tratando de ser reflexiva, cosa poco habitual en ella—. No estoy muy segura de desaprobar lo que usted hace y dice.

Aunque siguió silencioso, Mr. Herne pareció experimentar gran alivio ante las palabras de la dama. Un alivio, empero, difícil de explicar. Era lo menos explicable de su porte. A pesar de llevar la cabeza muy erguida, a pesar de su apostura leonina, a pesar de la contundencia de su pose altiva, nada, ni un mínimo de impudicia ni de inelegancia hubo en él, ni siquiera en el sentido más ordinario, el que supone una actitud desafiante. Parecía, más bien, paralizado; adoptó, en última instancia, la misma actitud que habría adoptado tanto para meterse en sus leotardos verdes como para salir de ellos.

Cuando Rosamund corrió para acercarse al grupo en el que se hallaban discutiendo Braintree y Herne, todos los que la vieron, incluso los contendientes no obstante absortos en sus argumentos, pensaron que lo hacía para acabar con aquello que quizás considerase una disputa vana, sin fundamento. Cualquiera hubiera supuesto, así, que ordenaría al bibliotecario cambiarse y volver a su biblioteca, como si fuese un niño que acabara de caerse en un charco poniéndose perdido de barro. Pero esas fabulosas criaturas a las que llamamos seres humanos no hacen siempre, o acaso ni siquiera raramente, lo que se espera de ellas. Si un hombre de probada sensibilidad hubiese podido prever tan descabellada historieta, no le hubieran cabido dudas acerca de cuál de las dos jóvenes damas se mostraría más impaciente ante aquella aparente farsa que se vivía en el jardín. Ese hombre de probada sensibilidad habría asegurado que Olive Ashley, por su gusto de lo medieval, comprendía al loco medievalista, mientras su amiga, la de la roja cabellera, ni siquiera se detendría un segundo para preguntar qué era el medievalismo, en vista del hecho perfectamente obvio de que aquel tipo estaba chiflado. Mas el hombre de probada sensibilidad jamás habría creído que tal cosa pudiera suceder. Todo lo más, el hombre de probada sensibilidad se habría equivocado, como suele ocurrirles frecuentemente a los hombres de sensibilidad más que probada.

Miss Olive Ashley era una mujer soñadora, sin más; el corazón de Miss Rosamund Severne, por el contrario, oscilaba entre dos instancias: la simplificación y la acción inmediata. La mente de Rosamund era lenta, por eso propendía a la simplicidad; sus impulsos, no obstante, eran rápidos: por eso propendía a la acción, habitualmente irreflexiva.

Miss Rosamund Severne había nacido, por decirlo desde un punto de vista que podemos llamar corporal, para lucir una corona, y desde un punto de vista que llamaríamos biográfico, a la simple sombra de la corona que remataba un escudo heráldico. Había disfrutado de la ventura, eso sí, de moverse en un escenario natural que tenía por fondo el río Severne, las colinas con sus terrazas, las ruinas de una abadía histórica... Por eso el disfraz medieval que luciera para la función armonizaba maravillosamente con su figura y con sus movimientos. Así vestida, aunque también de manera más moderna, más convencional, aparecía ante los ojos del bibliotecario enloquecido como una auténtica princesa.

Pero todos esos accidentes relacionados con el origen de cuna y aun con la belleza personal resultan equívocos a la luz de la psicología. De haber sido Mr. Herne un hombre con más mundo, habría reconocido en ella un tipo de mujer habitual en ambientes harto distintos entre sí. El verde césped y la gran mansión de lord Seawood hubieran contado poco para elaborar sus visiones fantásticas; no hubiese contemplado más que mesas de despacho, máquinas de escribir, estanterías llenas de archivadores... Y en esa cara hermosa, fresca, de ojos luminosos y expresivos, ese tipo frecuente y muy distribuido por todo el mundo, de mujeres jóvenes que siempre están en donde es necesaria su presencia para sostener la flotante hiperhumanidad de hombres como el bibliotecario Mr. Herne.

Un tipo de mujer que, desde su puesto de secretaria

de la Compañía Submarina de las Colonias, por ejemplo, explica con gran firmeza siempre, a una larga procesión de hombres que preguntan, que aún hay sitio en el mar para muchos otros. Y que como administradora de la Sociedad de Pavimentos Elásticos, conoce todos los detalles de tan especial reforma urbana, pudiendo demostrar además cómo eso suprime la necesidad de llevar un calzado mejor, y cómo queda con ello abolida la vida en el campo. Hasta una tesis que tratara de demostrar que El Paraíso perdido lo escribió Carlos II debería su popularidad a la energía y eficiencia de mujeres así... Ni la utilización actual de las cuerdas de tender, para ventilar las chisteras, habría alcanzado su éxito universal y presente de no haber en cualquier oficina una persona tan sensata como este tipo de mujer. En cualquier cargo que ocupe, esta mujer demuestra esa poderosa simplicidad, aherrojada de sinceridad, necesaria para perseguir una idea. En cualquier cargo que ocupe, esta mujer resulta tan concienzuda como carente de escrúpulos.

Era característico en Rosamund, por lo demás, mostrarse siempre no sólo asombrada sino agobiada por la amplitud de criterio e incluso por la hospitalidad pródiga, intelectualmente hablando, de un hombre como Douglas Murrel, cosa que a ella le parecía vaga, vacía, carente de objetivos. No podía comprender Rosamund cómo Murrel podía ser a la vez amigo de Olive y de su medievalismo y de Braintree y su socialismo. Rosamund ansiaba encontrar a quien quisiera acción, sin más, y Murrel era uno de esos tipos que se niegan a hacer cualquier cosa. Por eso, cuando encontraba a quien estuviese dispuesto a hacer lo que fuese, la embargaba de tal modo la alegría que se olvidaba incluso de lo que ese alguien estaba dispuesto a hacer.

Así, de repente, acaso de manera accidental, su manera unidireccional de ver las cosas halló algo que seguir, un rayo de luz fácil de entender pues entroncaba directamente con las tradiciones familiares que conocía desde niña. Hasta entonces no se había interesado especialmente por la heráldica, al contrario que su padre, y cabe decir que tampoco se había preocupado ni ocupado excesivamente de este. Pero así como en el fondo de su corazón se alegraba de la existencia de su padre, así se alegraba de la existencia de la heráldica. Quienes poseen esta suerte de base histórica siempre la tienen en cuenta aunque sea en el fondo de su consciencia. En cualquier caso, la inferencia evidente era incorrecta, por lo que muy pronto la gente comenzó a decir que era Rosamund quien más auspiciaba la perceptible locura del bibliotecario.

No hace falta señalar que la hija de lord Seawood parecía andar por las más altas nubes de la gloria, unas nubes, por cierto, que se dibujaban con las trazas y maneras de los hombres jóvenes. Era justo que así fuese, pues tenía Rosamund tres veces derecho a gozar de esa popularidad. Era una rica heredera. Pero digamos también, en honor de esos hombres jóvenes, que muchos de los más caballerosos de entre ellos no la admiraban porque fuera una rica heredera sino por su hermosura. Era muy bella. Pero digamos en su honor que muchos de los más racionales de entre esos hombres jóvenes no la admiraban porque fuese bella sino por su simpatía, que la hacía ser, según ellos, una joya. Por eso, apenas dirigía sus pasos a cualquier parte, toda una corte de jóvenes la seguía, no importaba si los llevaba a un baile no precisamente de moda. Así nació, medio en broma que fue haciéndose rápidamente cosa seria y popular, una nueva moda paralela al medievalismo en boga: una especie de caza en la que todos seguían a la dama que a su vez seguía al bibliotecario.

Había en todo ello bastante candor, lo propio de las

almas cándidas que no se avergüenzan de su candidez, pues tenía esta mucho de sinceridad, de primaveral explosión de los goces juveniles. Era tanto un romance como una fiesta. Los jóvenes, en cierto modo, se convirtieron de golpe en poetas, aunque poetas muy menores, evidentemente... Con la ayuda intelectual de Mr. Herne, y con Miss Rosamund Severne como directora de escena, aquellos muchachos llenaron su vida de emblemas, estandartes, insignias y paradas que eran en realidad las procesiones más desafiantes con que pudiera toparse la modernidad, más aún que las ropas que Herne aún conservaba. Aquellos jóvenes, además, sentían una fascinación indecible por el tiro con arco, acaso porque inconscientemente eso les hacía recordar las flechas del dios del amor. Y quizás fuera esa inconsciente asociación de ideas entre el amor y el arrojo lo que les llevó a un juego cual lo fue el de tirar con sus arcos flechas, creyéndose heraldos tanto de la bienvenida como de la guerra.

El tiro con arco había estado muy de moda en la época victoriana, y fueron bastantes las damas y los caballeros de aquel tiempo que habían revoloteado por la antigua abadía de Seawood dándose a dicho entretenimiento deportivo. Muchos, a buen seguro, se dejaron caer entonces por allí como atónitos fantasmas con largos bigotes y pantalones bombachos. Muchos distinguidos personajes, igualmente, se habían dado a tan cara diversión, si bien en el marco de ciertas limitaciones invisibles y victorianas. Eso quiere decir que tiraban a la diana pero sin apuntar siquiera a la chistera de otro. Nada, pues, propio de aquellos héroes legendarios del arco y las flechas a los que pretendían emular los jóvenes que admiraban a Miss Rosamund Severne. Sir Robert Peel, tan prudente como Ulises, nunca se volvió para decir «ahora cambiaré de blanco», ni traspasó con una de sus flechas el chaleco blanco y con flores bordadas de Mr. Disraelí. Tampoco consta que lord Derby pusiera una manzana en la copa de la chistera de lord Stanley para luego informar agriamente al primer ministro (digamos que lord Aberdeen) de que tenía guardada otra flecha para mayores y mejores usos políticos. Lord Palmerston, por su parte, y aunque se le conocía con el sobrenombre de Cupido, no logró llamar la atención de las damas, por mucho que los sombreros más a la moda de estas se inspirasen directamente en los bonetes Victorianos que a él tanto le gustaba usar. Lord Shaftsbury, por lo demás, nunca debió aparecer por allí, mucho menos vestido de arquero, por lo que no es probable que la figura del arquero que se ve en la fuente de Shaftsbury sea una representación de dicho caballero... En resumidas cuentas, el estado de cosas creado en la abadía de Seawood a raíz de la locura del bibliotecario Mr. Herne tenía pocos antecedentes históricos reales.

La idea de enviar mensajes con flechas a ciertas personas que no se hallaran muy lejos había cautivado especialmente la fantasía de Mr. Herne. Así, junto a sus descarriados seguidores, que pronto le tomaron gran afición al juego, comenzó a enviar a numerosas dignidades las proclamas de lo que denominaba el bibliotecario un Nuevo Régimen... Dar cuenta con amplitud de todo cuanto se refería a dicho nuevo régimen obligaría a la transcripción de lo escrito por Herne y sus secuaces en una larga sucesión de tiras de papel, cosa que haría prolijo el intento. Digamos, empero, que todas esas tiras en las que iban escritos los mensajes enviados a flechazos llevaban una especie de título que encabezaba las comunicaciones, y no era otro que el de La Liga del León: un llamamiento a la imitación de las virtudes del rey Ricardo I y sus cruzados, bajo una serie de condiciones que, dicho sea de paso, no podían ser precisamente tranquilizadoras para las empresas de la región. El atónito ciudadano que recibía una de aquellas comunicaciones con su flecha correspondiente quedaba así informado de que arribaba a Inglaterra una crisis de la que sólo la valentía auténtica de unos seres desprendidos podía salvarla; una valentía auténtica que, según los arqueros, al menos debería mostrar la fuerza moral necesaria para disparar una flecha a veces al buen tuntún, aunque sólo fuera para decirle cuatro cosas a un amigo... Claro que, no sin cierta elocuencia juvenil un tanto desbordada, a veces esas comunicaciones tenían un carácter mucho más sincero y protestaban contra el pesimismo suicida de algún que otro gran reaccionario que había proclamado el carácter histórico, y por lo tanto anacrónico, de la época de la caballería andante.

No hay ni que decir que la mayor parte de la gente que recibió semejantes misivas, pasado el primer susto, disfrutó de un buen rato de risa; también los hubo que se molestaron, y otros que, si bien puede parecer extraño, sintieron gran alivio en su divertimento pues aquello los devolvía a los juegos de su niñez ya tan perdida como olvidada.

No se puede decir, sin embargo, que el llamamiento, al menos por la forma en que estaba redactado, se dirigiera en exclusiva a la región donde imperaba lord Seawood y a las gentes que la habitaban. Nobles y caballeros que salían de caza sentían que todo en ellos se remozaba súbitamente, incluso con alguna violencia, cuando uno de aquellos hombres, entusiásticamente ataviado de verde, les decía cuál era la definición más auténtica del tiro con arco, y cómo demostrarla mediante la práctica del disparo. Venerables cazadores y deportistas en general, que se tenían por magníficos hombres de campo, no se sentían adulados cuando el bibliotecario en persona procedía a explicarles con gran paciencia cuan recargada, cuan maldita, cuan desmañada era la actitud de quien en vez de arco llevaba una escopeta, en contraste con la masculina esbeltez y ligereza de uno de sus muchachos que acababa de lanzar una flecha, ponderándolo como si fuese el Apolo de Belvedere. En suma, en tanto las flechas surcaban los aires, menos sensación daba de que iban a tener los efectos de las flechas del dios del amor, tan dulces... Tal improbabilidad se demostró crudamente cuando el heraldo convertido en romántico arquero alcanzó la propia casa de lord Seawood.

Tampoco será necesario decir que las noticias de cuanto ocurría en sus dominios llegaron a lord Seawood como un dardo caído del cielo. Eso, evidentemente, es algo más que una metáfora. La flecha cayó del cielo azul del verano para clavarse en las negras sombras del cenador. La flecha, pues, se clavó en una viga, sobre la cabeza del primer ministro, y antes de que lord Seawood reaccionara lord Edén la tenía en sus manos. Poco después leían los dos aristócratas aquella comunicación que aludía a un nuevo régimen, si bien los grados de paciencia con que cada uno de ellos recibió las nuevas fueron muy distintos. Aquel documento hablaba de la necesidad perentoria de establecer un nuevo orden de nobleza voluntaria... Eso unió en el terror, ciertamente, a los dos nobles. El documento establecía las pruebas y el proceso mediante los cuales podría llegarse a una concepción más austera de la caballería y facilitar así su expansión por el mundo entero... Hay que decir, empero, y sea para hacer justicia a los autores del manifiesto, que en ningún momento se leía la palabra samurái. Sí se decía, en cualquier caso, que sólo un llamamiento a la antigua virtud de la lealtad podría conducir al género humano a la restauración de un orden social tan valioso como aquel por el que habían luchado las órdenes de caballería de la antigüedad. Se decían muchas otras cosas, naturalmente, en el documento en cuestión, pero desde el punto de vista de los dos nobles reunidos en el cenador, seguía causando una cierta inquietud, sobre todo, que aquello hubiera llegado con una flecha.

Lord Edén quedó un buen rato en silencio tras leer el manifiesto. Parecía estudiar aquello con una atención que, además de amarga, anunciaba consecuencias imprevisibles. Lord Seawood, sin embargo, tras soltar unos cuantos exabruptos, guiado por lo que podríamos llamar su ciego instinto se dirigió a la puerta, y luego a la del jardín, por la que había penetrado la flecha. Allí vio, a corta distancia, algo que lo dejó estupefacto, como si fuese la aparición de un grupo de ángeles con alas y halos dorados.

Era un grupo de gente que vestía ropas de unos cinco siglos atrás. Varios tenían un arco en las manos. Pero lo que hizo que lord Seawood se sintiese más herido que si una flecha le hubiera dado de lleno fue ver al frente de aquella pandilla a su hija, que parecía capitanearla. Y encima, que llevara una suerte de ultrajante peinado que semejaba una cornamenta. Y que sonriera alegremente, a pesar de que aquello le daba la apariencia de un búfalo enloquecido.

Nunca había creído lord Seawood que las cosas sobre las que suponía tener un dominio absoluto escaparan de sus previsiones. Por eso se sintió como si sus propias botas de tullido le golpearan en la cabeza, o como si su corbata hubiera cobrado vida y estuviera a punto de estrangularlo.

—¡Por todos los cielos! —clamó—. ¿Qué está pasando aquí?

Sus sentimientos eran en parte los de un gran propietario de una preciosa colección de porcelanas que acabara de sorprender a un grupo de colegiales tirando piedras que pasaban muy cerca de un precioso jarrón azul de la China. Pero los más exquisitos jarrones de la China, los de la dinastía Ming, podían haber caído hechos pedazos a su lado, uno tras otro, sin que eso lo alterase en semejante medida. Las aficiones y apetencias de los hombres son muchas y a menudo extrañas y hasta misteriosas. Lord Seawood se habría enfadado extraordinariamente, más que por cualquier otra cosa, por el hecho de que alguien le tocara una sola pieza de su magnífica colección de primeros ministros. El cenador del jardín era para él una especie de recinto sagrado, como un templo chino en el que se evocara a los antepasados. Allí moraban los espíritus de numerosos políticos, por así decirlo, entre los que se contaban varios primeros ministros que a lo largo de los años habían acudido a pedirle consejo. Muchas de las más apacibles conferencias que acabaron afectando a los destinos del Imperio se habían celebrado en aquella especie de cabaña de juguete. Era característico de lord Seawood gozar sobremanera al reunirse con los más destacados hombres públicos, en privado y aun en secreto. Era un hombre de gran finura, demasiada como para gustarle que los periódicos dominicales dieran cuenta de que el primer ministro le había cursado visita. Y mucho menos le hubiera gustado, en consecuencia, que los periódicos anunciaran que el primer ministro había perdido un ojo a causa de un flechazo recibido en sus dominios, o que había estado a punto de perderlo... De sólo pensarlo sentía un escalofrío que lo dejaba como muerto.

La mirada que lord Seawood dirigió a aquella especie de grupo de colegiales capitaneado por su hija fue tan rápida y acerada como intensa por su indignación. Vagamente, descubrió un rostro que se destacaba del juvenil conjunto por su gravedad casi horrorosa. Era la expresión fanática del bibliotecario; los demás, a su lado, no pasaban de expresar algo así como el divertimento bufonesco de una mascarada. Unos pocos sonreían, los otros reían abiertamente, todo lo cual no hacía sino que aumentara el natural disgusto del aristócrata. Quiso suponer que todo se debía, sin más, a una estúpida fiesta organizada por su hija para sus amigos. Pero eso no le evitó el pensamiento de que Rosamund andaba con tipos que sin duda componían una pandilla de pervertidos.

—Quiero que sepan ustedes que han estado a punto de asesinar al primer ministro —dijo lord Seawood con voz fuerte y clara, de indignación—. Me permito sugerirles que jueguen a otra cosa...

Luego regresó al cenador, sin decir más, tranquilizándose al pensar que sus palabras habrían hecho mella en aquella turba. Pero una vez se halló bajo el techo de su templo para las confidencias políticas, y vio en las sombras el pálido y anguloso perfil del primer ministro, que seguía leyendo aquel papel con fría concentración, experimentó de nuevo la mayor indignación. Comprendió que el rostro helado del primer ministro no hacía sino expresar el desprecio que el gran estadista mostraba ante la broma sufrida. El silencio del político se abría como un abismo de hielo. Un abismo en el que podía caer una disculpa tras otra sin llegar nunca a sondear sus profundidades o a despertar el eco, siquiera, de una respuesta.

—No sé qué decir —habló al fin lord Seawood con bastante desasosiego—. Sólo puedo asegurarle que los echaré a todos de esta casa... Incluso a mi hija... Cualquier otra cosa que esté en mi mano...

Ni aun tras esas palabras del noble levantó el primer ministro los ojos del papel. De cuando en cuando arqueaba algo las cejas, pero de sus labios muy prietos no salía una palabra.

Su anfitrión sintió súbitamente una especie de pánico, cuya causa ni él mismo podía explicarse. Llegó a pensar que había hecho objeto al político de un grave insulto, imposible de limpiar siquiera con sangre. Acaso por ello, porque el silencio del estadista lo hería más que una afrenta, dijo al fin no ya con desasosiego sino con desesperación:

—¡Por el amor de Dios, deje usted de leer esta tontería! Ya sé que es una broma pesada, y créame que lo lamento... ¡Ha ocurrido en mi propia casa! Puede usted suponer que no me complace que se insulte en mi casa a un invitado, y mucho menos a usted... Diga qué quiere que haga, y lo haré al momento.

—Bien —dijo con calma el primer ministro dejando al fin el papel sobre una pequeña mesa que tenía al lado—. Creo que al fin lo tenemos...

—¿Qué tenemos? —preguntó el aristócrata dando muestras de gran perturbación.

—He aquí nuestra última oportunidad —dijo solemnemente el primer ministro.

Se hizo un silencio en el cenador, que parecía aún más oscuro que antes; fue un silencio tan repentino y total que podía oírse el vuelo de una mosca y el rumor lejano de la cháchara risueña de los amotinados en el jardín. Y aunque aquel silencio no pasó de ir más allá de lo puramente accidental, algo se rebeló en el alma de lord Seawood para protestar precisamente contra el silencio, como si ello estuviese definiendo el destino y fuese de todo punto de vista necesario impedírselo.

—¿Qué quiere decir? ¿De qué oportunidad habla? —preguntó con dureza, perdiendo un poco las formas.

—La última oportunidad, eso de lo que hablábamos

apenas diez minutos antes —dijo el primer ministro sonriendo amargamente—. ¿No recuerda lo que le dije apenas unos minutos antes de que llegara esa flecha como una paloma con la rama de olivo en el pico? ¿No recuerda que le dije que necesitábamos algo nuevo, que ilusione, porque nuestro viejo Imperio está poco menos que acabado? ¿No recuerda que le hablé de la necesidad de algo diferente, algo que oponer a ese Braintree y a la nueva democracia? Pues ahí lo tiene.

—¿Pero qué demonios insinúa? —preguntó lord Seawood perdiendo casi por completo las formas.

—Sólo digo que ya hemos encontrado lo que buscábamos —dijo el primer ministro descargando un golpe en la mesa, cosa que chocaba en alguien con su aspecto lúgubre, con sus maneras carentes de energía y de gracia—. Tenemos que apoyarles con la caballería, con la artillería y con la infantería, y aún más importante, con libras, chelines y peniques. Al fin hemos dado con lo que más necesitaba nuestra forma de vida. ¡Me siento tan feliz de ver al fin cómo romper las líneas enemigas y atacar por todos los flancos con nuestra caballería! ¡Es preciso empezar cuanto antes! ¿Dónde está esa gente?

—¿Está usted seguro de que se puede hacer algo con imbéciles como esos? —se sorprendió lord Seawood.

—Bueno, supongamos que en efecto son una pandilla de imbéciles —admitió lord Edén—. ¿Y qué? ¿Acaso soy yo un imbécil tan grande que pueda imaginar que se puede hacer algo sin contar con una mayoría de imbéciles?

Lord Seawood trató de mantener la calma, aunque no podía evitar que su rostro reflejase tanta perplejidad.

—Imagino —dijo— que está usted pensando en un cambio de orientación política, no precisamente popular... ¿Acaso una victoriosa política antipopular?

—¿No ha pensado usted —dijo el primer ministro— en el sentido de la palabra caballería?

—¿Se refiere al sentido etimológico del término? —preguntó el otro aristócrata.

—No, hablo del caballo, simplemente —contestó lord Edén—. Al pueblo le gusta ver a un hombre a caballo, y no se preocupa, al verlo, de si el caballo es o no es muy grande y poderoso. Demos al pueblo deportes de simulación, por así decirlo, caballos de carreras, panem et circenses, y eso será suficiente, se lo aseguro, mi querido amigo, para obtener el mayor grado de popularidad de una política, la que sea, incluso impopular. Si lográramos reunir a tanta gente en un afán, como la que concita el Derby, podríamos derrotar incluso a un nuevo Diluvio universal.

—Creo que empiezo a comprender, al menos vagamente, lo que quiere decir...

—Quiero decir —prosiguió el primer ministro— que a la democracia le preocupa más la desigualdad de los caballos que la igualdad de los hombres.

Y salió hacia el jardín con un paso tal que parecía haber rejuvenecido muchos años de golpe. Antes de que lord Seawood hubiese podido reaccionar, oyó a cierta distancia la voz del primer ministro, tronante como una trompeta, la voz de los grandes oradores de medio siglo atrás.

Así encontró el bibliotecario que había rehusado cambiarse de ropa la manera de cambiar el país, o de país, pues de tan grotesco incidente nació la famosa revolución, o reacción, que transformó la sociedad inglesa y cambió el curso de la historia. Como sucede en todas las revoluciones emprendidas por los conservadores, se preocuparon mucho estos en conservar aquellos poderes que ya no tenían el menor poder. Algunos conservadores, bastante seniles, aún hablaban del carácter constitucional que podía contemplarse en la absoluta subversión de la Constitución. Se suponía así retener, aunque en realidad se suponía así apoyar, la vieja fórmula monárquica, pero de hecho el nuevo poder se dividió en tres o cuatro monarcas subordinados que reinaban en tres o cuatro grandes regiones inglesas como representantes del soberano de Londres, que se hacían llamar, en consonancia con la aceptación del movimiento, o con el romance que dicho movimiento pretendía verificar, Reyes de Armas. Ostentaban una posición que tenía algo de santidad y algo también de la simbólica inmunidad de los heraldos, pero no el poder de un rey. Ostentaban el mando de las bandas de jóvenes pomposamente llamadas Ordenes de Caballería, una especie de milicia o guardia rural a caballo; tenían tribunales y administraban justicia de acuerdo con lo dictado por Mr. Herne tras investigar en los usos de la antigüedad, lo que es decir en las leyes del medievo; era todo, en fin, más que un cuadro vivo, pues contenía mucho de lo que había en aquella pasión que en un tiempo llenó de cuadros vivos la mitad de las ciudades y pueblos de Inglaterra: el hambre del populacho provocado por el puritanismo y la industrialización, lo que alentó la fantasía.

Y como todo aquello componía un cuadro vivo, fue más que una moda. Y como todas las modas, tuvo altibajos.

El punto más bajo llegó justo cuando Mr. Julián Archer, que había recibido el espaldarazo de una de las nuevas órdenes de caballería y el nombramiento de sir, llegó a la muy seria conclusión de que habría de ser él quien dictara los procedimientos a seguir a fin de que no se produjeran aquellos altibajos. Quienes hemos observado con atención los cambios habidos en la sociedad no pudimos permanecer ignorantes del indeterminado influjo, tan determinante, empero, que el afán de Mr. Archer supuso. Fue en el fondo como todo, desde la concesión del derecho de voto a las mujeres hasta la repulsión hacia los cabellos largos femeninos mostrados por las propias mujeres. Y no es ociosa la comparación, pues el movimiento sufragista recibió el apoyo determinante de las damas de la alta sociedad cuando ya habían sido fundamentales para su impulso las damas de la clase media. Una especie de tránsito, en fin, entre la moda y la nueva moda. Son numerosos los ejemplos, en lo que a las modas se refiere, en que los últimos en llegar y unirse a los nuevos usos acaban convirtiéndose en los más representativos hacedores de los mismos. Así fue como apareció, justo en el momento preciso, el nuevo sir, Mr. Julián Archer. Un tipo, o un caballero, si se prefiere, siempre con la armadura a punto, siempre dispuesto, al menos en apariencia, a los más peligrosos retos.

Sin embargo, sir Julián Archer era demasiado vanidoso como para no ser demasiado simple en unos aspectos y excesivamente simple en otros, por ejemplo en lo que a disimular su sinceridad tocaba. Los grandes cambios sociales son posibles entre considerables masas de gente por dos ironías que forman parte de la propia naturaleza humana. La primera es que la vida de casi todos los hombres ha debido someterse a tantos remiendos, a fin de allegarse nuevas posibilidades, que al final resulta difícil establecer dónde se inicia el cambio social. La segunda es que el hombre crea casi siempre un cuadro radicalmente falso, para explicarse el pasado, y alimenta así una suerte de memoria ficticia que al final impera y domina su existencia.

Julián Archer, como ya se ha dicho, había, escrito tiempo atrás una suerte de aventura juvenil sobre la batalla de Agincourt. Fue aquello una de las múltiples y muy modernas actividades de su historial, aunque no una de las más felices. Pero cuando comenzaron a oírse en derredor suyo las cháchara que anunciaban la llegada del nuevo régimen, Mr. Archer recordó aquel pasaje de su existencia y se sintió llamado a nuevas empresas.

—No quieren escucharme —dijo moviendo la cabeza en sentido negativo, con gran abatimiento—, ¿Es que no ha de tener alguna importancia haber sido uno de los primeros en recuperar aquel tiempo ido? Es verdad que Mr. Herne ha leído mucho, pero es a eso a lo que se ha dedicado profesionalmente toda su vida. Puede que incluso sea capaz de leer todo libro que se publica... Pero me parece que, a pesar de eso, tiene el sentido común necesario para hacerse cargo de las cosas tal como son.

—¡Ah! —exclamó Miss Olive Ashley alzando sus cejas oscuras con aire sorprendido—. Nunca se me ocurrió pensar eso...

Y quedó en silencio pensando en su propia pasión por el medievalismo, algo de lo que todos sus amigos se habían burlado hasta hacía no mucho, para imitarla después, aunque olvidándose de ella en tanto que pionera.

Era lo mismo con respecto a sir Almeric Wister, el galante pero ya viejo caballero, el gran esteta. Pues así como había recorrido uno tras otro los grandes salones recabando la gloria para los gigantes Victorianos, hablaba ahora de los gigantes medievales, ante los cuales, decía, no era posible conceder la menor importancia a los otros. Y como no hacía tanto que además glorificara a Cimabue, al Giotto y a Botticelli, no tuvo mayor dificultad en convencerse de que había sido algo así como un profeta, el único que anunció la llegada de Mr. Herne como todo un Mesías del medievo.

Capaz era, por ello, de imaginarse diciendo: «Mi querido señor, mi época fue la de un vandalismo y una vulgaridad irreductibles. No sé, realmente, cómo pude soportarla, cómo fui capaz de vivir en ella. Pero ya ve que salí adelante, incólume; ya ve usted, pues, que mi vida y obra no han sido por completo estériles... Los modelos de sus trajes habrían perecido en mi época, no habría sobrevivido ni uno solo de esos cuadros de los que tanto se habla ahora, de no haber alzado yo mi voz para protestar contra aquel estado de cosas... Creo que mi actitud de ese tiempo demuestra el gran valor que puede tener una palabra dicha en el momento preciso».

Una afectación semejante experimentó incluso lord Seawood. Prácticamente sin darse cuenta de lo que hacía, situó el centro de gravedad de su existencia en el justo medio de sus dos entretenimientos favoritos. Y habló menos de su pasión por las cosas del Parlamento.

E insistió menos en la talla política de Mr. Palmerston y más en la grandeza del Príncipe Negro, del que dio en decir entonces que venía la familia del señorío de Seawood. Y también creció en él, como a la sombra de sí mismo, algo parecido a una suerte de conciencia acerca de lo mucho que le debía la fundación de la Liga del León y la resurrección intelectual de Ricardo Corazón de León. Por eso había fundado, bajo el patronazgo de su señorío, la Institución del Escudo de Honor, que era una de las últimas y más rutilantes adiciones al nuevo régimen, y a la que naturalmente se había dado luz pública en los hermosos jardines de su residencia, en la antigua abadía de Seawood.

Mr. Herne era el único que seguía inalterable en medio de aquel torrencial cambio de ideas y actitudes. Como muchos idealistas, podía sentirse feliz en la más absoluta oscuridad. No alcanzaba a comprender el objeto de la fama. Pero había obligado a los demás a seguir vistiendo los trajes de la pantomima, y a representarla con fe incluso hasta el último de sus suspiros, de haber sido necesario.

Colgándose el arco de Robin Hood y empuñando la lanza se había puesto al frente de todos ellos. Sin más. Sin reparar en el mundo que se abría ante sus ojos, aunque pudiera recorrerlo a grandes zancadas.

Todo lo más, el tránsito a la jefatura del movimiento, a la jefatura de la vieja Inglaterra, en fin, desde su soledad, le pareció emocionante, no un gran cambio en su vida. Pero en las reuniones que celebraban había alguien que sí observaba los cambios y los efectos que estos producían en los demás, como quien observa los cambios que conllevan la puesta y la salida del sol.

XIV

EL REGRESO DEL CABALLERO ANDANTE

Después de las grandes elecciones generales que se celebraron para tratar de poner freno a la amenaza que suponía Mr. Braintree con su nuevo sindicalismo, un sindicalismo que había insuflado bríos renovados a la oposición, se decía que Mr. Herne había acudido a un colegio electoral para dar su voto. También, que se quedó allí más de tres cuartos de hora, para votar, sin que nadie supiera muy bien por qué. Unos decían que estuvo ocupado en algo que no podían precisar. Otros decían que estuvo rezando todo ese tiempo.

Al parecer, nunca antes había votado, cosa que no debe extrañar si tenemos en cuenta que la del voto no era una costumbre común en la época paleohitita... Sin embargo, cuando le explicaron concienzudamente que no tenía más que hacer una cruz en un papel, junto al nombre del candidato al que deseara votar, la cosa pareció entusiasmarlo. A esas alturas, claro está, su período paleohitita ya se había hecho prehistórico y estratificado en el pasado, por lo que su renovado entusiasmo medieval le consumía de día y de noche. Pero pudo dedicar un tiempo bastante largo al moderno y mecánico proceso de votar, en vez de soñar que se inclinaba ante la cabeza cortada de un sarraceno, para estudiarla a fondo.

Mr. Archer y sus conmilitones se mostraban un tanto impacientes, y no menos preocupados, por aquella su larga permanencia en el colegio electoral; paseaban por la acera arriba y abajo, se paraban y descargaban zapatazos en el suelo, hasta que no pudieron aguantar más y entraron para ver qué sucedía. Vieron entonces la espalda de Herne, más fuerte y recta que nunca, en una de las celdillas para votar, como si estuviese ante un confesionario. Se mostraban tan nerviosos que cometieron la enorme indelicadeza de molestar a un ciudadano que se hallaba a solas para cumplir con su deber, arrimándose a él y tirándole de la ropa. Pero como tal cosa no surtió el menor efecto, cometieron la indelicadeza aún mayor de mirar por encima de su hombro, todo un anárquico y antidemocrático ultraje. Así vieron que había colocado sobre la mesita de la celdilla las pinturas para iluminaciones que quizás le había prestado Miss Ashley, pinturas de oro y plata, pinturas con todos los colores del arco iris. Con ellas se entretenía en cumplir cuidadosa y pacientemente con su obligación democrática. Le habían recomendado que hiciera una cruz, y una cruz hacía. Pero hacía una cruz como si fuese un monje en la época más oscurantista: una cruz de colores muy brillantes, gloriosos. La cruz era de oro; en un ángulo había tres pajaritos azules y en el otro tres peces rojos; allí unas plantas; acá unos planetas, etcétera. Parecía plantear el esquema idóneo para las Cantigas de las Criaturas, de San Francisco de Asís. Y muy sorprendido quedó cuando los otros le dijeron que no esperaban tanto de él las leyes electorales. No obstante, consiguió dominar su decepción y sólo dejó escapar, un leve suspiro cuando, tras insistir en votar con aquella cruz, los funcionarios de la mesa electoral le dijeron que su voto quedaba declarado nulo por haber desperdiciado una papeleta electoral.

En la calle, sin embargo, había mucha gente que creía que el garabato que suele hacerse en la papeleta para señalar al candidato significa tanto desperdicio y pérdida de tiempo como el muy ritual y elaborado que había hecho

Mr. Herne. La paradoja de aquellas elecciones generales venía determinada por hacerse en época de gran crisis, pues ocurrían entonces cosas mucho más importantes que unos comicios, cosas más excitantes, en suma, en la medida en que la gente se mostraba, como consecuencia de ellas, muy alterada. Fueron dichas elecciones como las que se celebran en mitad de una gran guerra. Y aunque no llegaba a tanto el asunto, sí puede decirse, sin embargo, que se celebraron en medio de una gran revolución.

La gran huelga de los obreros de las industrias de tintes, que tenía el apoyo también de los gremios relacionados con las explotaciones de la brea y el carbón, irradiaba desde Mildyke y su jefe era Mr. John Braintree. Era, desde luego, una huelga mucho más importante que cualquier otra local, y por lo tanto limitada. No era una de esas huelgas ante las que los hombres de las clases acomodadas se limitan a gruñir por echar de menos ciertas comodidades. Era algo nuevo, contra lo que no sin cierta razón exteriorizaban su firme protesta los acomodados.

En el momento en que Mr. Herne se ocupaba medievalmente de la monástica tarea que lo había llevado hasta la celdilla del colegio electoral, Braintree llenaba la plaza del mercado de Mildyke con su voz estentórea, pronunciando el discurso más sensacional de toda su carrera de sindicalista. Un discurso sensacional tanto por lo que decía como por el estilo en que lo decía. No se limitaba a pedir, como había hecho en los primeros trancos de este libro, lo que llamaba el reconocimiento. Ahora pedía la intervención de los trabajadores.

—Vuestros amos —gritaba— dicen que sólo sois materialistas avarientos, que sólo sabéis pedir a gritos más dinero. Y tienen razón. Vuestros amos os dicen que carecéis de ideales y que nada sabéis de la ambición ni del instinto de gobernar, y tienen razón. Tienen razón y la tendrán en tanto sigáis siendo esclavos y bestias de carga, pues no hacéis más que comeros lo poco que ganáis y rehuir toda responsabilidad política. Sí, vuestros amos tienen razón. Tienen razón y la tendrán mientras sólo pidáis más salario, más comida, más trabajo. Pero demostremos a los amos que hemos sabido sacar provecho de la lección moral que han tenido a bien darnos... Regresemos hasta ellos como penitentes. Digámosles que prometemos corregir nuestros errores, los errores de nuestras demandas materialistas. Digámosles que tenemos una ambición, la de gobernar... Que tenemos hambre y sed de responsabilidades, de la gloriosa responsabilidad de gobernar bien lo que ellos malgobiernan, de organizar como es debido lo que ellos desorganizan, de repartir entre todos nosotros, como obreros y camaradas, ese directo y democrático gobierno de nuestra propia industria, que hasta ahora sólo ha servido para mantener a unos cuantos parásitos en los lujos de sus fincas y palacios. Tras este discurso en Mildyke se cortaron las comunicaciones y se creó un abismo entre Braintree y las fincas y palacios a los que había aludido. Además, la pretensión de que los obreros manuales se convirtieran en directores de las obras, consolidó contra él la furia de una amplia cantidad de gente que no vivía en fincas y en palacios, ni cosa parecida... Su proclama era tan enloquecidamente revolucionaria que nadie se mostró de acuerdo con ella, ni siquiera muchos que aspiraban a convertirse en revolucionarios. Pues la verdad es que los verdaderos revolucionarios son pocos, por no decir raros... Harry Hanbury, el amigo y vecino de Rosamund, un bondadoso caballero, y muy razonable, expresó así el sentir de casi todos:

—¡Por todos los demonios! Pero si yo estoy de acuerdo en que se pague a la gente buenos jornales, como procuro pagárselos yo a mi chófer y a mis criados... Pero lo que no puedo consentir es que mi chófer decida llevarme a Márgate cuando le pido que me lleve a Manchester. Mi criado me cepilla la ropa y ha de responder y cobrar bien por ello... Pero no puede decidir que me ponga un pantalón amarillo y un chaleco rojo.

Una semana después se produjo la noticia de dos grandes elecciones. Una era la desafiante respuesta a la otra. El martes dieron a Mr. Herne la nueva de que Mr. Braintree había sido elegido en virtud de una gran mayoría obtenida por los laboristas. Y el jueves recibió el mismo espíritu abstraído, ciego de luz interior, entre gritos y aclamaciones, la noticia de que él mismo había sido elegido por las Órdenes y Colegios Electorales del nuevo movimiento Rey de Armas de todo el mundo occidental.

Iba como un sonámbulo cuando lo escoltaron hasta el trono puesto en el césped del jardín de la antigua abadía de Seawood. A un lado del recién aclamado rey estaba Rosamund Severne sosteniendo el escudo de honor en forma de corazón y blasonado con un león, que se entregaría al caballero que hubiera llevado a término la empresa más peligrosa. Parecía Rosamund una estatua y pocos hubieran podido adivinar la gran energía que desplegó preparando la ceremonia, o lo mucho que dichos preparativos se parecieron a los de un gran estreno teatral. A su izquierda estaba su amigo, el joven caballero y explorador, con el rostro muy serio, con su heráldico uniforme lucido con la misma dignidad que si llevara el de los Scots Greys. Sostenía la llamada espada de San Jorge con la empuñadura hacia arriba, porque Herne había dicho en uno de sus arrebatos místicos: «Un hombre no merece una espada mientras no la pueda sostener por la hoja. Sangrará su mano, pero sólo así podrá ver la cruz». Herne estaba en su trono, por encima de la multicolor muchedumbre; sus ojos parecían desplazar la mirada por el horizonte y las colinas. Así han cabalgado muchos fanáticos a lo largo de los tiempos; así cabalgó Robespierre con su gabán azul en la autocomplaciente fiesta del Ser Supremo. Lord Edén miró aquellos ojos claros del visionario, que eran como lagunas tranquilas y brillantes, y murmuró para sí: «Este hombre está loco. Es peligroso para un hombre desequilibrado que sus sueños se realicen. Pero la locura de un hombre puede suponer la cordura de una sociedad».

—¡Magnífico! —exclamó Julián Archer alzando su espada y con ese aire de hablar en nombre de todo el mundo que tenía, tan cordial y chispeante—. este ha sido un gran día; a partir de hoy habrá que trabajar muy duro para echar a Braintree y a toda esa partida de bribones, haciéndoles correr como ratas.

Rosamund seguía firme y estatuaria, pero sonreía. Olive, que se hallaba tras ella, a prudencial distancia, parecía más oscura que su propia sombra. Cuando se decidió a tomar la palabra para responder a Mr. Archer su voz sonó como el golpe de un acero:

—Braintree no es un bribón —dijo—; es un ingeniero y sabe mucho más que tú... ¿Qué sois la mayoría de vosotros? Admitid al menos que un ingeniero es tanto como un bibliotecario...

Se hizo un silencio mortal y Archer, con gesto de abatimiento, alzó los ojos como si esperase que se abriera el cielo a causa de la blasfemia dicha por la joven dama. La mayoría de las damas y de los caballeros que allí estaban, sin embargo, miraron hacia abajo, porque comprendieron que la cosa era mucho más grave que una blasfemia: una afrenta, la de Olive, de bastante mal gusto.

Aunque los grupos de gente comenzaron a dispersarse, el Rey de Armas seguía en su trono. No pareció reparar en aquella joven dama que había insultado a la concurrencia, pero dio en inclinarse hacia Archer, y una especie de estremecimiento recorrió a quienes aún estaban allí, ante su gesto de auténtica majestad.

—Sir Julián —dijo el Rey de Armas severamente—, creo que no ha leído usted bien los libros de caballería, ni los tratados de montería... No se ha dado cuenta de que hemos vuelto a mejores y más valientes días, dejando atrás definitivamente los tiempos en que los caballeros podían jactarse de que cazaban alimañas repugnantes... El espíritu que nos mueve no es otro que el de los tiempos en que las bestias reales perseguían a ladridos y mataban a los cazadores; nuestro tiempo es el del gran jabalí y el noble ciervo. Venimos de un mundo que sabía respetar al enemigo, aunque fuese una bestia... Yo conozco a Mr. John Braintree, y dudo que haya en este mundo un hombre más valiente que él. ¿Hemos de luchar por nuestros ideales y reírnos de él porque lucha por los suyos? Ande, vaya usted a matarlo, si se atreve... Estoy seguro de que será él quien acabe con usted... Al menos así le honraría a usted la muerte como ahora le ha deshonrado su lengua.

La impresión que produjeron las palabras de Herne fue grande. Había hablado espontáneamente, saliendo de sí mismo. Como si hubiera sido una reencarnación, la del rey Ricardo Corazón de León ante un cortesano que llamara cobarde a Saladino.

Ocurrió además algo que hubiera sorprendido a todos, de haberse percatado de ello: el pálido rostro de Miss Olive Ashley se había convertido en una auténtica llamarada roja, y de su boca salió un suspiro al que siguió esta exclamación:

—¡Ahora sé que de veras empieza todo!

Y se movió entre quienes se iban, como si se hubiera

desprendido de un gran peso. Por primera vez se atrevía a mezclarse con los que iban ataviados cual las gentes de aquel mundo medieval que tanto había ponderado ella, despejadas ya sus dudas y sus aflicciones. Brillaban intensamente sus ojos oscuros, como si un recuerdo muy concreto la alterase. Poco después conversaba con Rosamund.

—¡Cree de verdad en lo que dice! ¡Y comprende a John! No es un esnob... Cree que los días de antaño fueron realmente buenos. Y cree en los buenos días del presente.

—¡Pues claro que sí! —exclamó Rosamund—. Claro que cree en lo que dice y actúa según sus creencias... Si tú supieras... Si supieras cuánto significa para mí verlo todo hecho, sin más, después de soportar tanto tiempo las conversaciones vacías del Mono y Archer... ¿Por qué aún hay quien se ríe de él? Estos trajes, bueno, no serán muy bellos ni a la moda, pero tampoco son tan feos como tantos trajes modernos que vemos por ahí... ¿O es que no había motivos para reírse a todas horas cuando los hombres llevaban pantalones?

Y siguió Rosamund alabando con pasión a su jefe, tal y como las jóvenes de mentalidad muy práctica repiten lo que oyen decir a otros. Olive, sin embargo, no le había prestado mayor atención; miraba aquella especie de camino blanco que conducía al crepúsculo y parecía derretir lentamente su fulgor plateado en oro y en bronce.

—Una vez me preguntaron —dijo al fin— si creía posible el regreso del rey Arturo. Fue una tarde como esta... ¿Imaginas la gran parada acercándose, y a uno de los caballeros de la Mesa Redonda cabalgando en avanzadilla por este camino para traernos un mensaje del rey?

—Es gracioso que digas eso —dijo la práctica Rosamund—, porque alguien viene realmente por el camino... Y me parece que a caballo.

—Más bien parece venir detrás de un caballo —observó Olive—. Este sol de poniente me ciega... ¿Y si fuera una cuadriga romana? A veces pienso que Arturo fue realmente un romano...

—Pues tiene una forma muy rara —dijo Rosamund con la voz alterada.

El caballero andante de la corte del rey Arturo tenía ciertamente una extraña figura; cuando el bulto que hacía se aproximó, los asombrados ojos de las gentes medievales que aún quedaban por allí vieron aparecer un pequeño carruaje hecho una pena, con un cochero que lucía una chistera no menos ruinosa.

Se destocó con un saludo cortés y entonces se vio claramente que las facciones de aquel hombre eran las muy sencillas de Mr. Douglas Murrel.

Tras saludar protocolariamente, Murrel se volvió a calar la chistera, un poco hacia un lado, y se dispuso a bajar del carruaje. No es fácil hacerlo con elegancia y a la vez con soltura, pero Mr. Murrel no había perdido un ápice de su reconocida destreza acrobática. Al saltar se le cayó la chistera, pero la recogió de inmediato con no menos habilidad y se dirigió a Miss Olive Ashley diciéndole abiertamente:

—Te traigo lo que me pediste.

Quienes andaban por allí y lo vieron con sus pantalones, su chaqueta y su corbata, bastante bien puesto todo a pesar del salto anterior, no pudieron por menos de sorprenderse al comprobar que aún había alguien que se vestía con las ropas de una edad pasada. Tuvieron una impresión muy parecida a la suya cuando vio por primera vez el coche que acabó comprándose, aunque no hacía tanto que habían dejado de verse esos carruajes por las calles de Londres. Así son las modas que crean los humanos. La gente se acostumbra pronto a lo nuevo.

—He tenido que buscar un poco para encontrar tus pinturas —dijo Murrel modestamente—. He tardado algo más porque me he pasado el tiempo llevando a gente por los caminos con mi coche recién comprado, pero aquí tienes lo que deseabas.

Tuvo entonces la sensación de que era preciso reparar en cuanto le rodeaba, todo lo cual contrastaba con lo que había dejado, como si estuviera en otro mundo, recién llegado como el yanki en la corte del Rey Arturo, si es que alguien tan profundamente inglés como él podía ser comparado con un yanki.

—Tengo las pinturas en el coche —dijo a la joven dama—; espero que sea lo que buscabas... Olive, ¿aún seguís con la función? Bueno, supongo que será ya tan larga como El regreso a Matusalén, ¿no? Sé bien que tu imaginación es fecunda y muy hábil tu pluma, aunque, bueno, una obra que transcurre en un mes y se representa en el mismo espacio de tiempo...

—Es que ya no estamos haciendo teatro —se limitó a responder ella mirándole con expresión impenetrable.

—¡Oh, lo lamento mucho! —dijo Murrel—. Yo también me he divertido bastante, es la verdad, aunque también he vivido algún que otro acontecimiento bastante serio... ¿Quizás anda por aquí el primer ministro? Algo de eso he oído decir por ahí y me gustaría saludarle...

—La verdad es que no puedo ponerte al tanto de todo en apenas un minuto —dijo Olive algo nerviosa—, ¿pero no sabes que ya no hay primer ministro, al menos como tú crees que debe ser un primer ministro? Ahora tenemos un rey de Armas que está cambiándolo todo, creando una nueva organización.

Y señaló hacia el gran hombre al que había aludido, sentado en su alta poltrona como si nada, aunque puede que siguiera allí simplemente porque se había olvidado de bajar igual que un tiempo atrás, no mucho, se había olvidado de que estaba en la estantería más alta de la biblioteca.

Mr. Douglas Murrel comprendió que debía empezar a tomarse las cosas con cierta compostura, incluso con más compostura de la que de común era propia de su manera de ver y de opinar. Puede que recordase el incidente, la broma en la biblioteca. En cualquier caso, su actitud hacia el nuevo monarca medieval fue más que correcta. Hizo una educada reverencia y sin decir palabra volvió a guarecerse en el interior de su coche, de donde salió casi al momento con un paquete no muy bien hecho en la mano derecha y con el sombrero de copa en la izquierda. Como no podía abrir bien el paquete con una sola mano, se volvió hacia el trono del rey medieval y dijo con fingida modestia:

—Disculpadme, Majestad. ¿Acaso sigue gozando mi estirpe del antiguo privilegio hereditario de llevar puesto el sombrero aun en la Corte? Creo que es un privilegio que se concedió a los míos después de su inútil intento por rescatar a la princesa de la Torre... Seguro que Vuestra Majestad está al tanto... ¡Y es tan molesto a veces llevar el sombrero en la mano! ¡Le impide a uno hacer tantas cosas! Os confieso, sin embargo, que a pesar de que pueda resultarme enojoso en ocasiones, tengo un gran aprecio por este sombrero...

Si albergaba la esperanza de observar un destello humorístico en el rostro del fanático sentado en su poltrona, sufrió Murrel una gran desilusión. El rey de Armas se limitó a decir con voz extraordinariamente grave:

—Tenéis toda la razón, súbdito. Cubríos... Lo que aprecio es vuestro afán de ser cortés. No creo que quienes gozaron del privilegio al que aludís insistieran en atesorarlo. Hubo un rey que, con más que razón, dijo a uno de sus lores: «Tenéis, caballero, todo el derecho a permanecer cubierto en mi presencia, pero no ante las damas». En este caso, del mismo modo os digo que, como os esforzáis por atender el requerimiento de una dama, os autorizo a permanecer cubierto.

Y miró en torno suyo, satisfecho de su lógica, para comprobar que quienes lo escuchaban se mostraban igualmente complacidos. Douglas Murrel, sin más, se puso el sombrero muy solemnemente, con gran parsimonia, y procedió a abrir el paquete, que tenía papel sobre papel en gran cantidad.

Cuando al fin quedó al descubierto lo que ocultaba tanto envoltorio resultó no ser más que un tarro de cristal cilíndrico, muy sucio. Pero cuando se lo ofreció a Miss Olive Ashley comprendió que sus afanes no habían sido en vano.

Es muy difícil explicar cómo objetos, simples detalles, cosas perdidas de la infancia, pueden llenarnos de emoción. Así, cuando Olive vio aquel tarro de pintura con la etiqueta indescifrable de tan sucia, en la que sólo se veía levemente el dibujo de unos peces, se le llenaron los ojos de lágrimas. A ella misma le sorprendió verse a punto de llorar. Fue como si acabara de oír la voz de su padre.

—¿Pero cómo diablos has sido capaz de encontrar esto? —dijo de forma un tanto contradictoria, alegre y a la vez como si se lo reprochase, pues había creído que Murrel se limitaría a comprarle cualquier cosa en la primera tienda que encontrara, idea a la que ya se había hecho.

Aquella sola pregunta de la joven dama desveló su pesimista subconsciente, algo que yacía aún más en el fondo, debajo de todas sus afectaciones digamos arqueológicas... Nunca hubiera creído posible que volvieran a presen-

211

tarse ante sus ojos cosas que ya creía muertas para siempre. Ver lo que Murrel le ofrecía le supuso una restauración de su propia confianza en los demás, semejante a la que experimentó cuando Mr. Herne reprendió a Archer. Las dos situaciones eran increíblemente ciertas, reales. Todos los trajes, todas las ceremonias recuperadas en aquella suerte de restauración que se había producido en la región a partir de su pantomima teatral podían ser, en efecto, la continuación de una muy larga función de teatro. Pero aquellas pinturas de Hendry eran algo real, tanto como esa muñeca amada, que sigue presidiéndolo todo en el cuarto de los niños, u olvidada en el jardín, pero presente. Olive dejó de debatirse en la duda.

Nadie más que Miss Ashley, de entre todos los que componían aquella abigarrada corte, experimentó sin embargo la misma emoción que ella ante lo que Murrel le había llevado. Nadie apreció la diferencia que había entre el Mono enviado a vagar por ahí como un sirviente y el Mono que volvía convertido en un caballero andante, poco menos. Para aquellas gentes, en cualquier caso, el Mono no era ni por asomo un caballero andante... Por mucho que hubiera cambiado su percepción intelectual de las cosas, aquellas gentes se habían acostumbrado a llevar ropas más estrafalarias y coloridas. No es que supusieran o creyesen que su forma de vestir fuese pintoresca, sino que la manera de vestir de Murrel estaba fuera de época. No era sólo una especie de borrón caído en el paisaje, sino una especie de bloque de granito caído en mitad del camino.

Quizás por eso Murrel acarició a su caballo afectuosamente. Y aquel raro monstruo prehistórico pareció hacer unos movimientos con los que le agradecía la caricia.

—Es preciso —dijo entonces Archer a un joven caballero que blandía una espada— que no se sienta al margen de todo esto. Aunque, la verdad sea dicha, es muy difícil tratar con tipos incapaces de ver cuándo están fuera de lugar.

Se hizo entonces un silencio tenso, malhumorado. Y como todos los demás, se dispuso a prestar atención al diálogo que se iniciaba entre el recién llegado, el extraño, y el monarca fanático. Todos parecían nerviosos, y no era sin motivo, pues no hacían sino preguntarse cómo habría pasado ante los ojos de su rey visionario la llegada del extraño y que este, el inconveniente Murrel, se esforzara en dirigirse al detentador del trono de manera evidentemente burlesca, aunque nada se le pudiera reprochar puesto que no hacía ofensa alguna.

Contaba Murrel al rey de Armas, que desempeñaba ahora las funciones de primer ministro y señor feudal, los detalles de sus recientes aventuras, de su vagar al margen del orden de las cosas, hasta tropezar con aquel vetusto carruaje tirado por un agradecido penco. Archer se impacientó aún más cuando las corteses impertinencias del recién llegado se convirtieron en lo que amenazaba ser un largo soliloquio. Era el Mono como un viajero contando su periplo de corte en corte y deteniéndose especialmente en lo sucedido en la de un rey de fábula. Pero en cuanto Archer se puso a escuchar, de bastante mala gana, por cierto, qué aventuras había vivido Douglas, desapareció toda ilusión romántica. El Mono contaba una historia verdadera; una historia, además, real; una historia, en suma, indefectiblemente tonta, si atendemos a sus componentes reales.

Primero entró en una tienda. Luego en otra. O en otro departamento de una gran tienda, da lo mismo... Luego se dirigió a una taberna. Como es lógico, el Mono tenía que entrar en una taberna tarde o temprano, y seguramente más temprano que tarde, eso era algo que sabía cualquiera que le conociese... Eso era tan propio de él como que un señor que se precie haga que le lleven a sus aposentos lo que le venga en gana en cualquier momento. Ya en la taberna tuvo unas cuantas conversaciones con gente, cosas algo confusas... Algo habló de que llegó a imitar la voz de una camarera, incluso... Un inciso nada oportuno, desde luego, en vista del tipo de gente que lo escuchaba ahora. Luego, al parecer, se largó por ahí de paseo, eso vino a decir aproximadamente... Y se topó con un cochero, sólo Dios sabe por qué... El caso fue que acabó en un lugar extraño, feo, en un barrio portuario de no se sabe dónde... Y tuvo un incidente con la policía, o eso pareció que contaba. Quienes le conocían estaban al tanto de su gusto por las bromas mucho más que explícitas, eso que él llamaba bromas de índole práctica. Es verdad que, luego de hacerlas, no solía perder el tiempo contándolas una y otra vez vanagloriándose del caso. Esta vez se limitó a referir, sin embargo, algo así como una mala pasada que le hizo a cierto doctor que pretendía poner a buen recaudo a un loco, siendo al final que quien quedó bajo llave fue precisamente el doctor y no el loco... Alguien pensó que fue una pena que el equívoco no fuese a más, siendo finalmente encerrado el Mono. ¿Qué demonios tenía que ver todo aquello, empero, con el nuevo movimiento y las posibilidades que dicho nuevo movimiento ofrecía a la sociedad para derrotar a Mr. Braintree y a los bolcheviques en general? Eso, naturalmente, era lo que más interesaba a Mr. Archer.

Pero, ¡por el amor de Dios!, la historia seguía y seguía... Ahora aparecía en el relato del Mono una joven; eso parecía ir a explicarlo todo, aunque se tratase de un sujeto como el Mono, un tipo que se jactaba de ser un soltero recalcitrante. Mas ¿por qué ese afán de hablar de algo así cuando estaban a punto de iniciar una ceremonia que inauguraría definitivamente el tiempo de los escudos y las espadas? ¿Por qué el rey de Armas escuchaba con tanta atención, con tamaña seriedad y respeto, lo que un tipo como el Mono decía? Escuchaba incluso con cara de piedra... Quizás fue que se había muerto pétreamente, de ira... Quizás fue que se había dormido, sin más.

Los allí presentes, incluso el joven que blandía en alto la espada, no eran tan exigentes como Archer, en cualquier caso. No reparaban, en contra de lo que hacía él, en el tono desde luego inconveniente del recién llegado, a quien no parecían importarle las convencionalidades del nuevo régimen. Por eso, a buen seguro, no parecían recibir el relato un tanto inconexo del Mono como una vejación. Tampoco es que estuvieran favorablemente impresionados. Nada de eso. Algunos empezaron a sonreír, otros se reían ya abiertamente, sobre todo con lo que decía del doctor. Todo ello, en cualquier caso, con bastante decoro y hasta discreción, como esos a los que les entra la risa en mitad de una misa... Nadie sabía de qué hablaba realmente Murrel; ni siquiera de que hablaba aproximadamente. Los que mejor le conocían, sin embargo, no podían por menos de sorprenderse de la curiosa exactitud con que en algunos puntos refería su larga peripecia. En cuanto al rey de Armas, seguía tan inmóvil como una estatua... de piedra. Nadie podía aventurar si estaba ofendido o simplemente sordo como una piedra.

—Majestad, ya veis qué aventura —dijo a modo de conclusión Murrel, ahora en un tono confidencial y relajado, de hombre de mundo, que algunos consideraron por completo ajeno a lo que debía ser norma, por ejemplo la noble prosa de Malory —. Vuestra majestad habría dicho que se trataba de un hatajo de sinvergüenzas, y no le faltaría razón. Los hay que nacen así y los hay que consiguen llegar a un muy alto grado de sinvergonzonería merced a sus esfuerzos, y los hay también que reciben la esencia de lo más indecente a cucharadas, y lo disfrutan... Pero a mí me pareció desde el primer momento que el viejo Hendry es uno de esos hombres a los que las circunstancias, no precisamente felices, han llevado a la peor suerte, la que conduce al fracaso sin remedio. El doctor de locos, sin embargo, era uno de esos hombres que nacen para el fracaso, o directamente fracasados, y que aman el fracaso por ser parte inherente de sí mismos. Por eso me importó un bledo que, a pesar de su autoridad, quedara encerrado en una celda para locos. Naturalmente, después me largué de allí a toda prisa, y bien, aquí estoy ya. Se acabó.

El silencio fue la respuesta que obtuvo esta última perorata del Mono. Pero cuando el silencio se prolongaba ya un buen rato, una eternidad para algunos de los allí presentes, varios de los más perspicaces de la corte del rey fanático observaron que la estatua de piedra parecía moverse. No habló de inmediato, se tomó su tiempo. Y cuando al fin se pronunció no lo hizo con la voz tronante de un dios sino como un magistrado que expresara una decisión largamente meditada.

—Me parece muy bien. Dadle el escudo —dijo el rey de Armas.

Fue entonces cuando toda la capacidad de imaginar, propia a sir Julián Archer, no sirvió al mentado para hacerse con la dirección real del nuevo movimiento. Más adelante, cuando ya había sucedido la gran catástrofe, Archer solía comentar a sus amigos del club, poniendo el gesto propio de alguien muy sagaz, que fue justo en ese preciso instante cuando supo que todo saldría rematadamente mal.

La verdad es otra, en cualquier caso, pues Archer entonces fue incapaz de intuir algo así. Y cuando Mr. Herne se levantó para hablar en tono grave, como si estuviese fatigado, Archer perdió cualquier forma de pensamiento lógico o ilógico. Le pareció hallarse inmerso en un mundo de tontería en el que pasaban cosas que no tenían la menor relación lógica o ilógica.

Era imposible entender algo, eso es cierto, salvo que Herne parecía haberse apasionado. No se sabía por qué cosa. Se comprende, por ejemplo, que alguien pueda apasionarse ante un sombrero como el que lucía el Mono. Pero aquel sombrero en realidad venía a ser una mancha horrísona en mitad de aquel esplendor de disfraces y el rey de Armas no había tomado la menor medida para erradicar esa mancha. Pero no debía tratarse del sombrero, sino de otra cosa. El caso fue que Herne empezó a hablar y nadie sabía de qué. Relataba una historia de forma extraña, como si fuera una versión de un pasaje bíblico. Nadie podía suponer, entre los allí presentes, que era lo mismo que había contado Murrel. Mr. Archer, por ejemplo, ni se lo hubiera imaginado.

Herne, a medida que hablaba, parecía desprenderse de su habitual laconismo y lentitud; sus palabras fluían torrencialmente, a despecho de su fatiga, que era como la de quien acaba de recibir un fuerte impacto emocional. Pero Archer seguía sin enterarse de nada; sólo acertaba a colegir que se trataba de la historia de un anciano que tenía una hija que siempre le siguió, no importaba por dónde, incluso cuando le llegó la desgracia, el más terrible infortunio, después de ser víctima del robo a manos de unos ladrones. Aquello le parecía a Archer una historieta de escuela dominical victoriana, una historia ejemplar en la que aparecía una muchacha desaliñada, pero hermosa, que acompañaba a su venerable padre de luengas barbas grises. Gentes, en fin, solas y abandonadas de todos; gentes que iban por los caminos sin que nadie reparase en ellas, salvo si de sufrir los mayores escarnios y hasta la persecución más brutal se trataba. Gentes, en definitiva, que sufrían la malignidad fría e injustificable de todos; una malignidad que ni siquiera tenía el calor humano del odio.

—¡Vosotros! —gritaba el rey de Armas a los invisibles perseguidores del padre y de la hija, que tomaba por sus no menos invisibles enemigos—, vosotros que habláis de que pretendemos instaurar de nuevo la tiranía y tocarnos con coronas de oro... Decidme si alguna vez se escribió algo así acerca de los grandes reyes. Decidme si alguna vez se escribió algo así de los tiranos... ¿Alguien ha dicho algo parecido del rey Ricardo? ¿Alguien ha dicho algo parecido incluso a propósito del rey Juan?

«Vosotros, que tanto habláis, sabéis bien de las barbaridades del mundo feudal. Y lo decís precisamente porque las sabéis... a vuestra manera... De Juan Sin Tierra no conocéis otra cosa que lo leído en Ivanhoe y demás literatura barata. Juan es el traidor. El tirano. El criminal... ¿Pero cuáles son los crímenes de Juan? Que mató a un príncipe. Que fue desleal a la nobleza. Que atacó al rey, su padre, y suplantó a otro rey, su hermano... ¡Ah, claro! ¡Era tan peligroso tener poder en aquel tiempo! Era peligroso ser príncipe, ser noble, andar próximo a la ira del rey, que hacía remolinos... Quien iba a palacio tenía la sensación de llevar la vida en sus manos, para que se la quitaran. Era como entrar desarmado en la cueva donde mora el león. La cueva del que tenía corazón de león... Y era peligroso ser rico y causar la envidia real. Y era peligroso tener poder. Y era un auténtico infortunio ser afortunado.

»¿Pero alguna vez ha podido decir alguien que el tirano, el poderoso cazador ante Dios o ante el diablo, suspendiera su caza para levantar una piedra y robar los huevos de los insectos, o que fuese a la laguna para entretenerse separando a los renacuajos de los sapos? ¿Puede alguien asegurar que alguna vez hizo la maldad microscópica de no dejar nada sin tormento? ¿O que odia al desamparado más que al orgulloso afortunado que sería capaz de llenar de espías la faz de la tierra para echar a perder las historias de amor de los siervos o movilizar a su Armada para separar a un anciano de sus hijos? Los reyes antiguos pasaban a galope y arrojaban a esos mendigos una maldición o una moneda; no se detenían para entregarse a la perfidia de desmembrar las familias, para hacer que el corazón humano, que se alimenta de pequeños afectos, sufra la más larga y espantosa agonía. Hubo reyes que servían como criados a los mendigos, aunque fuesen estos leprosos. Y hubo reyes, malos reyes, que hubieran atravesado con su espada a los mendigos para pasar luego por encima de sus cuerpos, cosa que luego, probablemente, recordarían con espanto a la hora de su muerte, por lo que dejarían dinero para misas y para hacer caridades. Aquellos reyes antiguos, aun los peores, no encadenaban a un anciano por ser ciego, como han hecho con ese viejo de nuestros días a causa de su tesis a propósito de la ceguera cromática... Esta telaraña de miserias y sinsabores que habéis extendido por sobre toda la humanidad doliente es consecuencia de vuestra humanidad, de vuestra liberalidad. Pues sois demasiado humanos, demasiado liberales, demasiado filantrópicos para soportar un gobierno humano y el nombre de un rey.

»¿De qué nos acusáis, entonces? ¿De soñar con el regreso a cosas más sencillas? ¿De que supongamos que el hombre no haría todo lo que hace si pudiera ser simplemente un hombre y no una máquina al servicio de la productividad? ¿Y qué otra cosa se produce hoy en contra del hombre, si no es la máquina? ¿Qué es lo que tiene que contarnos Mr. Braintree, excepto que acaso seamos unos sentimentales, unos ignorantes de la ciencia social, de la dureza y la objetividad de la ciencia económica? Hablo de esa ciencia que separó a ese pobre anciano de todo lo que amaba, como si fuese un leproso. Digámosle a Mr. Braintree, sin embargo, que no lo ignoramos todo acerca de la ciencia. Digamos a John Braintree que ya hemos oído bastante acerca de la ciencia, acerca de la ilustración, acerca de la educación, acerca de su orden social con su trampa de maquinaria urdida por los humanos con su mortal rayo de sabiduría. Llevad este mensaje a Mr. John Braintree. Todo tiene su fin. Todo eso ha terminado. Para nosotros, por el contrario, no hay fin sino comienzo. En la mañana del mundo, en la Asamblea de los Caballeros, en la casa rodeada de verdes bosques de la alegre Inglaterra, en el Camelot de los condados del oeste, yo doy el único Escudo al hombre que ha hecho la única hazaña digna de hacerse en nuestro tiempo. Al único hombre que ha vengado la maldad de un bandido, que ha salvado a una hija necesitada de su padre».

Bajó rápidamente y tomó en sus manos la gran espada. La blandió y batió en el aire de modo que semejaba arrojar llamas, como la espada flamígera del Arcángel san Miguel. Luego se oyeron las antiguas palabras del espaldarazo que consagra ante Dios al hombre y que lo arman para luchar a favor de la viuda y de la huérfana.

XV

SEPARACIÓN DE LOS CAMINOS

Olive Ashley abandonó el escenario en el que había sido dicho tan indignante discurso, más pálida que de costumbre, no sólo por la excitación que la embargaba sino por una especie de dolor que se hubiese infligido. Parecía estar al final, al borde de algo, ante un desafío que la obligaba a decantarse. Era de esas mujeres a las que es imposible impedir que se hagan daño a sí mismas cuando su percepción moral se siente conmovida. Necesitaba una religión, o más que una religión, un altar en el que hacer la ofrenda de su sacrificio.

Era una mujer de singular fuerza intelectual. Las ideas, en ella, no eran simples nociones. De pronto vio con claridad tan súbita como terrible que no podía seguir debatiendo románticamente con el enemigo, salvo si adoptaba la decisión honesta de pasarse a sus filas. Si lo hacía, sería para siempre; por eso tenía que pensar mucho en lo que dejaría atrás. De haberse tratado del mundo entero y la sociedad, no habría vacilado. Pero se trataba de Inglaterra y su patriotismo era una cuestión de principios morales. Si la nueva causa nacional que defendía no hubiese sido otra cosa que una antigualla, una grosera feria heráldica, o hasta una simple reacción emocional como esas de las que en tantas ocasiones se veía presa, hubiera podido abandonarla tranquilamente. Pero tenía la convicción de que abandonar la nueva causa era como desertar arrojando la bandera en una guerra. Su conciencia, en suma, había quedado cautivada por la denuncia, hecha en términos humanos y conmovedores, contra los depredadores de Hendry. Era la causa del viejo amigo de sus padres. Pero no deja de resultar irónico que lo que más la convenció del gran enemigo de Braintree fuese precisamente el homenaje que le rindió al denunciar al sindicalista. Y sin decir una palabra salió de allí para dirigirse a la ciudad.

Mientras se adentraba por los sombríos suburbios en dirección al centro de la ciudad de las fábricas, donde aún era mayor la oscuridad, cobró conciencia de haber cruzado una frontera para adentrarse en un mundo que le resultaba por completo desconocido. Eran muchas, acaso miles, las veces que había estado en ciudades semejantes, e incluso en aquélla había estado en ocasiones innumerables, pues no en vano era la ciudad más próxima a Seawood. Pero la frontera que había cruzado lo era tanto de mero espacio como de tiempo, o acaso no de espacio sino de espíritu. Como alguien que acabara de adentrarse en una nueva dimensión, adivinaba que había y siempre hubo otro mundo además del suyo, o aparte del suyo. Un mundo del que nada le habían contado, del que nada había leído en los periódicos, del que nada había oído decir a los políticos con los cuales tantas sobremesas había compartido.

Lo que más paradójico le resultaba, por ello, era que tanto los periódicos como los políticos no cesaban de hablar precisamente de ese mundo que ella descubría ahora, aunque sin decir nada remotamente parecido a la verdad.

Se cumplía ya el primer mes de la huelga iniciada en las minas y extendida después a las factorías. Olive y sus amigos hablaban de aquello como de una revolución, cosa en la que coincidían con el minúsculo pero activo grupo de comunistas que actuaba al socaire de los huelguistas. Pero a ella ni la sorprendía ni la preocupaba que se tratase de una revolución. Había visto películas estúpidas y melodramas no menos tontos acerca de la Revolución Francesa, y suponía que un levantamiento popular debía de ser algo así como un motín de demonios medio desnudos y vociferantes. Sus amigos le habían descrito lo que llamaban la revolución como algo feroz. Mucho más feroz de lo que a ella le parecía ahora. Alguien incluso le había contado que era una conspiración de bandidos sanguinarios contra Dios y la Primrose League; también había oído una especie propalada entre los partidos políticos, según la cual aquello se trataba de un hecho aislado debido a una lamentable incomprensión, que muy pronto quedaría solventado por la habilidad del gran estadista que era el subsecretario del Ministerio del Capital. Olive se había pasado la vida oyendo hablar de política, pero jamás había mostrado interés. Nunca, en cualquier caso, había dudado de que aquello era política moderna, y que interesarse por la política moderna era interesarse por aquello. El primer ministro, el Parlamento, el Ministerio de Estado, la Cámara de Comercio y los aburridos organismos de especie semejante eran la política, y todo lo demás era la revolución. Pero cuando pasó, primero, entre los grupos de huelguistas que había en la calle, y después entre los grupos formados ante las oficinas de los edificios oficiales, se despertó en ella un interés claro.

Había un primer ministro del que jamás había oído hablar, aunque se trataba de un hombre al que conocía. Había un Parlamento del que no había oído decir una palabra y al que ese hombre acababa de dominar con un discurso histórico que era a la vez una lección de historia, aunque nunca pasara a los anales de la historia. Había una Cámara de Comercio de la que nunca había oído decir, tampoco, ni media palabra; una Cámara que se reunía de verdad, para tratar realmente de problemas no menos reales, referidos a la verdad de las transacciones comerciales. Y había departamentos gubernamentales que estaban fuera del control del Gobierno; incluso departamentos gubernamentales que estaban enfrentados al Gobierno. Había una burocracia, había una jerarquía. Y había un ejército. El sistema tenía los defectos y las cualidades de todos los sistemas. Nada, sin embargo, era como el terrible motín visto en las películas.

Olive oía hablar a su alrededor a la gente; oía mencionar nombres, los mismos que la gente de su clase mencionaba. Nombres de políticos. Pero sólo uno le llegó al alma, el de Mr. Braintree. Y el de otro que había sido mencionado en los periódicos, el de un hombre al que tomaban por un bufón enloquecido... Los estadistas de aquella especie de Estado soterrado hablaban familiarmente, apaciblemente. Eso hizo que Olive se sintiese extraña, como recién caída de la luna. Jimson tenía razón, era evidente; y aunque Hutchins había hecho algunas buenas obras en su tiempo, ahora estaba equivocado. No debían dejarse convencer siempre por Ned Bruce, sin embargo. De cuando en cuando alguien pronunciaba el nombre de Braintree señalándolo como el jefe; y de cuando en cuando alguien le criticaba, cosa que enojaba especialmente a Olive. Con la misma intensidad con que se alegraba cuando alguien salía en su defensa y lo elogiaba. Hatton, el hombre al que los periódicos caricaturizaban presentándolo como el ogro de la Revolución Roja, era censurado por su moderación en algunos grupos de huelguistas, por su consideración hacia los patronos. Algunos hasta decían que en realidad estaba a sueldo de los capitalistas.

Nunca, en un periódico, en un libro, en una revista, en cualquier publicación de la moderna Inglaterra, nunca había podido leer aquella inteligente y sensible joven dama inglesa algo que remotamente se pareciera a una información acerca del movimiento sindicalista. Todo el cambio histórico del que se iba percatando lo sentía Olive Ashley como si se hubiese producido tras un cortinón que se lo hubiera ocultado. Un cortinón, empero, de papel de periódico. Nada sabía de las diferencias que se daban entre los propios sindicalistas, nada de lo que atañía a las Trade Unions. Nada sabía de los hombres que dirigían a unas masas tan considerables como los ejércitos de Napoleón. Las calles le parecían pobladas por caras extrañas, demasiado extrañas para ser familiares. Olive distinguió, empero, las trazas del conductor del ómnibus, al que conocía gracias al Mono. Hablaba aquel hombre con un grupo, u oía, más bien, a un grupo de huelguistas, y su cara ancha y brillante mostraba una absoluta complacencia, un total asentimiento ante lo que allí se decía. Si Miss Ashley hubiese acompañado a su amigo el Mono en aquel para muchos vergonzante recorrido por las tabernas, habría conocido también al celebrado George, motivo ahora de las bromas de carácter político que hacían aquellos hombres, como antes lo había sido en las tabernas. Si hubiese tenido mayor contacto con la vida popular, habría podido comprender el amenazador significado de la presencia de tan soñolientos y amables pobres ingleses que se agrupaban en las calles. Un momento después, sin embargo, se olvidó de todos. Apenas logró entrar en el patio interior del templo sindical, muy parecido a una sala de espera de una oficina gubernamental, cuando oyó en el corredor la voz de Braintree que entró acto continuo.

Olive lo contempló de inmediato en todo cuanto era: lo que le gustaba y lo que le disgustaba de él, fundamentalmente su manera de vestir. No se había dejado crecer la barba de nuevo, sin embargo, cualquiera que fuese su actitud ante lo que algunos llamaban revolución, cosa que la tranquilizó bastante. Seguía tan delgado como siempre, y debido en parte a un exceso de energía parecía huraño. Pero en cuanto se dio cuenta de la presencia de Olive quedó estupefacto, como reblandecido. Todas sus precauciones, su apariencia hosca, se borraron de golpe y sus ojos reflejaron algo así como una luminosa melancolía. Las preocupaciones sólo son preocupaciones, por mucho que nos empeñemos en otra cosa... Y la tristeza no es más que una alegría vuelta del revés. Algo de lo que le ocurría hizo que ella se incorporase para hablar con un tono tan simple que denotaba artificio.

—¿Qué puedo decirte? —preguntó—. Creo que deberíamos separarnos...

Era la primera vez que ella admitía que estaban unidos.

Hay mucho de insensatez, y hasta de falacia, en las conversaciones íntimas, por no decir que hay mucho de esa estúpida noción norteamericana que alude a una charla de corazón a corazón... La gente suele extraviarse a menudo cuando habla de sí misma, no importa si lo hace con modestia. Y sin embargo expresa mucho más cuando no habla de sí misma. Él y ella habían hablado a menudo, y largamente, además, de todo lo que les despertaba el mayor interés, pero tan poco uno del otro que habían llegado a una casi imprudente omnisciencia y podían por ello decir lo que el uno y el otro pensaban respecto al arte de la cocina o a lo que les sugerían algunas cosas de Confucio. Así, en aquella crisis, tan inopinada como aparentemente absurda, ambos hablaron en algo parecido a lo que llamaríamos parábola, pero ninguno de los dos dejó de comprenderse por un momento.

—¡Dios mío! —exclamó Braintree al borde de la desesperación.

—Resulta extraño oírte decir eso, pero te creo —dijo ella.

—No soy ateo, si es eso lo que quieres decir —replicó

él esbozando una sonrisa—. Pero quizás sea cierto que yo sólo digo el nombre mientras tú sí puedes hacer uso del posesivo. Creo sinceramente que Dios te pertenece, como tantas cosas buenas.

—¿Me crees capaz de dar por ti todas esas cosas buenas? —preguntó ella—. Claro que todos tenemos una parte de nuestro espíritu que es imposible dar a los demás...

—Si no te amase, podría mentir —dijo él, pero ninguno advirtió que por primera vez uno de los dos decía el verbo amar—. Sí, por todos los cielos, qué gran fiesta de la mentira podría organizar ahora mismo explicando cómo me desconcierta tu incomprensible actitud y lo que acabo de hacer al renunciar a nuestra hermosa amistad intelectual... Si al menos tuviera el derecho a pedirte una explicación... Y si fuese yo un político de verdad... Un político de verdad puede decir, por ejemplo, que la política no importa... ¡Qué divertido sería poder decir y otras cosas vulgares, comprensibles, simplemente llamativas para el periodismo... Cosas como «disentimos por completo en muchos aspectos, somos lo más opuesto que pueda imaginarse en política; lo que debe hacernos sentir orgullosos de la vida política de nuestro país es que las más profundas diferencias de los partidos no perturban la armonía esencial...» ¡Tonterías, por todos los demonios! Yo sé bien qué deseamos decir, esto no es política. Tú y yo no somos de esa gente que no puede evitar que lo bueno y lo malo le importe —y añadió tras una pausa realmente larga, durante la cual Olive permaneció en silencio—: Supongo que crees en Herne y en su recuperación de la caballería andante y todo eso... Supongo que de veras crees que toda esa historia es una verdad digna y caballeresca...

—Nunca creí en su historia de caballería—dijo ella—, hasta que él dijo que creía en la tuya.

—Supongo que sería una amabilidad por su parte —dijo Braintree con el semblante serio—. Sé que es un buen hombre. Pero ten por seguro que sus cumplidos pueden hacerme más daño que otra cosa entre mi gente... Algunas de sus palabras representan para los míos algo verdaderamente grave.

—Yo podría decir a tu gente —intervino Olive— lo mismo que tú me dices. Sé que por ahí aseguran que vivo en otro mundo, por no decir que soy una especie de antigualla, aunque joven... Sé, por el contrario, que tu gente está en cierta manera de moda, que representa todo lo que se considera moderno y avanzado. Pero aunque no estoy de acuerdo con muchas de las cosas que postula tu gente, no puedo impedirme la consideración de que en su actitud hay incluso una cierta elegancia. Ahora bien, ¿eso es realmente elegancia? ¿Acaso tu gente no sostiene opiniones parecidas a las de una duquesa intelectual que perora acerca de la inexistente diferencia que hay entre los sexos y sobre si una mujer debe o no trabajar para ganarse la vida? Cualquiera de tus seguidores me consideraría una retrógrada, diría que soy algo parecido a una esclava de un harén... Pero podría desafiarlos a afrontar una situación trágica, por no decir odiosa, como en la que me veo ahora. A muchos se les llena la boca diciendo que la mujer debe pensar por sí misma... ¿Pero cuántas de tus amigas socialistas han salido a la calle para combatir a favor del socialismo? ¿Cuántas novias de los candidatos laboristas votan con ellos en las elecciones o hablan en los comicios a favor de sus candidaturas? Las nueve décimas partes de vuestras mujeres revolucionarias en realidad no son más que mujeres unidas a revolucionarios. Yo soy independiente. Pienso por mí misma. Vivo mi propia vida, y te aseguro que no es precisamente alegre. Yo no tengo que unirme a un revolucionario para ser persona.

Otra vez se hizo un largo silencio, uno de esos silencios que sólo se soportan porque es necesario hacerlo. O porque no caben las preguntas. Al fin Braintree se le acercó y dijo:

—Me siento absolutamente perdido, si debo aceptar tus palabras en virtud de la lógica del caso que nos ocupa; este infernal sometimiento a la realidad de los hechos me impide ir en contra de la lógica. ¡Qué difícil resulta encontrar en esta vida algo que no sea falso! Y luego dicen algunos que no es posible encontrar una mujer lógica... Lo que ocurre es que no se puede malgastar la lógica en cosas que carecen de importancia...

¡No sabes cuánto me gustaría poder librarme de tu lógica aplastante!

A quien no supiera nada del conocimiento que cada uno tenía del otro, una conversación como la reseñada le habría parecido poco menos que una relación de enigmas. Pero Braintree conocía la respuesta antes de que se produjese la pregunta enigmática. Sabía que aquella mujer tenía una religión, y que una religión supone una renuncia. Ella jamás se le hubiera unido para algo que no fuese apoyarle hasta la muerte. Y también sabía que, por la misma razón, podría resistirse a él hasta la muerte. Tal antagonismo entre ambos, que nació el día en que conversaron por primera vez, un antagonismo transmutado, esclarecido, profundizado, mejor definido por el conocimiento recíproco de lo mejor de cada uno de ellos, brotó de nuevo hasta llegar a la altura de la razón, cosa que Braintree no podía rechazar. La gente suele reírse de estas cosas cuando las encuentra en las viejas historias que hablan de la virtud romana. Y es que hay gente que nunca ha amado a la vez a la verdad y a un amigo.

—Hay cosas —dijo Olive al fin— de las que no puedo hablar con la propiedad con que tú lo haces. Tú te burlas de mi entusiasmo por las viejas historias de caballeros y damas... Pero no sé si realmente te dan risa, ahora que tienes que combatirlos de verdad; de lo que sí estoy segura es de que volverías a reírte de ellos si volviéramos, los de mi clase, a nuestros días de ociosidad absoluta. A veces, me parece, la poesía habla de las cosas con más certeza que la prosa. Alguien dijo que nuestras almas son amor y continua despedida... ¿Has leído lo que dice Malory sobre la despedida de Lancelot y Ginebra?

—No soy capaz de decirlo —y la besó y se despidieron como los amantes de Camelot.

En las calles oscuras la muchedumbre se había hecho más abigarrada aún, más espesa, y se oía un murmullo constante entre el que destacaban palabras que hablaban de engaños y dilaciones. Como todos los hombres que se ven en la situación antinatural de la revuelta, aquellos huelguistas precisaban de un estímulo constante, de algo que los mantuviese tensos, fuese favorable o fuese hostil... Bastaba, pues, con desconfiar del de al lado. Pero también bastaba una promesa demagógica, difícil de cumplir. Nada hacía presagiar un desastre, pero algo les decía que las cosas no iban todo lo bien que esperaban. Braintree salió al balcón, para dirigirse a los huelguistas, con cinco minutos de retraso sobre el horario previsto. No obstante recibió una larga ovación.

No hicieron falta muchas palabras para percibir que hablaba en un tono nada habitual en los políticos ingleses. Tenía que decir algo definitivo. Rechazó la constitución de un tribunal, cosa que siempre mueve ese afán épico, aunque ignoto, de las masas. Porque nada puede aplaudirse o rechazarse tan fácilmente como la finalidad expresa. Por ello, la ética de la evolución y de las expansivas ideas del progreso indefinido jamás logran despertar el entusiasmo de las multitudes.

El nuevo proyecto del Gobierno establecía la constitución de un tribunal o junta investigadora que interviniese en la solución de la huelga capitaneada por Braintree. Por el momento era una huelga limitada a las Trade Unions de su propio distrito, el dedicado a los tintes y pinturas derivados de la brea. El Gobierno pretendía atacar de raíz el problema de dicha industria. Cabía esperar que se solucionara todo con una nueva fórmula, distinta a las que ponían en práctica los viejos políticos. Un conflicto, en fin, que enfrentaba las legítimas aspiraciones de paz del Gobierno con las también legítimas aspiraciones de justicia de los huelguistas de Braintree.

—Durante casi cien años —decía Braintree— no han parado de hablarnos de nuestros deberes para con la Constitución, para con el rey, para con la Cámara de los Lores y hasta para con la Cámara de los Comunes, que dicen es la más representativa de nuestras instituciones (risas). Teníamos que ser, pues, constitucionalmente perfectos. Sí, amigos míos; teníamos que ser únicamente constitucionalistas. Éramos el pueblo tranquilo, los leales súbditos de Su Majestad, la gente que se tomaba al rey y a los lores en serio... Pero ellos eran libres y nosotros no... Cuando les viniera en ganar violar la Constitución, lo harían... Incluso revolucionariamente lo harían. Podrían derribar en veinticuatro horas el Gobierno de Inglaterra y decirnos que a partir de ese momento seríamos gobernados no ya por una monarquía constitucional sino por el comité organizador de un baile de máscaras... Bien, ¿dónde está el rey ahora? ¿Quién es el rey? He oído decir que es un bibliotecario experto en los hititas (risas). Y pretenden citarnos ahora ante un tribunal, ante el tribunal de ese bibliotecario, que se dice revolucionario (risas). Quizás pretendan explicarnos por qué durante cuarenta años de provocaciones intolerables no hemos hecho nosotros la revolución (grandes aplausos). A nosotros nos trae sin cuidado que un bibliotecario enloquecido diga lo que le venga en gana. Nosotros nada tenemos que ver con esa orden de caballería constituida hace apenas tres semanas. Hasta podemos aceptar los valores del conservadurismo que se daban en nuestro país hasta hace apenas unas semanas. Pero si no nos sometimos a un conservadurismo legal, no vamos a someternos ahora a un conservadurismo ilegal. Y si esa especie de tienda de curiosas novedades viejas que se han montado nos envía un emisario pidiendo que acudamos a dialogar a su corte bufa, les diremos con absoluta rotundidad que no cuenten con nuestra presencia.

Braintree, en efecto, había presentado a Herne como un bibliotecario experto en los hititas, pero en privado lo señalaba como alguien capaz de entusiasmar a los devotos de la Edad Media. No obstante, se hubiera sorprendido mucho de saber en qué se ocupaba Mr. Herne en el preciso instante en que él alentaba a los huelguistas. Se daba entre ambos ese cruce de propósitos contrapuestos que a menudo es propio de hombres tan distintos como igualmente sinceros. Uno sabía perfectamente qué quería, y además, qué deseaba conocer; un hombre con una capacidad de visión que, amplia o no, era clara; un hombre capaz de comprender las cosas según sean acordes o no con su manera de contemplarlas; un hombre que tiene conciencia de sí mismo antes incluso de saciar su espíritu en la lectura. Braintree había conocido desde el principio, desde su primera tarde en los salones de Seawood, la ironía de su propia irritación admirada. Había experimentado allí la paradoja de su romance imposible. El pálido rostro de Miss Olive Ashley, con su gesto tímido y a la vez altivo, de barbilla levantada, había penetrado en su mundo como una cuña imparable, como un arpón antagónico e inevitable. Y había odiado el mundo de la joven dama aún más que antes, precisamente para no odiarla.

Con un hombre como Herne, sin embargo, todo era a

la inversa. No sabía qué romances personales podría inspirar su romántica revolución histórica, que nada tenía que ver con sus aspiraciones personales, siempre modestas. No tenía más que un cierto sentido interior de gloria, inspirado precisamente por lo que veía crecer a su alrededor. Contemplaba admirado aquel mundo que se extendía ante sí como una marejada majestuosa, como un amanecer radiante. Algo tan ajeno a sí mismo, tan inconsciente, como sus sueños juveniles. Al principio tuvo la sensación de que la tarea en la que se veía suponía algo así como un descanso, un remanso de paz. Luego tuvo otra sensación más profunda, la de que ese remanso de paz se había transformado en una festividad, en una celebración constante, en una suerte de exaltación de lo divino. O en un dios. Y sólo muy remotamente pensó que aquel dios podría ser una diosa. No era hombre que hubiese tenido muchas relaciones personales; por eso, hasta cuando sintió que ardía, que se convulsionaba de la cabeza a los pies con la emoción de una relación personal, ni siquiera fue capaz de atisbar la posibilidad de que realmente se tratase de una relación personal. En su habitual enajenación hubiera podido decir que se sentía estimulado para llevar a cabo la tarea emprendida por esos gloriosos amigos que Dios había puesto a su lado, los mismos que Dios había puesto al lado de todos los hombres.

Como si fuesen, en suma, nubes de ángeles. Pero si Miss Rosamund Severne le hubiera dicho que no quería saber nada más de él, habría descubierto al instante cuál era realmente su enfermedad.

Pero como a veces las coincidencias son algo más que cierto, ocurrió que casi media hora después de que los otros dos se encontraran en términos poco menos que propios de enemigos, seguían siendo en realidad amigos del alma y acababan de separarse como amantes; que apenas los otros dos se habían dado un adiós de despedida irrevocable, en medio de una conversación harto incongruente sobre política e industria, el hombre que en realidad los había separado, aunque fuese en términos puramente simbólicos, acababa de descubrir que un hombre está obligado en este mundo a ser algo más que un símbolo. Así que, apenas vio a Rosamund meditabunda en el césped, la faz de la tierra cambió inmediatamente su aspecto para él.

Las noticias que llegaban de la actitud desafiante de Braintree, empero, habían ocasionado un estado de desánimo y duda en el romántico grupo de Seawood, pero Rosamund fue mucho más allá en sus sentimientos: experimentó rabia, furia... Era una de esas damas que suelen quejarse de las huelgas porque causan dilaciones... La pérdida de tiempo era para ella mucho más importante que la pérdida de los principios. Muchos creen que la política de las mujeres sería mucho más pacífica, humanitaria y sentimental que la de los hombres, pero el verdadero peligro de una política regida por las mujeres estriba en su excesivo amor por las formas de la política masculina... Hay muchas Rosamund en el mundo.

El tono con que se expresaban los hombres que había a su alrededor en Seawood no aplacaba su impaciencia, al contrario, aunque la mayor parte de ellos tenía más prejuicios hacia Braintree que ella misma. Y sin embargo no parecían dispuestos a responder a un desafío como debe hacerse. Su padre trató de explicarle cuál era la situación real, pero sus observaciones causaban, aun a su propia hija, una sensación de fatiga y desmayo, por lo que no pudo ella convencerse de que aquellas observaciones inducirían a sus mortales enemigos a un arrepentimiento súbito que los llevara a deponer su actitud desafiante. Lord Edén fue más breve que su padre, pero no mucho más esperanzador;

sus puntos de vista sobre el conflicto se resumían en algo así como que el tiempo pondría las cosas en su sitio, expresando de paso algunas dudas sobre la capacidad económica de los huelguistas para resistir ese paso del tiempo. Queriéndolo o no, nada dijo acerca de la nueva organización de la sociedad que él mismo había ayudado a fundar. Pero la actitud generalizada daba a entender que una negra sombra comenzaba a caer sobre aquellos brillantes adornos que hasta ese momento los mantenía llenos de entusiasmo.

Más allá de Seawood, más allá de los portones de su caballeresco paraíso, el monstruo moderno, la gran ciudad negra de las factorías, se alzaba como un desafío lanzando al aire sus columnas de humo.

—Todos están derrotados —confió Rosamund a su amigo el Mono, el confidente universal—. ¿No puedes tú intentar animarlos? Al fin y al cabo, nuestra bandera sigue flameando y nuestras trompetas continúan brillando.

—Bueno —comenzó a decir Murrel dubitativamente—, todo esto es consecuencia de lo que podríamos llamar un efecto moral; en realidad son muy pocos los que van convenciéndose de que vivimos una mascarada... Creo que sí, que se podrá hacer algo. Puedes intentar reunir a todo el mundo alrededor de una bandera. Pero no puedes luchar con una bandera por todo armamento. Ya veremos...

—¿Pero te das cuenta de lo que ese Braintree ha hecho realmente? —volvió a indignarse Rosamund—. Se ha atrevido a desafiarnos. Se ha atrevido a desafiar al rey de Armas...

—Bueno —dijo Murrel como sin darle importancia al caso—, no veo qué otra cosa podía haber hecho... Si yo estuviese en su lugar...

—Pero tú no estás en su lugar, tú no eres él —replicó ella aún más indignada—. Tú no eres ni un rebelde ni un amotinado. ¿No crees que ya va siendo hora, Douglas, de que ocupes el lugar que te corresponde y dejes de hacer tonterías?

Murrel sonrió, por no bostezar de aburrimiento.

—Debo admitir —dijo— que tengo la capacidad privilegiada de ver las dos caras del problema; pero supongo que creerás que es así porque no hago más que pensar en toda esta historia...

—No, yo digo —lo interrumpió ella ahora colérica— que nunca he encontrado un hombre que sea capaz de ver las dos caras de un problema sin querer cubrirse los dos lados de la cabeza.

Rosamund, incapaz de dominarse, dio media vuelta y se fue rauda a través del césped, en dirección al jardín que daba acceso a los salones donde un día se había representado El trovador Blondel. Aquello, que era como un gran teatro desierto, parecía consecuencia de un dolor moral de la memoria; allí, en el jardín, había una figura verde que parecía un guardabosques, con una gran cabeza leonina que miraba hacia la ciudad de las columnas de humo.

Rosamund quedó atrapada en una especie de red de recuerdos fantásticos, como si hubiera perdido algo amado, algo real. La música y las emociones propias de una función teatral brotaron de nuevo en su memoria y la dejaron incapaz para la acción, para las determinaciones. Sin embargo, pudo volver en sí al cabo de unos segundos, y hasta recuperar la habitual firmeza de su voz.

—Sabrá usted que esos revolucionarios ya han respondido —dijo—. Parece que no vendrán a la corte...

El hombre vestido como un guardabosques miró a su alrededor lentamente, con sus ojos de miope; sólo una pausa, antes de expresarse, dijo algo acerca del cambio que se había producido en sus sentimientos. Fue al oír la voz que le hablaba.

—Sí —dijo—, ya lo sé. He recibido un mensaje. Créame; aunque explican bien sus motivos, vendrán a nuestra corte.

—¿Que vendrán? —gritó ella—. ¿Quiere decir con eso que Braintree se ha rendido?

—Sí, vendrán —repitió él asintiendo con la cabeza—. No, Braintree no se ha rendido, ni yo esperaba que lo hiciese. La verdad es que lo respeto mucho y me habría decepcionado que se rindiera. Es un hombre firme, con mucho valor. Me gusta tener adversarios así.

—Pues yo no puedo comprender —intervino Rosamund cada vez más colérica— para qué va a venir si no se rinde, ni pretende rendirse.

—La nueva Constitución —comenzó a decir él—, ha previsto situaciones como la que vivimos, cosa que, me parece, sucede con todas las constituciones. No sé cuántos hombres necesitaré, pero puede que precise de algunos que me acompañen.

—¿Cómo? —se extrañó ella—. ¿Quiere decir que irá a entrevistarse con ellos, a invitarlos gentilmente a venir a la corte?

—Claro que sí, la ley es muy explícita a este respecto —respondió él—. Y como la ley me convierte en un funcionario ejecutor, yo carezco de iniciativa propia.

—Usted tiene más iniciativa propia que todos los hombres a los que había conocido hasta ahora —dijo Rosamund—. ¡Debería oír lo que dice el Mono ahora!

—Yo hablo de propósitos —dijo él con bastante pedantería—, no de predicciones. Yo no puedo responder de lo que otro haga o pueda hacer, o crea que deba hacer... Pero puede estar segura de que acabarán viniendo...

Su manera de expresarse, tan indescifrable en el fondo, emocionó súbitamente a Rosamund, que creyó de golpe haberle entendido.

—¿Quiere decir que plantaremos batalla? —preguntó.

—Lo haremos, si ellos la dan —respondió.

—¡Usted es el único hombre en esta casa! —exclamó llena de entusiasmo Rosamund.

Él pareció vacilar. Perdió entonces su rigidez habitual y con la voz temblorosa dijo:

—No diga eso. Yo soy un hombre débil, y ahora, cuando debería ser fuerte, me siento el más débil de todos.

—Usted no es un hombre débil —replicó ella con gran firmeza.

—Yo estoy loco —dijo él—. Y la amo.

Rosamund enmudeció. Él tomó sus manos, y los brazos de ambos temblaron como si hubieran sufrido una descarga eléctrica.

—¿Pero qué acabo de decir? —se preguntó él en voz alta, turbado—. Yo, a usted... a la que tantos hombres habrán declarado su amor... ¿Qué dirá usted de mí?

Ella siguió en silencio unos segundos, mirándole fijamente a los ojos.

—Digo lo mismo que antes —habló al fin Rosamund—. Usted es el único hombre de verdad que hay aquí.

—Me ciega el brillo de sus ojos —dijo él.

No se dijeron más. La tierra en torno de ambos, incluso más allá, pareció hablar por ellos; hasta parecían hacerlo las rocosas montañas que les ponían un fondo, y el viento del oeste, tan inglés, que sacude vigorosamente las copas de los más altos árboles, ese viento que se expande por el vasto valle de Avalon por donde tantos héroes han desfilado en triunfo, donde se han dicho hermosas palabras de amor tantos amantes inmortales. Ese valle se vio conmovido por una fuerza ignota, como si caballos piafantes y trompetas atronadoras lo llenaran igual que cuando los reyes de la antigüedad se aprestaban al combate y quedaban las reinas encargadas del gobierno.

Así estuvieron ambos, sobrevolando el mundo, en la cúspide de la fortuna humana, al tiempo que en la oscura ciudad de los humos Olive y Braintree se decían las palabras de su triste despedida que sin embargo se convertiría muy pronto en una reconciliación, en la comprensión del uno para con la otra, y a la inversa. Sin embargo, sobre las dos rutilantes figuras de Rosamund y el rey de Armas se cernía, desde lo alto de las colinas, una oscura nube de separación, de división, de perdición.

XVI

EL JUICIO DEL REY

Lord Seawood y lord Edén habían tomado asiento en su rincón favorito del jardín, lo que es decir en el cenador donde había penetrado tiempo atrás aquella flecha que anunciaba el fulgor de un nuevo amanecer. A juzgar por sus caras, sin embargo, no parecían muy seguros de que el sol no se hubiera eclipsado. La tensa expresión de lord Edén bien podía interpretarse de muchas maneras, ninguna de ellas presidida por los buenos augurios. El viejo Seawood movía la cabeza en sentido negativo, sin pausa, lo que daba a su aspecto un aire de absoluto desconsuelo.

—Si se me hubiera pedido que interviniese —dijo—, habría podido hacerle ver lo imposible de su planteamiento, la sinrazón de su proceder, algo que jamás había visto en mi larga experiencia en la vida pública. La restauración de nuestras maravillosas tradiciones debe considerarse con interés manifiesto por todo hombre que se precie de ser culto, pero resulta del todo improcedente que se utilicen en asuntos que tienen que ver con las naturales amenazas que surgen de la actividad política. ¿Qué hubiese respondido Peel si alguien llega a proponerle adoptar sólo las antiguas alabardas de los alabarderos reales que guardaban la Torre de Londres, en vez del magnífico y muy eficaz cuerpo de guardia que concibieron su genio y su notable imaginación? ¿Qué hubiese dicho Palmerston si alguien llega a sugerirle que la maza que se ve en la mesa presidencial de la Cámara de los Comunes podía emplearse como una cachiporra para sofocar un motín ante el Parlamento?

—Nuestro amigo, el rey de Armas, no tiene el menor sentido del humor —gruñó lord Edén—. No dejo de preguntarme si eso, sin embargo, no es precisamente lo que hace de él un hombre feliz...

—Bien, en eso —dijo con voz engolada el otro noble— no podemos estar de acuerdo... Nuestro humorismo inglés, ese humorismo que encontramos en las mejores páginas del Punch, es... Justo en ese momento hizo acto de presencia un lacayo que dijo algunas palabras de ritual y entregó una nota a su señor. Lo que leyó este hizo que le cambiara el semblante para mostrar una expresión de sincero asombro.

—¡Dios mío! —exclamó lord Seawood mientras contemplaba absorto el papel.

Debe saberse que en la misiva, y escrito con letra amplia y atrevida, se comunicaba algo destinado a trocar la faz de Inglaterra como no lo habían hecho ninguna de las batallas libradas en su suelo a través de los siglos.

—O su amigo sufre alucinaciones —dijo lord Seawood al cabo de un rato—, o es que, quizás...

—O es que —dijo lord Edén alzando la vista al techo— ha tomado la ciudad de Mildyke, ha entrado en el cuartel general de los huelguistas y se apresta a traernos presos a los cabecillas para que sean juzgados...

—Es en verdad notable —dijo lord Seawood—. ¿Le había dicho a usted algo de esto?

—No, pero me pareció probable...

—Es curioso —siguió diciendo lord Seawood—, me pareció algo tan improbable, algo tan rayano en la locura, que a medida que van pasando los minutos me resulta lógico... Y pensar que con un ejército de pieza teatral como el que tiene... Siempre supuse que cualquier persona medianamente informada sabría que esas armas no son las más apropiadas para...

—Eso se debe a que las gentes bien informadas, las

gentes educadas y cultas, piensan poco —dijo lord Edén—. El intelectual siempre se pasa la vida quitando de su cabeza el primer número en que pensó, como en un juego de despropósitos calculados... Se tiene por signo de buena educación tomar una cosa por sabida y olvidarse después de pensar en que aún pueda tener vigencia... Las armas nos ofrecen un ejemplo muy elocuente sobre eso. Ya nadie lleva espada porque se supone que es un arma inútil contra un revólver. Los que así piensan tiran sin embargo los revólveres, por considerarlos signos de barbarie, y luego se asombran de que un bárbaro les salga al paso con una espada y los atraviese. Según usted, las picas y las alabardas no son armas eficaces contra las que tenemos ahora... Y yo le digo que las picas y las alabardas son armas perfectas contra alguien que va desarmado. Según usted, todas esas armas se corresponden con la Edad Media. Pero yo apuesto por quienes se atreven a utilizarlas hoy y contra los que se limitan a criticar el uso de las armas modernas. ¿Qué ha hecho cualquiera de esos partidos políticos acerca del armamento, excepto proclamar que no están de acuerdo? Renuncian a las armas y no tienen en cuenta la importancia que las armas han tenido en la construcción de la historia. Van por ahí hablando vagamente de la seguridad, como si llevasen la barriga blindada con revólveres invisibles que dispararían contra el agresor a poco que este los amenazase... No hacen más que barajar utopías que nunca se verifican; en realidad pertenecen a la época victoriana, son caducos. A mí no me sorprende que una partida de alabarderos de pantomima pueda echarlos de la escena. Siempre he estado convencido de que un golpe de Estado puede darse con muy reducidas fuerzas, cuando los demás se niegan a hacer uso de la suya. Pero me faltó la fuerza moral necesaria para organizarlo yo mismo. Para eso se precisa de gente muy distinta de nosotros, los aristócratas.

—Tal vez —dijo lord Seawood— se debió a que, por

utilizar una frase política de cuño reciente, somos demasiado altivos para mancharnos las manos en el combate.

—Eso es —aceptó el viejo estadista—. Únicamente combaten los pobres.

—No estoy muy seguro de entenderle —dijo lord Seawood.

—Quiero decir que soy débil para combatir, porque no soy inocente —siguió lord Edén—. Son los inocentes quienes combaten, quienes matan y arrasan, quienes dan al traste con la paz de las sociedades. Son los niños los que más se pelean y rompen las narices haciéndolo... Y tenga usted en cuenta que se dice que de ellos es el reino de los cielos.

No es probable que su viejo compañero Victoriano se mostrase de acuerdo con él, pero nada dijo, limitándose a contemplar con la mirada vacía el sendero que conducía a las verjas del parque. Unas verjas, con su correspondiente entrada, sacudidas entonces por un tumulto triunfal, por los cánticos de los jóvenes que regresaban victoriosos del campo de batalla.

—Pido perdón a Mr. Herne —dijo Julián Archer con gesto magnánimo—. Es un hombre realmente fuerte, y siempre he sostenido que en Inglaterra precisamos de un hombre fuerte.

—Una vez vi a un hombre fuerte en el Olympia —dijo Murrel recordando unas ferias— y me parece que sí, que todos le podían pedir excusas, aunque no sé por qué...

—No te hagas el tonto, sabes a qué me refiero —dijo el otro manteniendo su buen humor—. Hablo de un hombre de Estado, que sepa lo que quiere y cómo obtenerlo.

—Bueno, supongo que un loco también sabe lo que quiere —contestó Murrel—. Y supongo igualmente que un hombre de Estado, un hombre dedicado a la cosa pública,

243

debería saber algo de lo que piensan los demás hombres, aunque no se dediquen a la cosa pública...

—¿Pero qué diablos te sucede, mi querido Mono? Pareces molesto por algo, enfadado... Mira, todos los demás están felices...

—Eso no es tan ofensivo como parecer complacido cuando todos los demás se muestran molestos —respondió Murrel—. Pero si lo que quieres decir es que tengo que estar satisfecho, debo admitir que tu agudeza es tal que no te será difícil comprender que no lo esté en modo alguno, a pesar de tus buenos deseos... Decías que Inglaterra precisa de un hombre fuerte; incluso parecías aventurar que lo que deseamos los ingleses es un hombre fuerte... Bien, pues me parece que el único lugar del mundo en donde jamás se ha precisado, ni siquiera deseado, de un hombre fuerte es Inglaterra. Sólo alcanzo a recordar a uno que quiso serlo, el pobre Cromwell, y las consecuencias de ello fueron que lo desenterramos para ahorcarlo ya muerto, y que nos volvimos locos de alegría durante más de un mes porque el trono volvía a ser ocupado por un hombre débil, o uno al que suponíamos débil sólo porque no quiso ser ese hombre fuerte del que hablas... A nosotros no nos lucen nada bien esas manifestaciones de fuerza a las que aludes, amigo mío, ya sean revolucionarias, ya sean reaccionarias... Los franceses y los italianos tienen sus fronteras; por eso cada uno de ellos se siente en su fuero interno un soldado; por eso las voces de mando no les parecen humillantes; el hombre no es más que eso, hombre. Nosotros ni siquiera somos lo suficiente y paradójicamente demócratas como para permitir que nos dé las voces de mando un dictador. Nuestro pueblo quiere ser gobernado por caballeros; quiere que el Gobierno de la nación sea una representación institucional de sus caballeros. Pero nadie, créelo, aceptaría ser gobernado por un solo caballero. La mera idea causa pánico, y observa que hablo de un caballero, no de un dictador.

—No sé bien qué quieres decir, pero me gusta poder afirmar que en mi opinión Herne sabe qué quiere —dijo Archer—. Estoy seguro, por ello, de que sabrá componérselas perfectamente para que todos sepan qué quiere.

—Mi querido amigo —replicó Murrel—, el mundo lo compone toda clase de gente, puedes estar seguro aunque te parezca imposible... Yo no me quedo boquiabierto ante los caballeros, lo sabes, porque con harta frecuencia son gente... apolillada, por así decirlo... Pero siempre han sido caballeros los que se las han arreglado para gobernar estas islas con buena mano y éxito notable durante más de trescientos años... ¿Y sabes una cosa? Lo consiguieron porque nadie fue capaz de comprender qué decían. Podían cometer un error hoy y resolver el caso mañana sin que nadie se percatase de lo que había sucedido. Pero nunca pretendieron llegar lejos en nada; así cuidaban de no tener que volver sobre sus pasos. Siempre concedían, modificaban, remendaban... Sí, he ahí un término que me parece apropiado: remendar... Ahora, quizás sea un magnífico espectáculo ver a Herne con toda su pompa y ceremonia antigua... Pero si continúa acumulando pompa y ceremonia no podrá retirarse tranquilamente. Si aparece como un héroe ante gente como tú, semejará un tirano a los ojos de muchos otros. La verdadera esencia de nuestra política, inequívocamente aristocrática, consiste en que ni siquiera un tirano parezca que lo es... Podrá tirar todas las vallas y apropiarse de los terrenos que le vengan en gana, pero deberá hacerlo de acuerdo con las leyes promulgadas por el Parlamento, y nunca blandiendo un espadón. Y si se topa con las gentes a las que ha tirado las vallas y expropiado sus tierras, deberá mostrarse cortés y preguntarles qué tal van de sus afecciones reumáticas... En tal principio se basa la esencia de la Constitución británica: preguntar a las gentes cómo siguen de su reumatismo... Herne no debería poner a la gente los ojos como tomates, ni empezar a cortar por aquí y a sajar por allá... Temo que el peligro radique precisamente en que se trata de un hombre sencillo, y me da igual que sus razones sean o no aceptables.

—La verdad es que no pareces muy entusiasmado —dijo Archer.

—No sé si soy o no un compañero de Armas, pero sí que no soy tan imbécil... como Herne, por ejemplo.

—Ya veo —dijo Archer—; mientras fue un hombre insignificante lo defendiste, pero ahora...

—Tú lo atacabas entonces, precisamente porque era insignificante, inofensivo —replicó Murrel—. Decías que no era más que un pobre loco, y acaso tuvieras razón... A mí, la verdad, me gustan los locos, me siento bien con ellos. Lo que te reprocho es que te hayas pasado con armas y bagajes a su bando precisamente porque ahora es un loco peligroso.

—Pues para estar tan loco como dices, mira qué triunfos va cosechando...

—Triunfos muy peligrosos, tenlo por seguro —dijo Murrel—. A eso me refiero cuando digo que es un pobre imbécil; es como un niño al que no se le debe permitir que use armas. Todo es de lo más sencillo para alguien como él. Hasta sus triunfos son sencillos. Se guía por patrones que corta a su medida: un deseo de restaurar las órdenes de caballería y a la vez de hallar la aprobación de lo que hace en los gritos de los bárbaros y en una innegable anarquía. Sí, ya ha logrado algunos triunfos. Tendrá su corte e impondrá un juicio y acabará con el levantamiento de los mineros... ¿Pero no te das cuenta de que con todo eso se altera el curso de la historia? La historia es lo que siempre ha reconciliado, al final, a nuestros diferentes jefes de partido. Pitt y Fox tienen ahora sus estatuas juntas. Tú, sin embargo, te muestras a favor del relato de dos historias, la de los vencedores y la de los vencidos. Herne dictaminará en un juicio aprobado por todos los órganos del Estado, como si fuera Mansfield, pero Braintree sabrá defenderse y os desafiará de un modo que será recordado por todos los rebeldes como la oración de Emmet en su lecho de muerte. Sí, se está haciendo algo nuevo, algo que quiebra el curso de la historia. Hay una espada que divide y un escudo con dos caras. Esto ya no es Inglaterra, no somos nosotros. Es el Duque de Alba, un héroe para los católicos y un tirano para los protestantes; es Federico de Prusia, el asesino de Polonia... Cuando veas a Braintree condenado por este tribunal no sabrás siquiera cuántas cosas más habrán sido igualmente condenadas... Sí, serán condenadas cosas que en realidad tú aprecias tanto como él.

—¿Acaso eres socialista? —le preguntó Archer mirándole fijamente, inquisidor.

—Más bien soy el último liberal —dijo el Mono—. Unos cuantos amigos, por cierto, dicen que soy, por ello, un viejo.

Herne se tomó muy en serio lo que consideraba sus obligaciones. Una de ellas, sin embargo, le resultaba triste, se le notó muy pronto.

Por lo menos fue evidente su tristeza para Rosamund Severne, que no tardó mucho en saber cuál era la causa. Rosamund era una de esas mujeres que son muy madres, aun no siéndolo; un tipo de mujer, por lo demás, muy proclive a caer en brazos de los lunáticos.

Supo que tomó la otra función más seriamente, la función que más tenía que ver con lo externo que con lo interno, y sin sonreír. Supo que Herne podía ponerse a la cabeza de sus hombres como capitán de los cien que precisaba, y pronunciarse cual debía posteriormente, como presidente del Tribunal de Arbitraje. Supo que podía quitarse el gorro rojo que lo señalaba como rey de Armas y vestir toga y manto púrpura sobre su traje verde para subir al estrado tranquilamente, así hubiera desfilado ante él el emperador de Alemania una vez y otra con sus cien distintos trajes de gala. No obstante, en lo que al Tribunal de Arbitraje concernía, había algo más grave que la propia gravedad.

Primero, había mucho trabajo que resolver. Herne, en efecto, trabajaba el día entero y velaba por la noche, rodeado de montañas de libros y de resmas de papel.

Por eso estaba tan pálido. Y por la incesante concentración en su tarea. De manera un tanto general era consciente de que su papel más relevante pasaba por hacer cumplir la ley, la antigua ley feudal, o como quisieran llamar a eso en cuya reconstrucción se afanaba. Y sabía que era su deber el de aplicar esa ley sin cuento, para terminar de una vez por todas con la absoluta anarquía industrial que se vivía, con todos los retrasos y dilaciones que causaba la huelga. Sabía todo eso y lo aprobaba, aunque acaso ciegamente. Pero a pesar de ser un hombre habituado al estudio, desconocía cuánta investigación, cuanta recopilación de datos, cuánto repaso a los antiguos códices y fueros, cuánto, en fin, tenía que hacer para ser justo. Pero había una serie de cosas que a Rosamund pareció aún más extraña; suponía que se trataba de algo sin mayor importancia, informes científicos, algo así, papeles que no hacían más que aumentar el montón que estudiaba Herne, por lo que no pudo por menos de sorprenderse la joven dama cuando mientras ayudaba al rey de Armas en su tarea descubrió que una carpeta llevaba la firma de Douglas Murrel.

No podía ni imaginarse qué tenía que ver el Mono con aquello, pero supuso que nada bueno sería para el rey de Armas, para quien habría de sancionar como juez árbitro.

—Ya sé cuan abrumado se siente ahora —dijo Rosamund a Herne—; ya sé que tiene que resultar odioso ayudar a ciertas gentes para que triunfen, y sé igualmente lo duro que ha de resultarle tratar con gente que nos es grata, precisamente para que no triunfe... Sé bien que aprecia a John Braintree.

Él la miró por encima del hombro, con una expresión que extrañó a la joven dama.

—No suponía que lo apreciara usted tanto —volvió a hablar ella.

Herne la miró de nuevo volviéndose violentamente, como hacía todos sus movimientos en los últimos tiempos.

—Pero sé que sabrá impartir usted justicia —siguió diciendo Rosamund.

—Sí, sabré hacer justicia —dijo Herne al fin, dejando caer su cabeza entre las manos, como abatido, saliendo de la biblioteca.

Volvió no mucho después y de inmediato siguió tomando notas, consultando papeles. Antes de ponerse a la tarea, sin embargo, había mirado al techo, o por mejor decir, a la estantería donde tantas horas estuvo encaramado al comienzo de esta historia.

John Braintree, que como es fácil comprender nunca tuvo la menor simpatía por aquella especie de cabalgata continua que habían montado las huestes de Herne, aunque entre dichas huestes se contase la persona a la que más quería, mostraba una actitud desdeñosa incluso con las ropas de época con que solía vestirse su amada. Pero el desdén nunca es del todo desdeñoso en quienes, por sentirse vencidos, son capaces del desafío. Cuando se le preguntó si deseaba argüir algo más, una vez fue presentado al Tribunal el documento que pretendía ser probatorio, pareció, de tan desafiante, el mismísimo Carlos I.

—No reconozco a este tribunal —dijo—. No veo más que una partida de figurantes en una pésima bufonada. Y no veo por qué he de acatar la fuerza bruta del bandidaje, por mucho que se trate de estúpidos bandidos de teatro. Supongo que se me obligará a seguir esta farsa hasta su conclusión, pero no diré nada, al menos en tanto no traigan los instrumentos de tortura necesarios para obligarme, o en tanto no vea que amontonan haces de leña para quemarme en la pira. Lo digo porque supongo que, al tiempo que se recuperan innumerables cosas hermosas de la antigüedad, también se habrán recuperado las más excelsas de la Edad Media... Sois doctos en la materia, es evidente, por lo que imagino que sabréis ofrecernos la más completa reconstrucción del medievo.

—Sí —dijo Herne—. Quizás no seamos capaces de hacerlo hasta sus últimas consecuencias y con todo lujo de detalles, porque no queremos defender ciertos detalles, dicho sea de paso, hasta sus últimas consecuencias, pero en términos generales sí es cierto que nos empeñamos en la reconstrucción del esquema general, al menos, de la Edad Media. Por otra parte, nadie os ha acusado de nada que merezca ser castigado con la tortura o con la hoguera.

—¡Oh, cuan agradecido me siento! —dijo Braintree a medias entre la sorna y el alivio—, pero no me gustaría que me trataseis con favoritismo...

—¡Orden, orden! —gritó Julián Archer con indignación—. ¡No podrá seguir la vista si el acusado no observa el debido respeto para con el Tribunal!

—Por todo lo que pueda probar —siguió el juez árbitro sin hacer caso de lo gritado por Archer— que sois responsable de actividades que suponen peligro para el interés general, o que sois un enemigo público, os digo que tanto vos como las otras personas encausadas serán juzgadas por este Tribunal, y sólo por este tribunal, pues no es cosa de que se cumplan o no mis deseos, sino de que se cumpla la ley.

Herne, con un gesto de su mano, cortante como una espada, puso fin a las aclamaciones que levantaron sus palabras. Quienes le aplaudían habían tomado lo dicho por el discurso de un jefe que arengase militarmente, pero el bibliotecario poseía un sentido muy estricto de su papel de rey de Armas, lo necesario para no permitirse una exaltación en el Tribunal. Todo cuanto hiciera, por duro que resultase, tenía que ser entibiado por el bálsamo de la justicia administrada sin dejarse llevar por el fuego de la pasión. Se hizo el silencio, tras aquellas aclamaciones, pero fue un silencio ansioso, pleno de entusiasmo. Herne continuó diciendo en voz monótona:

—Nuestra misión consiste en recobrar un orden justo y antiguo, basado en el restablecimiento de las viejas leyes. Pero al hacerlo no podemos prescindir del deber inapelable de elaborar una ley nueva. Las grandes edades de las que hemos partido para crear un orden nuevo fueron muy ricas y variadas, hasta excepcionales; por eso debemos extraer de ellas principios generales, desechando los detalles concretos que supongan contradicción con nuestros intereses del presente. En el caso que vemos, la querella se ha producido como consecuencia de los derivados del carbón, del trabajo para la elaboración de tinturas, y nosotros debemos comenzar por recurrir a ciertos principios que en otro tiempo gobernaron el trabajo más precioso para el mundo y la vida que le es consustancial. Aspiramos a recuperar esos principios antiguos, tan distintos de los que oímos expresar frecuentemente en estos nuestros tiempos modernos, en los movimientos que se producen en esta época sin paz y casi sin ley... Unos principios signados por el orden, y añadiré que por la obediencia.

Un murmullo de aprobación brotó de entre sus huestes, mientras Braintree, por su parte, soltaba una sonora y grosera carcajada.

—En la organización de los gremios antiguos —prosiguió Herne—, la obediencia se esperaba de los aprendices y de los jornaleros, que se la debían a los maestros. Un maestro era el que producía una obra maestra, el que se había sometido al necesario examen ante los gremios, que exigían el máximo conocimiento del que se examinaba ante ellos. El trabajo se hacía con las herramientas y el capital que aportaba el propio maestro. El aprendiz era uno a quien se enseñaba el oficio, y el jornalero otro que no había terminado de aprenderlo. Así se organizaba el trabajo en otro tiempo, en líneas generales. Aplicando esa organización al caso que ve este Tribunal, encontramos lo siguiente: hay en el vasto campo que abarca esta industria tres maestros, en tanto hombres que aportan las herramientas y el capital. Conozco sus nombres y sé que se reparten la propiedad. Uno es sir Howard Pryce, antiguo maestro en la manufactura de jabones, que hoy, sin embargo, se ha convertido en un maestro de las tinturas. El segundo es Hubert Arthur Severne, ahora lord y Barón Seawood. El tercero es John Henry Heriot Eames, actual lord y Conde de Edén. No tengo la menor noticia, sin embargo, de la fecha y ocasión en que hayan presentado a examen ninguna obra maestra, en lo que a tinturas se refiere. Tampoco he podido obtener la menor evidencia de sus trabajos, ni de que hayan educado en él a sus aprendices.

El rostro de Douglas Murrel, mientras hablaba Herne, se mostraba vivaz y en alerta. Los rostros de los demás mostraban diferentes signos, no todos de complacencia.

La confusión que se veía en los finos rasgos fisionómicos de Julián Archer era debida a esa protesta de extracción social propia de la gente de su clase que parece expresar un «¡vaya por Dios!»

—En este asunto —siguió diciendo el juez árbitro— nosotros debemos proceder con cautela para distinguir el principio intelectual de cualquier emoción sobre el tono y los términos de la discusión. No me referiré al lenguaje utilizado aquí por el jefe de los trabajadores, ni a lo que sobre mi persona dice. Pero él afirma que el oficio debería ser controlado por quienes lo desempeñan completa y competentemente, por lo que no puedo decir sino que expone la antigua idea medieval, y que la expone además muy correctamente.

Por vez primera, en tanto se desarrollaba el proceso, pareció que Braintree se imponía una pausa, por lo que se limitaba a mirar a Herne fijamente, sin abrir la boca. Si decir que se comportaba como todo un hombre del medievo era un cumplido, es difícil que pudiera aceptarlo con gusto. Pero entre los grupos que habían ido dispuestos a vitorear al rey de Armas y juez árbitro, los murmullos eran cada vez más gruesos y hasta desaprobatorios, y Julián Archer, no preparado todavía para interrumpir al orador, se enzarzó con Murrel en una discusión áspera, aunque en un murmullo.

—Claro está —seguía perorando Herne—, lord Edén y lord Seawood sacan todo el provecho que pueden del actual estado de cosas, aparentando de paso que los beneficios que obtienen son cosa de su maestría... No sé si querrían de verdad ejercer un oficio del que acaso se ocuparan en un tiempo, cosa de la que no tengo, por cierto, la menor noticia; no sé si sería preciso, por el contrario, que comenzaran dicho ejercicio como simples aprendices...

—Perdóneme —dijo entonces el hombre fuerte y sensible que era Mr. Hanbury levantándose de golpe—. ¿Lo que dice es un chiste? No piense lo que no es, sólo pido información; a mí, se lo aseguro, me hacen mucha gracia los chistes.

Herne lo miró fijamente y el otro fue sentándose poco a poco. Herne prosiguió imperturbable:

—En el tercer caso, en el del caballero que en un tiempo se afanó de veras en la elaboración de los jabones, confieso no tener las ideas tan claras. No termino de comprender en virtud de qué proceso de aprendizaje pasó de un oficio a otro, algo que en el antiguo sistema que tratamos de restaurar precisa de unas comprobaciones de la habilidad muy claras. Esto, sin embargo, me lleva a contemplar otro asunto, relacionado directamente con la causa que ve este Tribunal; un asunto sobre el que debo pronunciarme con mayor severidad. Sobre el primer punto, en cualquier caso, la decisión ha de ser intachable. El fallo de este modesto juez árbitro determina que la pretensión de Mr. John Braintree, de que el oficio debe estar gobernado sólo por los maestros que lo ejercen, es perfectamente compatible con nuestra tradición, por lo que su petición es justa y debe ser aprobada.

—¡Pues si es así, han acabado conmigo! —exclamó Hanbury, que sin embargo siguió estoicamente sentado.

—¡Por todos los diablos, así que se trataba de eso! —clamó Archer en un tono que pretendía ser aprobatorio y que levantó a su alrededor un murmullo de protesta—. Una decisión de semejante importancia...

—La decisión ya ha sido adoptada —dijo el juez árbitro.

—¡Orden, orden! —gritó Braintree sarcásticamente—. ¿Cómo podremos seguir si no se respeta a este Tribunal?

El Tribunal pareció indiferente a lo que allí ocurría, pero cualquiera que hubiese observado con atención al presidente habría visto que su expresión se hacía más grave y severa por momentos... Y que estaba muy pálido, como si tuviese que hacer un gran esfuerzo para mantener la cabeza fría y no dejarse llevar por otra cosa que no fuese su convicción de obrar conforme a lo que dictaban las leyes.

XVII

LA PARTIDA DE DON QUIJOTE

En mitad de aquel alboroto, los dos nobles a los que había aludido directamente el juez árbitro permanecían inmóviles, rígidos como momias en sus asientos, si bien no por las mismas razones.

Lord Seawood estaba boquiabierto, con la expresión que pondría una cabeza humana a la que hubieran soplado fuerte desde abajo, desprendiéndola del cuerpo para mantenerla suspendida en el aire. No acertaba a comprender si el juez árbitro bromeaba o no, aunque algo en su interior le decía que los jueces, sean de lo que sean, no suelen andarse con bromas. Pero si bromeaba... ¿Dónde estaban la tierra, el cielo, el aire?

Lord Edén, por su parte, permanecía impasible; su sonrisa, que más que otra cosa parecía arcaica, de tanto tiempo como la llevaba pintada en el rostro, era incluso amplia. Daba la impresión de que le complacía todo aquello, como si hubiese previsto los acontecimientos uno tras otro y supiera en cada momento lo que ocurriría acto seguido.

El juez árbitro continuó su disertación:

—El principio por el que se juzga y sentencia está perfectamente probado a través de los informes pertinentes de que disponemos. Repito que es de capital importancia comprender dichos informes y observarlos con precisión lógica. Si definimos o describimos un oficio o negocio como se produjo originalmente, y como debería seguir produciéndose de manera razonable, fallamos en consecuencia de esa lógica implacable de las cosas. No hay razón para hacerse más preguntas al respecto. El gobierno de tal oficio o negocio corresponde por derecho a los maestros que lo ejercen. Pero la ley antigua reconocía igualmente otros derechos: el de la propiedad privada. El obrero trabajaba y el comerciante comerciaba con su propiedad privada. En un caso como el que aquí juzgamos hemos de admitir que, si bien el derecho abstracto de la administración ha de pertenecer a los trabajadores, las materias con las que llevan a cabo su oficio pertenecen a los tres hombres anteriormente citados.

—Bueno, esto ya es otra cosa —se oyó decir a Archer, que exhaló a continuación un suspiro de alivio.

La cabeza del viejo lord Seawood comenzó a hacer leves movimientos de asentimiento, si bien trémula y dubitativa, como las cabezas de las muñecas chinas. La dura cabeza de lord Edén, sin embargo, seguía inmóvil, con aquella vieja sonrisa que parecía pintada en su cara.

—En resumidas cuentas —siguió el juez árbitro—, la ética y la jurisprudencia medievales consagraban el principio de la propiedad privada, de manera más elaborada que la mayoría de los sistemas modernos. Y ni siquiera el sistema llamado socialista ha logrado describir en su totalidad, ni para criticarlo, cómo se verificaba dicho principio. Era cosa de común aceptada que el hombre, por ejemplo, poseyera real o aparentemente una propiedad a la que no tenía derecho de ninguna especie, porque había sido adquirida mediante métodos por completo ajenos a la moral y a la ética cristiana, como la usura. También había leyes que condenaban lo que conocemos como monopolio de los bienes del mercado. Al margen de estos crímenes, que se castigaban en ocasiones hasta con la picota y la horca, la posesión personal de riquezas se aceptaba como normal. En consecuencia, no encuentro razón alguna para dudar de que la riqueza que atesoran estos caballeros sea lo que es menester para desarrollar los oficios industriales. Dos de ellos son dueños de grandes haciendas; pero estas se han ido haciendo improductivas con el paso de los años, hallándose en el presente hipotecadas en parte. La riqueza que atesoran les viene, en gran medida, de las muy afortunadas operaciones de la Compañía de la Brea y las Tinturas, de la que son accionistas mayoritarios. Este tipo de operaciones son tan beneficiosas en la mayor parte de nuestro país, que puede decirse que todas las pinturas, lápices, colorantes, colores de paleta y de pincel, etcétera, que se venden y utilizan, provienen de las fábricas químicas de la industria de derivados. Bien, pues llegados a este punto sólo nos queda determinar mediante qué forma de actuación comercial se ha conseguido tal posición ventajosa.

Pudo observarse un curioso cambio entre los asistentes. Gran parte de ellos, arrullados por las magníficas frases de los folletos comerciales, movían la cabeza afirmativamente. Y lo que más notable resultaba era que lord Seawood sonreía al fin, mientras lord Edén se ponía repentinamente serio.

—Ocurre que un accidente, o dicho en términos más precisos, la aventura vivida por uno de los camaradas más señeros de este reino —siguió diciendo el juez árbitro—, ha revelado con gran claridad un caso que podemos tomar por prototípico, y como tal, por prueba. Hemos conocido la historia de un maestro de oficio a la antigua; un hombre capaz de componer sus propios colores con sus propias manos, y de acuerdo con sus propios gustos, de excelencia más que comprobada... Así produjo algo que durante mucho tiempo fue indispensable para que grandes artistas pudieran dar muestras de su exquisitez. Ese producto, sin embargo, no lo expende la Compañía antes aludida. ¿Qué ha pasado con esa auténtica obra maestra de un oficio secular? ¿Qué ha sido del maestro que la creó?

Gracias a lo que nos ha sido informado por el gentil caballero al que he aludido como uno de los camaradas más señeros de este reino, sé bien qué ha ocurrido... Ese hombre, ese maestro, fue perseguido con saña hasta resultar reducido poco menos que a la condición de mendigo. Por culpa de su desesperación lo acusaron de estar loco; pero está perfectamente comprobado que los métodos que contra él se emplearon, los métodos utilizados para privarle de lo que era su mayor tesoro y su mayor honra no han sido otros métodos que los que ya he descrito, a los cuales podemos llamar de expolio... Antes, los hombres que cometían esa felonía eran llevados a la horca. Hoy, los tres hombres que han hecho tales cosas son los tres accionistas mayoritarios de la Compañía antes citada, tres maestros de ese infame comercio.

Nombró de nuevo a dos de ellos, con voz muy severa. Pero al llegar al nombre de lord Seawood, su voz se quebró. Bajó la mirada para no verles los ojos.

—Así, pues, este Tribunal —prosiguió tras una pausa— decide que la propiedad privada empleada en este negocio no ha sido legalmente adquirida, por lo que quienes la detentan no pueden alegar el privilegio de posesión justa. Fallamos, primero, que el oficio sea gobernado totalmente por sus miembros emancipados, siempre que tengan justo derecho, mediante pruebas concluyentes, a la propiedad; y fallamos igualmente, en segundo lugar, que la reclamación de propiedad hecha en este caso no es justa. Así, pues, adjudicaremos al gremio de...

El viejo Seawood saltó como galvanizado, y una gran vanagloria, más fuerte que todas las vanidades propias a las grandes victorias, emergió de él a la superficie, aunque lo hiciera en realidad porque sentía ahogarse.

—Yo había supuesto —comenzó a decir tratando de

dominar un leve tartamudeo— que este movimiento tenía por objeto la restauración del respeto debido a la nobleza... Y no tengo noticia de que ninguna de estas leyes que aquí se aplican para regular la actividad de los talleres industriales deban aplicarse igualmente a la nobleza.

—¡Ah!, por fin se manifiesta claramente como lo que es —dijo Herne para sí.

Lo dijo con su voz humana verdadera, por primera vez en mucho tiempo.

—Yo no soy un hombre —siguió ya en el tono de antes—. Yo, en este Tribunal, sólo soy la voz de la ley, una ley que no sabe ni de hombres ni de mujeres. Aconsejo, sin embargo, no acudir ni a títulos ni a dignidades. Aquí no se hacen distingos ni con príncipes ni con nobles.

—¿Y por qué no? —preguntó con voz estridente Mr. Archer.

—Porque sobre eso —replicó rápidamente Herne, con una palidez mortal entonces— habéis sido tan tontos que de continuo no os ha sido dado hacer otra cosa que proclamar a las claras cuál es vuestra verdad.

—¿Pero qué diablos pretende decirnos? —clamó Archer con tono agónico.

—Maldito sea yo, si acierto a saberlo —respondió el estólido Mr. Hanbury.

—Ya, lo había olvidado —dijo el juez árbitro con voz ahora vibrante—. Ustedes, claro está, no son trabajadores de la clase ordinaria; ustedes no han tenido que aprender la elaboración de pinturas; ustedes jamás se han manchado las manos con un tinte cualquiera; ustedes han superado pruebas más elevadas, claro está; ustedes han contemplado sus armaduras y en esa mera contemplación han ganado sus espuelas... Sus altas crestas y sus títulos les vienen de la antigüedad, por supuesto... Y naturalmente que no han olvidado ni sus nombres ni los de sus antepasados...

—Por supuesto que no hemos olvidado nuestros nombres —dijo lord Edén francamente molesto con el juez ár-bitro.

—Precisamente —dijo el juez árbitro—, eso es lo único que han hecho durante mucho tiempo.

Se hizo otro silencio. El de Herne resultaba enigmáti-co. El de la sala parecía lleno de los ojos desorbitados de Archer y Hanbury. Poco después se dejaba sentir de nuevo la voz del juez árbitro, que volvió a asombrarlos con su aparentemente rutinaria exposición de los aspectos legales en los que se basaba para emitir su fallo.

—En nuestro empeño por aplicar métodos tradiciona-les a la administración de justicia, contemplamos igual-mente lo que concierne a la heráldica y a la herencia. Así he descubierto la existencia de un muy curioso estado de cosas. Un estado de cosas contrario, por lo demás, a la im-presión y al interés general. Bien, he descubierto que son muy pocas las personas que hay entre nosotros, las cuales poseen árboles genealógicos que les permitan reconocerse en el sentido heráldico o feudal propio a la aristocracia medieval. Y los que sí detentan esa propiedad, sin embar-go, son los más pobres entre los pobres; ni siquiera perte-necen a eso que llamamos clase media... En los tres conda-dos sobre los que tengo jurisdicción, precisamente aquellos a los que se ha negado desde hace mucho tiempo su sangre noble son los únicos nobles verdaderos que existen.

Esto último lo dijo el juez árbitro en un tono que po-dríamos definir como impersonal, como carente de entu-siasmo; como si se limitara a dictar una lección sobre los hititas. Aunque hay que decir que exageró algo, porque las palabras con que siguió sonaron muertas, de tan carentes de entusiasmo en su afán por exponer los hechos con la mayor frialdad.

—Sus haciendas —dijo— son de obtención relativamente próxima en el tiempo, y cabe decir que a veces utilizando añagazas de dudosa moralidad, por no hablar de una absoluta falta de caballerosidad merced a la utilización de abogados, testaferros, especuladores, etcétera. Al adquirir sus haciendas, estos sin duda ingeniosos señores se hicieron también con los títulos y los nombres de familias antiguas. El apellido de la familia de lord Edén, por ejemplo, no es Eames, sino Evans. El apellido de la familia de lord Seawood no es Severne, sino Smith.

Murrel, que contemplaba absorto la pálida tez del juez árbitro, lanzó una carcajada.

El alboroto era generalizado. No era un griterío compacto, sino una cháchara salpicada de entonaciones en cada grupo. Pero se impuso de nuevo la voz del juez árbitro:

—Sólo dos hombres de este condado pueden vanagloriarse de ostentar nobleza propiamente dicha, y son uno que se desempeña como conductor del ómnibus que va hasta Mildyke y un verdulero de dicha ciudad. Nadie más puede llamarse Arminger Generosus, excepto William Pond y George Cárter.

—¡El viejo George, por todos los cielos! —exclamó Murrel lanzando una carcajada aún más fuerte.

Su risa contagió a varios más, lo que tuvo la virtud de romper la tensión. Poco después reía todo el mundo. La risa es el verdadero refugio de los ingleses.

Ni siquiera Braintree, recordando ahora la constante sonrisa del viejo George en la taberna, pudo contener sus carcajadas.

No obstante, el juez árbitro no era precisamente un hombre que supiera hacer uso de la ironía, cosa que ya había observado lord Seawood. La verdad es que Herne jamás había leído una sola página del Punch.

—Yo no sé —dijo— qué tiene de ridículo el linaje de estos hombres, no sé a qué vienen esas risas... Hasta donde me ha sido dado entender, no han hecho nada que pudiera manchar sus escudos de armas, entre otras cosas porque fueron desposeídos de ellos... Tampoco consta que se hayan rodeado de ladrones ni de especuladores para arruinar a cualesquiera hombres honrados... No han obtenido dinero en cantidad alguna mediante usura, ni han servido como perros a las familias dominantes, ni han devorado como los buitres a las familias venidas a menos... Pero vosotros, caballeros que ostentáis ante la faz de los pobres vuestras pompas, ¿qué decís? Pues lo cierto es que vivís en la casa de otro, lleváis el nombre de otro, lucís el blasón y el escudo de otro... No tenéis más historia que la de unos hombres nuevos vestidos de viejos... ¿Y sois capaces de pedirme que juzgue contra la justicia en nombre de vuestros antecesores y en virtud de unos privilegios que no os corresponden?

Se había calmado la risa, pero el ruido persistía.

Nadie disimulaba, todos los gritos se habían unido. Archer y Hanbury gritaban, con otros diez o doce hombres que estaban de pie. Pero, por encima de todo, seguía oyéndose la voz inalterable de quien ocupaba el estrado de la justicia.

—Por lo tanto, anotemos esto en un tercer fallo y en respuesta a la tercera petición hecha ante este Tribunal. Estos tres hombres han perdido la maestría de un oficio y la obediencia de todos los que para ellos trabajaban. Su causa ya ha sido vista. Piden que se les reconozca una maestría, sin ser maestros. Piden que se les reconozca una propiedad, sin ser propietarios. Piden nobleza y no son nobles. En consecuencia, fallamos en contra de sus tres peticiones.

Cesaba el ruido; cada cual miraba al que tenía a su lado como preguntándole qué más cosas podrían acontecer.

Lord Edén se levantó lenta y perezosamente, con las manos en los bolsillos.

—Algo se ha dicho aquí de alguien a quien se consideró loco —dijo—. Siento mucho que una escena tan sonrojante haya tenido que producirse precisamente aquí, pues también en esta sala parece imperar la locura... ¿Es que no hay nadie cuerdo?

—¿Es que nadie va a llamar a un médico? —dijo Archer.

—Usted mismo consideró que el rey de Armas era el hombre idóneo —dijo Murrel a lord Edén, mirándole con sorna por encima del hombro.

—Todos podemos equivocarnos —dijo lord Edén secamente—. Por lo demás, no puedo negar que este loco sigue haciéndome cierta gracia... Aunque habría que concluir esta farsa, resulta poco edificante... para las damas, por ejemplo.

—Claro —intervino Braintree—, será mejor que las damas contemplen el final de sus lealtades y de sus votos.

—Sí —aceptó el juez árbitro con mucha tranquilidad—; si esto supone el final de vuestra lealtad hacia mí, no supone, por el contrario, el fin de mi lealtad para con vosotros, o para con las leyes que he jurado hacer cumplir. A mí no me importa descender de este alto asiento; pero sí me importa decir la verdad, al menos mientras esté en el estrado. Y sí me importa, por sobre todas las cosas, que odiéis la verdad.

—Es usted un gran actor, desde luego —le soltó Julián Archer con suma indignación.

Una rara sonrisa se dibujó entonces en la cara de Herne.

—En eso —replicó— está usted especialmente equivocado. Yo jamás he sido un actor; yo he sido siempre una persona muy humilde hasta que ustedes, por necesitarme, me convirtieron en un actor. Sin embargo, les debo de haber descubierto que la obra que estaba representando era mucho más real que la vida que ustedes hacían. Los versos que decíamos eran mucho más parecidos a la vida que la vida que ustedes consideraban verdadera.

Sin alterar la voz, aunque con un timbre especial, como si los versos le fueran más naturales que la prosa, recitó entonces:

Los malos reyes en el trono encajan
curados del espanto por la costumbre.
¡Mas qué atroz pánico, qué horrible pavor
si tal rey fuese un rey honesto y justo!
¡Oh, pestilencia vil que todo oculta
y en su atroz protección todo lo cubre!
Sufren los hombres a un amo injusto,
mas uno bueno, ¿quién sufrirlo podría?
sus nobles se rebelan y traicionan.
y sigue él, como yo, su camino solitario.

Cuando descendió del estrado parecía más alto.

—Si dejo de ser rey o juez —dijo—, seré siempre, sin embargo, un caballero, aunque sea, como en la función, un caballero errante. Vosotros, por el contrario, no seréis más que actores. O bribones y vagabundos. ¡Decidme! ¿Dónde habéis robado vuestras espuelas?

Un espasmo que fue como el latido que provoca una humillación cruzó el rostro de lord Edén, cuando dijo en voz estridente:

—¡Que termine de una vez por todas esta maldita farsa!

Aquello no podía tener más que un final.

Braintree ardía, exaltado aunque aún silencioso, pero quienes le rodeaban entendieron tan poco del fallo que en su favor había dado el juez árbitro como los del otro bando. A tal punto, que quienes hasta entonces habían estado en el bando contrario al de Braintree apoyaron los gritos de los correligionarios del sindicalista a favor de su jefe.

Sólo dos personas parecieron mantener la cabeza fría. Del fondo de la sala avanzó lentamente Olive Ashley, con solemnidad digna de una princesa. Echando una mirada radiante al jefe de los trabajadores, se situó junto al juez árbitro. Un instante después, Douglas Murrel fue hasta allí para ponerse al otro lado. Parecía una parodia, pues la dama y el caballero, uno a cada lado del rey de Armas, habían sostenido respectivamente la espada y el escudo el día en que fue coronado. De pie, ante el estrado, Herne hizo un último gesto ritual. Se despojó de sus ropones de magistrado y del manto de rey, y dejándolos caer al suelo quedó vestido con el atuendo verde que llevaba desde el día de la representación de la obra.

—Sigo adelante, como un verdadero desterrado —dijo—; y así como hay hombres que roban en los caminos, yo haré justicia en esos mismos caminos... Eso, sin duda, me convertirá a los ojos de las gentes en un criminal aún mayor.

Volvió la espalda a todos para contemplar unos instantes la que había sido su alta silla.

—¿Ha perdido usted algo? —le preguntó Murrel.

—Todo —respondió Herne, y Murrel se le quedó mirando atónito, sin saber qué decirle.

Vio al momento lo que buscaba Herne: aquella gran lanza, que el hasta entonces juez árbitro tomó del suelo y se echó al hombro para salir de allí.

Murrel le contempló unos instantes, e impulsado por algo que desconocía salió tras él. El hombre vestido de verde se volvió, al oír que el otro lo llamaba, y le miró con el rostro aún más pálido, pero en paz.

—¿Me permite que le acompañe, Herne? —preguntó Murrel.

—¿Y por qué quiere venir conmigo? —preguntó a su vez Herne, no de manera ruda, sino como si hablara con un extraño.

—¿Es que ya no me conoce? —dijo Murrel—. ¿Ya no recuerda cuál es mi verdadero nombre?

—¿A qué se refiere?

—Me llamo Sancho Panza —dijo Murrel.

Veinte minutos después salía de las tierras de Seawood un cortejo raro, perfectamente calculado para demostrar que lo grotesco persigue tantas veces las huellas de lo fantástico.

Mr. Murrel no había perdido nada de su capacidad para disfrutar de las cosas más absurdas como si fueran las más serias. Pero era digno de contemplarse el resto de la partida. Murrel, efectivamente, había obtenido el puesto de escudero, que con tanto ardor solicitó a Herne. Así que se subió al pescante de su viejo coche, tirado por el caballo que tanto aprecio le tenía, tras abrir la portezuela para que subiese su señor. Mas no cesó ahí el crescendo de lo ridículo que conduce a lo sublime, pues arrepintiéndose de inmediato, el señor salió del coche y de un salto se subió a lomos del caballo y alzó su lanza.

Fue un gesto relampagueante. Segundos después reventó el trueno de la risa de quienes contemplaron la escena, o lo que es igual, una visión, algo que perduraría como un recuerdo a la vez vibrante y quebradizo, como la resurrección de los muertos. Rígido a lomos de su Rocinante, Herne había alzado aquella su lanza inútil que durante más de trescientos años tanto nos ha hecho reír. Y tras él, el grotesco carruaje como la caricatura persigue a nuestra dignidad; o como el simple espíritu humano mira hacia abajo, aunque no cruelmente, a todo lo que es realmente más alto.

Aunque el absurdo apéndice que suponía el viejo coche se tambaleaba tras él como una carga abrumadora, no quedó más, en quienes contemplaron la escena, que la fuerza y la terrible pasión que se dibujaban en el rostro del caballero andante.

XVIII

EL SECRETO DE SEAWOOD

Fue un mal día para muchos; el día en que el profeta que había llegado para bendecirlos acabó por maldecirlos, y así, maldiciéndolos, se fue.

El más tranquilo de todos era Braintree, aquel a quien había absuelto, en fin de cuentas, el juez árbitro que acababa de irse. No obstante, el sindicalista continuaba asombrado; aquello que siempre había tenido por leyes poco menos que de la Edad de Piedra resultó que se le ofrecían como hachas pulimentadas, las armas idóneas para la defensa de sus ideas. Hubiera esperado cualquier cosa, la venganza caballeresca... Pero nunca había soñado oír su propia causa defendida por unos principios perfectamente medievales.

Por lo que podía ver, resultaba ser él, a fin de cuentas, el hombre más medieval de todos cuantos por allí andaban, cosa que por otra parte no dejaba de causarle alguna desazón.

Mientras su mirada recorría la disolución definitiva de aquella escena se fijó en algo especial; se estiró, se enderezó, y soltando una corta carcajada, se encaminó hacia donde se encontraba Olive, de pie, junto a la silla vacía que hasta poco antes había ocupado el juez árbitro.

—Parece, querida, que al fin hemos podido reconciliarnos —dijo.

Ella sonrió levemente.

—Me parece terrible que no puedas aceptar la autoridad de Herne... Y me parece igualmente terrible que pueda alegrarme de la disputa que ha causado precisamente nuestra reconciliación.

—Perdona, pero yo sólo siento alegría, ni un ápice de terror, no cabe la palabra terrible —replicó él—. La gente tiene que estar de mi parte si está de la de Herne; quiero decir, sí están verdaderamente de su parte, como tú.

—No creo que me resulte difícil ponerme de tu parte —dijo Olive—. Más bien, me será difícil no hacerlo. Y lo estuve también cuando llevabas las de perder, lo sabes...

—Veremos si ahora llevo realmente las de ganar —dijo Braintree—. Esto ha dado confianza a mis gentes; me siento como un águila, como si volviera a los primeros días de mi juventud... En cualquier caso, no pienses que ha sido Mr. Herne el artífice de todo esto...

Ella lo miró confundida.

—Supongo —dijo dubitativa— que alguien le sustituirá al frente de la organización...

—La organización se acaba de ir al diablo, querida —dijo Braintree—. En cierto modo, y a pesar de mi victoria última, hemos sido vencidos por un hombre, no por una organización creada para derrotarnos. Ya dije en su día que no tenía miedo de que me lanzaran cuchillos del siglo XIV; y menos aún hachas de ese mismo tiempo blandidas por el viejo Seawood... Pero, claro que seguirán con su comedia, no lo dudes; verás qué pronto vemos y oímos a Mr. Archer convertido en algo así como lord árbitro y hasta como rey de Armas... Pero no goza de confianza; sabe que mis gentes y yo podríamos derribar su imperio de opereta como si fuese un castillo de naipes... Quien fue alma de todo esto se ha ido; andará ya a una milla de distancia.

—Tienes razón —concedió ella tras un silencio—. Mr. Herne es un gran hombre, y más que eso... Los demás han perdido su orgullo, algunos su juventud, muchos su decencia... Han oído decir verdades y lo saben, por mucho que aparenten lo contrario... Pero debo confesar que lo siento mucho por alguien en concreto.

Él la miró muy serio y dijo:

—Claro, yo también lo siento por algunos, de verdad... Pero, dices que...

—Lo digo por Rosamund —y bajó la voz Olive—. Me parece muy triste lo que le ha pasado. Lo peor.

—Creo que no te entiendo —dijo Braintree.

—Claro que no me entiendes.

La miró sorprendido. Ella dijo apasionadamente:

—¡Claro que no lo entiendes! Sé que todo esto ha sido duro para nosotros, pero no hemos tenido que pasar, por ventura, por todo lo que ellos se han visto obligados a pasar. Nosotros nos distanciamos porque cada uno pensaba que el otro era contrario a una causa noble. Pero no llegamos al ataque personal. Y tú no tuviste que levantarte para injuriar a mi padre, ni yo tuve que permanecer sentada y callarme mientras lo hacías... Tú no has tenido que maldecirme, ni maldecir a mi linaje. No ha sido de tus labios que he tenido que escuchar cosas horribles acerca de mi familia... No sé qué hubiera hecho, de haberme ocurrido lo que a Rosamund... Creo que ahora mismo estaría muerta... ¿Cómo crees que reaccionará?

—No imaginé que te refirieses a Rosamund Severne —dijo Braintree.

—¡Pues claro que me refería a ella! —dijo Olive con vehemencia—. Él, sin embargo, se ha ido sin dejarle siquiera su nombre, sin despedirse... ¿Qué miras con tanto interés? ¿De veras no sabías que Herne y Rosamund se habían enamorado?

—No, lo ignoraba por completo —dijo él—. Ahora comprendo lo que decías...

—Debo acudir a ella, pero la verdad es que no sé qué decirle...

Cruzaba el jardín ya desierto, en dirección a la casa,

cuando de pronto algo hizo que se detuviera y mirase con mayor atención que nunca al monumento. Y al hacerlo, cosas extrañas y nuevas le llegaron al alma y se reflejaron en sus ojos. En la clara y exaltada intensidad de su felicidad, y acaso también en la clara y exaltada intensidad de su infelicidad, parecía ver aquello por primera vez en su vida.

Después miró en derredor suyo, como alertada por el silencio que había sucedido al guirigay de aquella tarde. La gran extensión de césped que había entre la fachada de la mansión y las dos alas extremas de la antigua abadía de Seawood estaba tan desierta que parecía una ciudad de muertos. Comenzaba a oscurecer y la luna redonda se elevó hasta brillar arrojando leves sombras sobre las gárgolas y otros ornamentos góticos. Cuando la faz de la vieja abadía temblaba bajo la luz cambiante todo pareció adquirir para ella un significado distinto. Una paradoja de la que ya le había hablado el Mono tiempo atrás. En el interior había luz y en el exterior había oscuridad creciente. ¿Pero quién estaba en el interior?

Tres fachadas con sus ventanas puntiagudas parecían observarla, como antes habían observado tantas tonterías. Y esperaban observar algo más.

De pronto, silenciosamente, fue a dar con Rosamund, que se hallaba de pie en el gran pórtico. No necesitó mirar directamente a la máscara trágica que era el rostro de la joven dama para saber cuánto sufría. Pero tomó del brazo a su amiga y le dijo, no sin bastante incoherencia:

—¡Oh, no sé qué decirte! ¡Y tengo tanto que decirte! —como no hubo respuesta siguió Olive—: Es horrible que te haya ocurrido a ti, siempre tan generosa con todo el mundo... Y es horrible que alguien sea tan mentiroso...

Rosamund Severne replicó con la voz muerta:

—Él siempre dice la verdad.

—Me parece que eres la mujer más noble del mundo —trató de consolarla Olive.

—No, soy la mujer más desgraciada del mundo, sólo eso. Pero no es culpa de nadie. Puede que este lugar esté maldito.

Y en ese preciso instante Olive tuvo una revelación, como una luz cegadora. Y comprendió el porqué de su aprensión bajo las miradas de las ventanas puntiagudas de las fachadas.

—Rosamund —dijo—, es verdad, este lugar está maldito. Y lo está porque a la vez es un lugar bendito... Pero no tiene nada que ver con lo que hemos hablado... Ni tiene que ver con lo que ha dicho ese hombre... No es una maldición de tu nombre, sea el que sea, viejo o nuevo... La maldición atañe al nombre de esta casa.

—El nombre de esta casa —repitió Rosamund mecánicamente, en voz baja.

—Tú estás acostumbrada a verlo incluso en el recado de escribir, por eso jamás habías reparado en ello. Ni en su falsedad intrínseca. Lo que menos importa es que los títulos de tu padre sean falsos o no lo sean... Este lugar no pertenece más a las familias de abolengo que a las nuevas... Porque este lugar sólo pertenece a Dios.

Rosamund se tensó a tal punto que pareció una estatua tallada en piedra. Pero oía.

Olive siguió diciendo:

—¿Por qué han rodado por tierra estrepitosamente nuestras fantasías de reyes y caballeros antiguos? ¿Por qué se ha partido por la mitad nuestra mesa redonda? Pues porque hicimos las cosas mal desde el primer momento. Porque no fuimos capaces de rescatar la esencia de las cosas, la esencia de la que nace todo, incluido su amor. En este lugar vivieron hace mucho tiempo doscientos hombres que lo amaron profundamente.

Se detuvo; pareció reparar en sus palabras, como si creyese que las decía incoherentemente, por lo que hizo un gran esfuerzo en busca de la claridad necesaria.

—La gente moderna —prosiguió— seguramente tendrá razones para serlo; algunos no quieren oír hablar más que de los bancos y de la Bolsa, y hasta hay quien opina que Mildyke es un lugar bonito... Tu padre y sus amigos quizás no vayan del todo desencaminados, seguro que no han sido tan canallas como Herne los hizo parecer al hablar de ellos... Te aseguro que me pareció terrible, no tenía ningún derecho a decirlo así... Debió avisarte de que lo haría.

La joven dama que parecía una estatua volvió a expresarse; dio la impresión de que lo hacía sólo para elaborar una defensa pétrea.

—Me dijo que lo haría. Y creo que fue peor que me avisara.

—Quizás no me he explicado bien —dijo Olive en tono de disculpa—. Siento algo en mi interior, que debo decir, porque es como si no me perteneciese... Hay gente con la que es inútil hablar de la caballería, pero si de verdad queremos regresar a los orígenes de aquel tiempo debemos buscar su flor más hermosa y fragante, aun si sabemos que sólo podremos dar con ella en ese espinoso lugar que llaman teología. Hemos de pensar de forma distinta acerca de la muerte, acerca del libre albedrío, de los juicios y apelaciones... E igual con las cosas que tenemos por más populares, que a veces convertimos en modas y otras en gremios... Nuestros padres fueron gentes sencillas; y no nos preguntamos cómo ni por qué lo fueron, ni cómo hicieron tantas cosas llenas de sencillez... Rosamund, aquí hubo algo... Hay algo... Muy enraizado. Algo que gentes de otro tiempo amaron. Algo que les bastaba para vivir, y puede que sepamos qué fue.

La otra se movió tan disimuladamente que pareció

que iba a marcharse. Olive la tomó por el brazo, como si se arrepintiera.

—Pensarás que soy una idiota —siguió diciendo Olive— por hablarte así cuando sufres tanto... Pero es que tengo muchas cosas que decirte, ardo en deseos de comunicarme contigo... Rosamund, de veras que hay motivos para la alegría, créeme. No hablo del simple regocijo por cualquier cosa, no; hablo de la alegría... No estoy segura de que todos se hayan dado cuenta de que la hubo, pero te aseguro que tú y yo sabemos bien que ya ha desaparecido. No tenemos más que males para odiar... Y demos gracias a Dios por tenerlos, al fin y al cabo.

Señaló con un dedo el viejo y cochambroso monumento, al que la luz plateada de la luna hacía ver en toda su ruina. Poseía así un brillo que aludía a ciertos monstruos de las profundidades marinas.

—En realidad, de todo aquello, tan hermoso, sólo nos queda el dragón. Lo habré visto cien veces y lo habré odiado otras tantas, sin comprender jamás su significado. Pero sé que sobre eso que hoy es tan feo se alzaron san Miguel y santa Margarita, para sojuzgarlo y conquistarlo, aunque no tengamos una idea clara de cómo fue en origen, sólo podemos imaginarlo... Hemos cantado y danzado alrededor de estos restos monumentales, sin saber qué hacíamos, pensando en cualquier cosa menos en su significado esencial. Hubo en esta corte un auténtico castillo en el que habitaban todas las pasiones visionarias; muchos vinieron al calor de ese espíritu pero nadie sabía a qué llamada respondíamos. Deberíamos pensar, por eso, que quizás los mejores hombres de este tiempo son los que creíamos peores; luchan por la verdad, porque la verdad es algo difícil de encontrar. Y luchan como lucharon John y el pobre Herne, con honor y valentía, respetándose. Ni tú ni yo hemos conocido hasta hoy esas virtudes. Amo a Jack y Jack ama la justicia; y la ama además hasta luchar para que impere donde no está... Creo que es hermoso luchar por la justicia incluso donde no se encuentra, para poder amarla así en cualquier parte y bajo cualquier circunstancia.

—¿Y dónde crees que está la justicia? —preguntó Rosamund en voz baja y con gran tristeza.

—¿Cómo podríamos saberlo precisamente nosotras, si hemos luchado siempre contra los hombres que aspiraban a ella? —gritó Olive.

Se hizo un silencio, que rompió Rosamund al cabo con aparente simpleza:

—Soy una imbécil... Trataré de comprender qué me quieres decir; estoy segura de que no te importará si dejamos de hablar por hoy...

Olive regresó lentamente entre las sombras a reunirse con John Braintree, que la esperaba. Salieron de allí juntos, pero se mantuvieron en silencio un buen trecho del camino.

—¡Qué historia tan rara! —exclamó Olive al fin—. Me refiero a lo que ha ocurrido desde que envié al pobre Mono a buscar esas pinturas, sobre todo la roja... Y mira que te tuve rabia, casi tanta como a tu corbata roja. Ahora, aunque parezca extraño, resulta que amo el rojo en todas sus tonalidades, porque sé que es el color que siempre amé. Ni yo lo sabía, ni lo sabías tú... Pero tú luchabas buscando el mismo color que yo amaba sin saberlo. Tú fuiste, en realidad, el primero que quiso vengar al buen amigo de mi padre, aunque no lo supieras.

—Sí, yo hubiera luchado porque le fueran devueltos todos sus derechos —dijo Braintree.

—¡Oh, siempre hablas de derechos! —dijo ella con cierta impaciencia, pero sonriente—. Y la pobre Rosamund... Pero debes admitir que hablas en exceso de los derechos... ¿Tan seguro estás de lo que dices?

—Sí. Y espero hacer aún más que lo que hago para que imperen los derechos —replicó el implacable político.

—¿Y crees que todo el mundo —preguntó Olive— tiene derecho a ser feliz?

El rio contento y siguieron caminando hacia Mildyke.

XIX

EL REGRESO DE DON QUIJOTE

Puede que algún día se narre la historia del nuevo don Quijote, y la del nuevo Sancho Panza, así como las andanzas de ambos por los caminos de Inglaterra. Desde las frías y satíricas maneras de ver las cosas que tiene el populacho, la historia, sin embargo, no fue sino la del antañón carruaje y la de unas cuantas escenas en las que por lo general no salen coches así... Quizás todo eso supusiera un avance sin precedentes conocidos en la forma de cruzar los bosques y atravesar las altiplanicies, así como de la manera de viajar; un ejemplo, en suma, para los caballeros y sus escuderos; algo radicalmente nuevo en lo que se refiere a los anales de la caballería andante.

Puede, sin embargo, que algún cronista romántico ofrezca una versión de cómo el caballero y su escudero hicieron uso del carruaje para defensa o consuelo de los oprimidos. Por ejemplo, para narrar cómo en Reading convirtieron el coche en un café, y en una tienda en Salisbury Plain; o de cómo el coche se convirtió en una bañera en el asunto, más bien lamentable, sucedido en Worthing; o de cómo unos simplones calvinistas de Border lo tomaron por un pulpito ambulante en el que pudiera cantar el sochantre y predicar el ministro, cosa que Mr. Douglas Murrel les concedió con enorme unción; o de cómo el mismo Mr. Douglas Murrel organizó una serie de conferencias sobre historia que daría Mr. Herne, quien las dijo desde lo más alto del coche, siendo harto prolijo en sus explicaciones y comentarios al margen, obteniendo un gran éxito de

277

público y también pecuniario. Pero aunque pudo haber momentos en los que el escudero no mostrase un comportamiento precisamente ejemplar, puede que, en términos generales, ambos hicieran mucho bien a distintos grupos de gente. Es verdad que en más de una ocasión hubieron de vérselas con la policía, cosa que, por sí misma, supone en ocasiones un rasgo de santidad; y no es menos cierto que se las vieron con otras gentes que no les fueron del todo propicias pues hacían gala de malas artes. Sin embargo, Herne, al final, quedó convencido de las bondades de semejante manera de atacar de raíz los males, que habían escogido. Como el más melancólico, y también como el más sabio de los hombres, tuvo muchas y largas charlas con su amigo. Nunca, en ellas, dejó de defender la figura de don Quijote y la necesidad de su regreso. Una fue especialmente memorable; ocurrió cuando se hallaban a la sombra de un árbol, por los altos caminos de Sussex.

—Dicen que vivo en otra época —dijo Herne—, que pertenezco al tiempo de don Quijote, que soy un soñador... Pero quienes así dicen parecen olvidar que llevan, por lo menos, tres siglos de retraso con respecto a mí, por lo que viven en los tiempos en que Cervantes soñaba a don Quijote. Viven aún en el Renacimiento; en lo que Cervantes consideraba, naturalmente, un Nuevo Nacimiento. Y yo les digo que un niño de trescientos años está ya a punto de ver concluir su vida. Por lo que es preciso que nazca otra vez.

—¿Y lo hará como un nuevo caballero andante medieval? —preguntó Murrel.

—¿Por qué no? —dijo Herne—. ¿Acaso el hombre del Renacimiento no nació como un griego antiguo? Cervantes pensó que el romance tocaba a su fin, que estaba herido de muerte, y que la razón podía por ello ocupar su lugar. Pero yo sostengo que en nuestro tiempo la razón es precisamente lo que toca a su fin, por lo que su vejez es menos respetable, razonablemente, que el viejo romance... Hemos de regresar a una manera de atacar más simple y directa. Lo que ahora necesitamos es alguien que crea en la existencia de los gigantes, y quiera derribarlos.

—Sí, alguien capaz de derribar los molinos de viento —apostilló Murrel.

—¿Ha considerado usted —preguntó Herne— el gran beneficio que hubiéramos obtenido todos si don Quijote llega a derribar efectivamente esos molinos de viento? Por lo que sé de la historia medieval, su error no fue otro que el de atacar a los molineros, realmente... El molinero era el hombre de la clase media de la Edad Media; ahí se inició, con el molinero, la mesocracia; los molinos supusieron el comienzo de las fábricas que han degradado la vida, que la han hecho gris. De modo que hasta Cervantes, en cierto modo, eligió un ejemplo paradójico, pues actuaba incluso en contra de sí mismo... Pero aún nos dio ejemplos mucho más significativos. Don Quijote liberó a un grupo de cautivos, de convictos. En nuestros días es más frecuente que quienes han sido arruinados por otros vayan a la cárcel y que los ladrones queden libres... No estoy seguro de que su aparente error fuese del todo una equivocación.

—¿No le parece —preguntó Murrel— que las cosas de la vida moderna son muy complicadas, por lo que no es posible tratarlas de una manera tan simple?

—Yo creo —respondió Herne— que las cosas de la vida moderna son tan complicadas que no se pueden tratar de ninguna manera, salvo de una manera simple.

Se levantó entonces y comenzó a pasear en redondo, con la soñadora energía propia de alguien de su tipo. Era como si quisiese aclarar sus ideas.

—¿No se da cuenta —dijo al fin— de que estamos

hablando de un concepto moral? Toda la maquinaria social se ha vuelto tan inhumana que es perfectamente natural. Al convertirse así en una segunda naturaleza, resulta tan indiferente y cruel como la propia naturaleza. El caballero vuelve a los bosques. Pero acaba perdiéndose en las ruedas y en los engranajes, en vez de entre los árboles. Han creado un sistema social de muerte, y en una escala tan amplia, que quienes lo defienden ni saben ya cómo actúa, cuáles son sus mecanismos... Las cosas acaban siendo incalculables, de tanto calcularlas... Han atado a los hombres a herramientas tan grandes y poderosas que ya no saben sobre quién se descargan los golpes. Han justificado, en fin, las pesadillas de don Quijote. Los molinos de viento son, realmente, gigantes temibles.

—¿Y no hay un método eficaz para enfrentarse a esa realidad terrible que pinta usted? —preguntó Murrel.

—Sí, fue usted quien lo encontró —respondió Herne—. Usted no se preguntó por ningún sistema cuando vio a ese médico loco que estaba más loco que el propio loco al que pretendía encerrar... En realidad es usted quien dirige nuestros pasos, yo no hago más que seguirle... Usted no es Sancho Panza. Usted es don Quijote. Lo que dije en el estrado lo repito en el camino: usted es el único, entre todos esos caballeros, que ha vuelto a nacer... Usted es el caballero que ha regresado.

Douglas Murrel se avergonzó al escucharle. Aquel cumplido que recibía de Herne era lo único que podía obligarle a hablar de ciertos asuntos, a saber si escabrosos, porque, a despecho de sus bufonadas, había en él mucho más que la común reticencia propia de los de su casta.

—Mire, Herne —dijo—, usted no debe pensar eso de mí... Yo no soy, para esta escena, una especie de Galahad, aunque espero haber hecho lo necesario para ayudar al viejo doctor... Pero debo confesarle que lo hice, más que nada, porque me gustó mucho su hija... Bueno, en realidad me gustó muchísimo...

—¿Se lo dijo a ella? —preguntó Herne.

—No, no me atreví —respondió Murrel—. No lo hice precisamente porque la sabía agradecida...

—Mi querido Murrel —dijo Herne—, eso es toda una demostración de quijotismo.

Murrel se puso en pie de golpe y soltó una carcajada.

—Acaba de hacer usted el mejor chiste de los últimos trescientos años —dijo.

—No me lo parece —dijo Herne, pensativo—. ¿Cree usted que alguien puede hacer un chiste y no darse cuenta? Pero sigamos con los que estábamos... ¿No cree que debería haber una especie de estatuto sobre las limitaciones, que le permitiera a usted comenzar de nuevo? ¿No quiere que vayamos hacia... hacia el oeste otra vez?

Murrel se arreboló por completo.

—La verdad es que he evitado hasta ahora toda proximidad con ella, y creí que usted... que usted no quería...

—Sé a qué se refiere —lo interrumpió Herne—. Es verdad que no he podido mirar hacia el oeste, en los últimos tiempos, ni a través de una ventana... Incluso quería dar la espalda al viento del oeste y a los crepúsculos que se encienden como hierros candentes por el oeste... Pero es verdad que la calma le llega al hombre con el paso del tiempo, aunque eso no quiera decir que lo hace más alegre... No creo que sea capaz de volver a pisar esa casa, pero sí es verdad que me gustaría saber algo de... alguien.

—¡Bien, pues no se hable más y en marcha! —gritó Murrel—. Yo iré a esa casa y sabré darle las nuevas que precisa.

—¡La abadía de Seawood! ¿Habla usted realmente de volver allí? —preguntó Herne con cierto aturdimiento.

—Claro —dijo Murrel—. Me parece que usted y yo tenemos que resolver un asunto parecido... Yo, aunque no sin algún esfuerzo, podría encontrar de paso la casa a la que quiero ir...

Fue el suyo un tácito, aunque quizás también taciturno, acuerdo. Y aconteció que, antes de que pudieran cambiar algunas palabras más, llegaron a las cercanías de aquello que habían dejado atrás y que tanto habían evitado ver: el sol de la tarde en los céspedes de la abadía de Seawood, las agujas góticas destacándose entre los árboles...

No necesitaron la menor explicación cuando Michael Herne se detuvo y miró a su amigo, pues este lo animó con una sonrisa. Murrel asintió de inmediato con la cabeza y siguió por el empinado sendero del bosque hasta entrar en el camino que conducía a la puerta principal. Los jardines estaban como cuando los dejaron; acaso más limpios y tranquilos, eso sí. El portón, sin embargo, estaba cerrado.

El Mono, como se habrá podido ver, no era precisamente un místico. Aquello, ver cerrado el portón que siempre estuvo abierto, lo afectó, sin embargo, como una emoción fúnebre, como un rapto de misticismo. Este elemento, a todas luces incongruente, aumentó en él a medida que se iba acercando a las grandes puertas; por primera vez en su vida hubo de llamar a ellas tocando la campana. Tenía la sensación de que soñaba, de que estaba a punto de despertarse abruptamente. Mas por muy extraños que fuesen sus presentimientos, no lo serían tanto como eso con lo que se topó.

Media hora después salió de allí para reunirse con su amigo. A medida que se acercaba a él, Herne supo que había ocurrido algo, un suceso perturbador. Murrel llegó al fin hasta él, tomó asiento en una piedra y dijo:

—Ha ocurrido algo realmente extraño... La abadía de Seawood no ha quedado reducida a cenizas, por así decirlo, porque aún hay alguien ahí... Incluso es un lugar más hermoso que antes... Más cuidado... No es que la haya partido un rayo, ni en sentido físico ni en sentido metafórico, pero no estoy seguro... Una gran catástrofe, aunque benéfica, valga la paradoja, ha caído sobre ese lugar.

—¿Qué quiere decir? —preguntó alarmado Herne.

—Que ahora es en verdad una abadía —respondió Murrel gravemente.

—¿Puede explicarse mejor? —dijo Herne con gran ansiedad.

—Quiero decir lo que digo, sin más... Es una abadía. He hablado con el abad... Me ha contado unas cuantas cosas, a pesar de su obligación de guardar silencio, porque conoce a muchos de quienes fueron nuestros amigos...

—Más que abadía puede que sea un monasterio —observó Herne—. ¿Y qué le ha dicho?

—Notas de sociedad, por así decirlo —respondió Murrel con tono melancólico—. Todo empezó con la muerte de lord Seawood, hace más o menos un año.

La propiedad pasó a manos de su... de su heredera... quien, al parecer, se ha hecho católica... Vamos, que se ha pasado al otro bando, como suele decirse. Y ha regalado la abadía, toda la vasta propiedad, en fin, al abad y a sus entusiastas hombres... Ella trabaja ahora como enfermera en una dependencia católica, o algo así, en los muelles de Limehouse, esa parte en la que los chinos estrangulan a sus hijas.

El pálido bibliotecario empalideció aún más, no obstante lo cual se volvió de golpe, para dar la espalda a la abadía de Seawood, con la energía propia de un caballero andante.

—Me parece imposible —dijo—. Ahora las cosas cambian, porque, en esta extrañeza...

—Parece extraño —asintió Murrel— ir a Limehouse

y preguntarle a un chino estrangulador por la honorable Rosamund Severne... Pero he de decirle, con el consentimiento del abad, que ella declaró no ser Rosamund Severne... Me parece que podrá dar usted con ella si pregunta por Miss Smith.

Aquella nueva pareció enloquecer al bibliotecario. Como si le hubiera tocado un rayo saltó la verja y echó a correr hacia un tronco de pino atravesado en el camino, que saltó para dirigirse en busca de Miss Smith.

Tardó más de tres meses en dar con ella. Su caminar había pasado de la cabriola alegre a una cosa mucho más trabajosa, que se enredaba en los laberínticos y barrios más bajos de Limehouse. Todo, sin embargo, concluyó una noche, cuando al pasar por una calle estrecha, bajo la luz de un farol de papel pintado, vio una especie de neblina de polvo, como los vapores de una droga de brujería. Un poco más allá de aquella especie de oscuro desfiladero que era la calle ardía otro farol, menos chino. Cuando Herne se acercó más vio que se trataba de una pesada jaula llena de cristales de colores y cuyo rudo armazón mostraba la imagen de san Francisco con un luminoso ángel rojo a sus espaldas. En cierto modo, aquella infantil transparencia parecía una contraseña, una señal, un símbolo de lo que alguna vez quiso hacer Herne a lo grande, o Miss Olive Ashley más modestamente. Aquella lámpara estaba encendida por dentro.

Tan grande era la sed, el ansia de colores que había tenido a lo largo de su vida, que sintió que esa sed se nutría como de un vaso de fuego merced a un signo tan trivial hallado en una calle sórdida, que apenas se sorprendió al verla vestida con un traje oscuro, que le colgaba recto del cuello a los pies. Aunque sus cabellos rojos aún parecían una corona excelsa.

Con esa rara presteza que en ocasiones demostraba, Herne expuso su impresión de la manera más llana:

—No sé si es usted una enfermera o una monja.

Ella sonrió.

—No creo que sepa usted mucho acerca de las monjas, pero en cualquier caso no debe creer que mi manera de vestir supone el fin de una historia... como la nuestra.

—¿De verdad? —preguntó él.

—Creo —respondió ella— que nunca dejé de creer que podía tener la fortuna de que usted volviera algún día, para buscarme y encontrarme —hizo una pausa y prosiguió—: No es preciso que recordemos aquel enfrentamiento... Mi padre no tenía tanta culpa como la que usted dijo, pero ni usted ni yo podemos juzgarle ya. Sí puedo decir que no fue él quien cometió el error del que surgieron otros muchos errores.

—Sé qué me quiere decir —respondió Herne—. Quizás me obsesioné buscando los aspectos morales de aquel conflicto. Da igual ya, en efecto; creo que no ha podido darse jamás algo tan noble como lo que ha hecho usted... Usted sí que es un personaje histórico, acaso el más grande. Alguien, seguramente culto, hasta podría decir algún día que fue usted una auténtica leyenda.

—Olive fue quien primero se dio cuenta de todo. Es mucho más aguda que yo, por eso pudo comprenderlo... Habló de un resplandor, de un brillo especial de la luna... Yo no pude hacer más que irme y pensar en lo que había dicho, aunque muy lentamente, estúpidamente... Me ha costado mucho esfuerzo pero al fin lo he comprendido.

—¿Quiere usted decir —habló Herne ahora muy despacio— que Miss Olive Ashley también... ha comprendido?

—Sí —dijo ella—; y lo más extraño es que a John Braintree no parece importarle... Muchos dirían que es un hombre extraño... Se han casado y están de acuerdo en todo... Me gustaría saber hasta qué punto fue bueno que la gente, en aquel tiempo tormentoso que vivimos, no estuviera de acuerdo en todo.

—Lo sé... Todo el mundo parece haberse casado... Eso me ha hecho sentir solo y perdido de un mes para acá.

—He oído decir que hasta el Mono se ha casado —dijo ella—. ¡Ni que fuera el fin del mundo! Pero de una cosa sí puede estar usted seguro, aunque muchos se reirían de esto: donde quiera que vuelvan los monjes, vuelve el matrimonio.

—Sí, fue a esa ciudad a orillas del mar y se casó con la hija del doctor Hendry —dijo Herne—. Nos separamos en silencio a las puertas de Seawood; él siguió rumbo al oeste y yo me vine al este... Vine a buscarla. Estoy solo. Muy solo.

—Querrá decir que estuvo solo —dijo ella sonriendo francamente mientras ambos avanzaban hasta encontrarse como se habían encontrado en el jardín mucho tiempo atrás: en un silencio lleno de pasión. En un silencio que él rompió para decir acaso torpemente:

—Quizás soy algo así como un hereje...

—Bueno, ya lo veremos —respondió ella con gesto apacible y gran condescendencia.

Los pensamientos de Herne volaron hasta aquella lejana y complicada conversación que había mantenido con Archer a propósito de los albigenses y de su conversión. Pareció atónito. Y ocurrió algo realmente asombroso en aquella angosta calle del farol encendido y coloreado que parecía una jaula: Michael Herne se echó a reír francamente, algo que jamás había hecho en toda su vida. Y hasta hizo un chiste, que seguramente nadie podría haber entendido, salvo él:

—Bien, pues yo proclamo... vit in matrimonium —dijo.

FIN

Libros Mablaz Ciencia Ficcion y Fantasía

http://librosmablaz.com/

Libros Mablaz CLÁSICOS de Ciencia Ficción recuperados

LM
CLÁSICOS

http://librosmablaz.com/

Libros Mablaz

Narrativa — Relatos

/www.librosmablaz.com/